U0116565

中國文史經典講堂

三言選評

中國文史經典講堂

三言選評

編選單位 中國社會科學院文學研究所

主編 楊義 副主編 劉躍進

選注‧譯評 劉倩

責任編輯　崔　衡
裝幀設計　鍾文君

書　　名　中國文史經典講堂·三言選評
編選單位　中國社會科學院文學研究所
主　　編　楊　義
副 主 編　劉躍進
選注·譯評　劉　倩
出　　版　三聯書店（香港）有限公司
　　　　　香港鰂魚涌英皇道 1065 號 1304 室
　　　　　JOINT PUBLISHING (H.K.) CO., LTD.
　　　　　Rm. 1304, 1065 King's Road, Quarry Bay, Hong Kong
發　　行　香港聯合書刊物流有限公司
　　　　　香港新界大埔汀麗路 36 號 3 字樓
　　　　　SUP PUBLISHING LOGISTICS (HK) LTD.
　　　　　3/F., 36 Ting Lai Road, Tai Po, N.T., Hong Kong
印　　刷　深圳中華商務安全印務股份有限公司
　　　　　深圳市龍崗區平湖鎮萬福工業區
版　　次　2006 年 9 月香港第一版第一次印刷
規　　格　大 32 開（140 × 210mm）300 面
國際書號　ISBN-13: 978.962.04.2581.3
　　　　　ISBN-10: 962.04.2581.2
　　　　　© 2006 Joint Publishing (H.K.) Co., Ltd.
　　　　　Published in Hong Kong

主編的話

　　中國正在經歷着巨大的變革，已經成為全世界矚目的焦點；中華民族創造的輝煌文化也日益顯現出它的奪目光彩。華夏五千年文明，就是我們民族生生不已的活水源頭，就是我們民族卓然獨立的自下而上之根。

　　"問渠哪得清如許，為有源頭活水來。"

　　為探尋這活水源頭，為培植這生存之根，中國社會科學院文學研究所成立五十多年來，一直把文化普及工作放在相當重要的位置，並為此做了大量的、卓有成效的工作。早在二十世紀五六十年代，文學研究所就集中智慧，着手編纂《文學概論》、《中國少數民族文學史》、《中國文學史》、《中國現代文學史》等通論性的論著。與此同時，像余冠英先生的《樂府詩選》（1953年出版）、《三曹詩選》（1956年出版）、《漢魏六朝詩選》（1958年出版），王伯祥先生的《史記選》（1957年出版），錢鍾書先生的《宋詩選注》（1958年出版），俞平伯先生的《唐宋詞選釋》（初名《唐宋詞選》，1962年內部印行，1978年正式出版），以及在他們主持下編選的《唐詩選》等大專家編寫的文學讀本也先後問世，印行數十萬冊，在社會上產生了廣泛而又深遠的影響。進入新的時期，文學研究所秉承傳統，又陸續編選了《古今文學名篇》、《唐宋名篇》、《台灣愛國詩鑒》等，並在修訂《不怕鬼的故事》的基礎上新編《不信神的故事》等，贏得了各個方面的讚譽。

　　擺在讀者面前的這套"中國文史經典講堂"依然是這項工

作的延續。其編選者有年逾古稀的著名學者，也有風華正茂的年輕博士，更多的是中青年科研骨幹。我們希望通過這樣一項有意義的文化普及工作，在傳播優秀的傳統文學知識的同時，能夠讓廣大讀者從中體味到我們這個民族美好心靈的底蘊。我們誠摯地期待着廣大讀者的批評指正。

目　錄

前　言

　　"三言"即《喻世明言》、《警世通言》、《醒世恒言》，是明末馮夢龍編纂的三部話本小說集，各輯四十篇作品，共一百二十篇，分別刊刻於明朝天啟元年（1621）前後、天啟四年（1624）、天啟七年（1627）。其中，《喻世明言》初刻時稱"古今小說第一刻"，據此推測，《古今小說》才是"三言"的總稱。

　　所謂"話本"，魯迅先生曾解釋為說話人的底本，但這種說法不夠完善，"話本"還有故事、傳奇小說等等其他含義。從來源看，話本這一書面文學形式，與說話技藝有關。話，指故事，說話就是講故事。講故事的起源很早，但職業說話人的出現則是在宋代。宋代的瓦舍、勾欄，就是說話人專門的表演場所。隨着說話技藝的發展，產生了專供閱讀的書面化說話，這就是話本小說。話本小說是模擬說話的書面故事，因此在文體上保留了不少說話的特徵，如入話開場、敘述中插入詩詞套語等等。同時，說話技藝的一些特點，如講述故事講究情節要曲折複雜，情節發展的節奏較快，不允許靜止、冗長的景物描寫；講述故事必須把人物的經歷來由、故事的來龍去脈交代得清清楚楚，故事必須要有頭有尾、結構嚴密、前後照應，所以往往有解釋故事發展的舉動；說書人在講述故事的時候，常常根據自己的生活體驗及學識，發揮想像虛構的能力，隨時添枝加葉，以喚起聽眾的趣味；此外，觀眾去聽說話，消遣娛樂是主要目的，所以說話人也大多講述善惡有報、苦盡甘來的故事，主張大團圓，皆大歡喜。說話的這些特點，在模仿說話的話本小說之中留下了很明顯的痕跡。

"三言"一百二十篇作品，一部分是馮夢龍據宋元舊本改訂，一部分是出自獨立創作，一部分是別人的作品或經過他加工的別人的作品，不過這幾者不太容易準確區分出來。一般而言，《喻世明言》和《警世通言》中收集舊本較多，《醒世恒言》則基本上是創作。據有的學者推測，《醒世恒言》四十篇作品中，除七篇為舊本外，餘下至少有二十二篇是"席浪仙"的作品，席浪仙也許還是另一部話本小說集《石點頭》的作者。

儘管"三言"以這種方式編纂而成，卻呈現出整體的一致性，這就要歸功於馮夢龍的加工修改、統一形制。馮夢龍，江蘇吳縣人，生於明萬曆二年（1574），卒於清順治三年（1646），字猶龍，又字子龍，別署龍子猶、墨憨齋主人、顧曲散人等。在晚明主情、尚真、適俗文學思潮的影響之下，馮夢龍對通俗文學情有獨鍾，除了"三言"，還增補有原題羅貫中的長篇章回小說《平妖傳》、改作有歷史演義小說《新列國志》，此外還編輯過民歌《山歌》、《掛枝兒》和笑話集《笑府》，另有《古今譚概》、《智囊》、《情史》等筆記小說。在文以載道的古代文學傳統中，重視文章、文學的教化功能並不鮮見，新鮮的是馮夢龍對歷來遭受貶低的通俗文學的教化功能的重視，他推崇的是話本小說"諧於里耳"、感人之"捷且深"的特點。《醒世恒言序》說："明者，取其可以導愚也；通者，取其可以適俗也；恒，則習之而不厭，傳之而可久。三刻殊名，其義一耳。"馮夢龍編纂這套作品，就是要喻世、警世、醒世，以之為"六經國史之輔"，要用為普通百姓喜聞樂見的通俗文學作品來施行教化，達到通人心、正風俗的目的。

"三言"一百二十篇作品，就題材內容而言，有歷史故事，有文人風流，有商旅風波，有男女歡愛，有公案，有宗教傳說，有鬼神靈異，呈現出廣闊的社會生活場景。其中最引人注目的，就是小說作品對現實人生的關懷，對普通市井小民生活及情感的描繪，除了帝王將相、才子佳人，大量的小商人、店員、小手工業者都登上了小說舞臺，而且是作為被理解、被同情、被讚揚的角色出現在小說裏。"三言"寫得最美麗的作品，是小民的愛情故事；"三言"中反映社會現實最有深度的作品，是公案故事；"三言"中最感人的作品，是普通人際間互助互愛、誠實不欺的友誼故事；"三言"中最富時代特色的作品，則是對商人的正面描寫。"三言"裏許多著名的故事，已經成為古典文學的經典，不僅被廣泛閱讀，也多次被改編為其他藝術形式而廣泛流傳。

"三言"寫的是世情世態，"三言"所傳達的訓誡也是有關於人生的經驗，有庸俗的地方，也有質樸的地方。如名篇《十五貫戲言成巧禍》，這是一篇公案小說，故事的梗概是，劉貴得丈人饋贈十五貫生意本錢，酒後一時高興，戲言此乃典賣小娘子陳二姐所得，陳二姐信以為真，是夜借宿鄰居家，天明欲趕回娘家告訴爹娘，途中遇賣絲後生崔寧，二人結伴同行。不知這邊小偷入室行劫，搶走十五貫，劉貴被害。鄰居報官，同時將陳二姐與崔寧扭送官府，崔寧身上正好帶有賣絲所得的十五貫。二人有口莫辯，屈打成招，判了死刑。後來一個偶然的機會，案情才得以真相大白。所謂"無巧不成書"，陳二姐與崔寧的冤案就是一連串的巧合造成的，但這些巧合中又隱含着一系列的必然，反映了諸多社會現實，例如妾的身份的低下，可以隨意轉賣；鄰居們明哲保身的態度，怕受牽連，怕打沒頭官司，於是一口咬住二人不放；例如不開化的社會環境，孤男寡女同行則必受懷疑；例如官府草菅人命，"箠楚之下，何求不得"。小說客觀上揭露了官吏的昏庸和司法的弊端，可是作者的主觀意圖是在責備當事人口舌不謹，"只為酒後一時戲言，斷送了堂堂七尺之軀，連累兩三個人，枉屈害了性命"，最後還感歎說："善惡無分總喪軀，只因戲語釀殃危。勸君出話須誠實，口舌從來是禍基。""禍從口出"是一條古老的人生教訓，在小民社會地位低下，權利得不到有效保障的環境中，怨天尤人都不是解決的辦法，唯一能做的不過是管好自己，盡量不惹麻煩上身。這確實是既懇切又實際的人生忠告。此外，我們還會看到，因果報應的觀念貫串全部作品。因果報應既是一種小說結構模式，也往往是小說的主題意旨。"天網恢恢，疏而不漏"，有時候，天命報應不爽的描寫甚至能夠達到某種恐怖的效果。馮夢龍的報應說自然免不了有迂腐陳舊的一面，然而也是對現實生活中直道不行、好人受屈等現象的彌補與安慰，它作用於人的良心，體現着我們這個民族的傳統倫理道德觀念。馮夢龍是一位嚴肅的編纂者，他通過"三言"大大小小的故事，描寫生活的成功與失敗，借天命報應的聲音來告誡人們的為人與處事，這正如《范鰍兒雙鏡團圓》一篇故事中所說的："話須通俗方傳遠，語必關風始動人。"

　　"三言"在我國古代白話短篇小說發展史上佔有很重要的位置。"三言"不僅是我國古代話本小說的集大成，也是確立話本小說文體的奠基之作。在它之後，白話短篇小說的創作進入了一個高潮，先後出現了以“二拍”（《初刻拍案驚奇》、《二刻拍案驚奇》）、“一型”（《型世言》）為代表的多部話本小說專集。

“三言”的傳佈在我國小說史上還有一段曲折的經歷。自“三言”、“二拍”出版後，廣受歡迎，但由於卷帙浩繁，觀覽難周，於是姑蘇抱甕老人從中精選出四十篇作品輯成《今古奇觀》一書，風行於世，原本便逐漸為其所替代。至20世紀初，“三言”國內僅有《醒世恒言》尚可見到，魯迅在發表《中國小說史略》時仍稱：“‘三言’云者，一曰《喻世明言》，二曰《警世通言》，今皆未見，僅知其序目。”1924年，日本鹽谷溫在日本內閣文庫意外發現《古今小說》、《喻世明言》、《二刻拍案驚奇》三種。隨後的1926年，辛島驍在大連滿鐵圖書館發現《警世通言》殘書，長澤規矩也在名古屋尾州家蓬左文庫發現另一刻本《警世通言》四十卷全書。經過中日學者的共同努力，迷失了幾個世紀的全本“三言”才重新與國內讀者見面。

本書由於篇幅有限，從“三言”一百二十篇中只選取了九篇作品。因此，編選的原則首先是從題材上加以考慮，試圖盡量反映“三言”所展示的大千世界。至於各篇底本，《喻世明言》各篇以上海古籍出版社影印明代天許齋刊本為底本；《警世通言》各篇以上海古籍出版社影印明代金陵兼善堂刊本為底本；《醒世恒言》各篇以上海古籍出版社影印明代葉敬池原刊本為底本，均未作刪改。各篇來源在篇目下注釋中標明，並按原書時代的先後順序編排。本書的注釋採納了近人的研究成果，着重對典故、史實、職官及名物進行解釋，一般不重複注釋。

蔣興哥重會珍珠衫①

仕至千鍾非貴，年過七十常稀，浮名身後有誰
知？萬事空花遊戲。

　　休逞少年狂蕩，莫貪花酒便宜。脫離煩惱是和
非，隨分安閒得意。

　　這首詞名為《西江月》，是勸人安分守己，隨緣作樂，莫為
酒、色、財、氣四字，損卻精神，虧了行止。求快活時非快活，
得便宜處失便宜。說起那四字中，總到不得那"色"字利害。眼
是情媒，心為慾種，起手時，牽腸掛肚；過後去，喪魄銷魂。假
如牆花路柳，偶然適興，無損於事。若是生心設計，敗俗傷風，
只圖自己一時歡樂，卻不顧他人的百年恩義。假如你有嬌妻愛
妾，別人調戲上了，你心下如何？古人有四句道得好：

　　　　人心或可昧，天道不差移。
　　　　我不淫人婦，人不淫我妻。

　　看官，則今日聽我說"珍珠衫"這套詞話[2]，可見果報不爽，
好教少年子弟做個榜樣。

　　話中單表一人，姓蔣名德，小字興哥，乃湖廣襄陽府棗陽縣
人氏。父親叫做蔣世澤，從小走熟廣東，做客買賣。因為喪了妻
房羅氏，止遺下這興哥，年方九歲，別無男女。這蔣世澤割捨不

1 本篇選自《喻世明言》第一卷。
2 詞話：一種在唱詞中雜以說白的說唱文學樣式，起源於宋代。後亦用來泛指話本小說
　或章回小說。

下，又絕不得廣東的衣食道路，千思百計，無可奈何，只得帶那九歲的孩子同行作伴，就教他學些乖巧。這孩子雖則年小，生得：

眉清目秀，齒白唇紅；行步端莊，言辭敏捷。
聰明賽過讀書家，伶俐不輸長大漢。人人喚做粉孩兒，個個羨他無價寶。

蔣世澤怕人妒忌，一路上不說是嫡親兒子，只說是內侄羅小官人。原來羅家也是走廣東的，蔣家只走得一代，羅家到走過三代了。那邊客店牙行①，都與羅家世代相識，如自己親眷一般。這蔣世澤做客，起頭也還是丈人羅公領他走起的。因羅家近來屢次遭了屈官司，家道消乏，好幾年不曾走動。這些客店牙行見了蔣世澤，那一遍不動問羅家消息，好生牽掛。今番見蔣世澤帶個孩子到來，問知是羅家小官人，且是生得十分清秀，應對聰明，想着他祖父三輩交情，如今又是第四輩了，那一個不歡喜！

閒話休題。卻說蔣興哥跟隨父親做客，走了幾遍，學得伶俐乖巧，生意行中，百般都會，父親也喜不自勝。何期到一十七歲上，父親一病身亡，且喜剛在家中，還不做客途之鬼。興哥哭了一場，免不得揩乾淚眼，整理大事。殯殮之外，做些功德超度，自不必說。七七四十九日內，內外宗親，都來弔孝。本縣有個王公，正是興哥的新岳丈，也來上門祭奠，少不得蔣門親戚陪侍敍話。中間說起興哥少年老成，這般大事，虧他獨力支持。因話隨

---

1 牙行：為買賣雙方說合或代客買賣貨物而從中收取佣金的商行或個人。

話間，就有人攛掇道："王老親翁，如今令愛也長成了，何不乘凶完配①，教他夫婦作伴，也好過日。"王公未肯應承，當日相別去了，眾親戚等安葬事畢，又去攛掇興哥，興哥初時也不肯，卻被攛掇了幾番，自想孤身無伴，只得應允。央原媒人往王家去說，王公只是推辭，說道："我家也要備些薄薄妝奩，一時如何來得？況且孝未期年，於禮有礙，便要成親，且待小祥②之後再議。"媒人回話，興哥見他說得正理，也不相強。

光陰如箭，不覺周年已到。興哥祭過了父親靈位，換去粗麻衣服，再央媒人王家去說，方才依允。不隔幾日，六禮③完備，娶了新婦進門。有《西江月》為證：

> 孝幕翻成紅幕，色衣換去麻衣。畫樓結彩燭光
> 輝，合巹花筵齊備。
> 那羨妝奩富盛，難求麗色嬌妻。今宵雲雨足歡
> 娛，來日人稱恭喜。

說這新婦是王公最幼之女，小名喚做三大兒，因他是七月七日生的，又喚做三巧兒。王公先前嫁過的兩個女兒，都是出色標致的。棗陽縣中，人人稱羨，造出四句口號，道是：

---

1 乘凶完配：指父母剛逝，不穿喪服而婚娶。舊時風俗，服喪期間不得婚嫁。但有的人家因人丁少或當事人年歲已長，不能久等，往往在父母剛剛去世之時，立即完婚，婚禮後再行喪禮。
2 小祥：父母死後一周年的祭禮，亦指一般死者的周年祭祀。
3 六禮：舊時婚制中的納采、問名、納吉、納徵、請期、親迎六種禮節。

天下婦人多，王家美色寡。

有人娶着他，勝似為附馬。

　　常言道："做買賣不着，只一時；討老婆不着，是一世。"
若干官宦大戶人家，單揀門戶相當，或是貪他嫁資豐厚，不分皂
白，定了親事。後來娶下一房奇醜的媳婦，十親九眷面前，出來
相見，做公婆的好沒意思。又且丈夫心下不喜，未免私房走野①。
偏是醜婦極會管老公，若是一般見識的，便要反目；若使顧惜體
面，讓他一兩遍，他就做大起來。有此數般不妙，所以蔣世澤聞
知王公慣生得好女兒，從小便送過財禮，定下他幼女與兒子為
婚。今日娶過門來，果然嬌資豔質，說起來，比他兩個姐兒加倍
標致。正是：

吳宮西子不如，楚國南威難賽。②

若比水月觀音，一樣燒香禮拜。

　　蔣興哥人才本自齊整，又娶得這房美色的渾家，分明是一對
玉人，良工琢就，男歡女愛，比別個夫妻更勝十分。三朝之後，
依先換了些淺色衣服，只推制中③，不與外事，專在樓上與渾家
成雙捉對，朝暮取樂。真個行坐不離，夢魂作伴。自古苦日難

---

1 私房走野：出外拈花惹草。

2 吳宮西子：春秋時越國美女西施。楚國南威：春秋時晉國美女南之威。

3 制中：居喪叫做守制。

熬，歡時易過，暑往寒來，早已孝服完滿，起靈①除孝，不在話下。

興哥一日間想起父親存日廣東生理，如今擱閣三年有餘了，那邊還放下許多客帳，不曾取得。夜間與渾家商議，欲要去走一道。渾家初時也答應道該去，後來說到許多路程，恩愛夫妻，何忍分離？不覺兩淚交流。興哥也自割捨不得，兩下淒慘一場，又丟開了。如此已非一次。

光陰荏苒，不覺又捱過了二年。那時興哥決意要行，瞞過了渾家，在外面暗暗收拾行李。揀了個上吉的日期，五日前方對渾家說知，道："常言坐吃山空，我夫妻兩口，也要成家立業，終不然拋了這行衣食道路？如今這二月天氣不寒不暖，不上路更待何時？"渾家料是留他不住，只得問道："丈夫此去，幾時可回？"興哥道："我這番出外，甚不得已，好歹一年便回，寧可第二遍多去幾時罷了。"渾家指着樓前一棵椿樹道："明年此樹發芽，便盼着官人回也。"說罷，淚下如雨。興哥把衣袖替他揩拭，不覺自己眼淚也掛下來。兩下裏怨離惜別，分外恩情，一言難盡。到第五日，夫婦兩個啼啼哭哭，說了一夜的說話，索性不睡了。

五更時分，興哥便起身收拾，將祖遺下的珍珠細軟，都交付與渾家收管。自己只帶得本錢銀兩、帳目底本及隨身衣服、鋪陳之類，又有預備下送禮的人事，都裝疊得停當。原有兩房家人，只帶一個後生些的去；留一個老成的在家，聽渾家使喚，買辦日用。兩個婆娘，專管廚下。又有兩個丫頭，一個叫晴雲，一個叫

---

1 起靈：除靈，把停着的靈柩運走。

暖雪，專在樓中伏侍，不許遠離。分付停當了，對渾家說道：
"娘子耐心度日。地方輕薄子弟不少，你又生得美貌，莫在門前
窺瞰，招風攬火。"渾家道："官人放心，早去早回。"兩下掩
淚而別。正是：

世上萬般哀苦事，無非死別與生離。

興哥上路，心中只想着渾家，整日的不俏不保。不一日，到
了廣東地方，下了客店。這夥舊時相識，都來會面，興哥送了些
人事。排家的治酒接風，一連半月二十日，不得空閒。興哥在家
時，原是淘虛了的身子，一路受些勞碌，到此未免飲食不節，得
了個瘧疾。一夏不好，秋間轉成水痢。每日請醫切脈，服藥調
治，直延到秋盡，方得安痊。把買賣都擔閣了，眼見得一年回去
不成。正是：

只為蠅頭微利，拋卻鴛被良緣。

興哥雖然想家，到得日久，索性把念頭放慢了。

不題興哥做客之事。且說這裏渾家王三巧兒，自從那日丈夫
分付了，果然數月之內，目不窺戶，足不下樓。光陰似箭，不覺
殘年將盡，家家戶戶，鬧轟轟的暖火盆，放爆竹，吃闔家歡耍
子。①三巧兒觸景傷情，思想丈夫，這一夜好生悽楚！正合古人

---

1 暖火盆：舊時風俗，除夕時人家在庭院中架起松柏樹枝，點火焚燒，又稱燒松盆。闔
　　家歡：這裏指吃年夜飯的風俗。

的四句詩，道是：

> 臘盡愁難盡，春歸人未歸。
> 朝來嗔寂寞，不肯試新衣。

　　明日正月初一日，是個歲朝。晴雲、暖雪兩個丫頭，一力勸主母在前樓去看看街坊景象。原來蔣家住宅前後通連的兩帶樓房，第一帶臨着大街，第二帶方做臥室，三巧兒閒常只在第二帶中坐臥。這一日被丫頭們攛掇不過，只得從邊廂裏走過前樓，分付推開窗子，把簾兒放下，三口兒在簾內觀看。這日街坊上好不鬧雜！三巧兒道："多少東行西走的人，偏沒個賣卦先生在內！若有時，喚他來卜問官人消息也好。"晴雲道："今日是歲朝，人人要閒耍的，那個出來賣卦？"暖雪叫道："娘，限在我兩個身上，五日內包喚一個來占卦便了。"

　　到初四日早飯過後，暖雪下樓小解，忽聽得街上當當的敲響。響的這件東西，喚做"報君知"，是瞎子賣卦的行頭。暖雪等不及解完，慌忙檢了褲腰，跑出門外，叫住了瞎先生。撥轉腳頭，一口氣跑上樓來，報知主母。三巧兒分付，喚在樓下坐啟①內坐着，討他課錢②，通陳③過了，走下樓梯，聽他剖斷。那瞎先生占成一卦，問是何用。那時廚下兩個婆娘，聽得熱鬧，也都跑將來了，替主母傳語道："這卦是問行人的。"瞎先生道："可

---

1 坐啟：便廳，小客廳，又寫作"坐起"。

2 課錢：算卦起課的銅錢。占卜者擲銅錢，以正反面次數的多少來判斷吉凶。

3 通陳：祝告，向鬼神陳述願望心事。

是妻問夫麼？"婆娘道："正是。"先生道："青龍治世，財爻發動。若是妻問夫，行人在半途，金帛千箱有，風波一點無。青龍屬木，木旺於春，立春前後，已動身了。月盡月初，必然回家，更兼十分財采。"三巧兒叫買辦的，把三分銀子打發他去，歡天喜地，上樓去了。真所謂"望梅止渴"、"畫餅充飢"。

大凡人不做指望，到也不在心上。一做指望，便癡心妄想，時刻難過。三巧兒只為信了賣卦先生之語，一心只想丈夫回來，從此時常走向前樓，在簾內東張西望。直到二月初旬，椿樹抽芽，不見些兒動靜。三巧兒思想丈夫臨行之約，愈加心慌，一日幾遍，向外探望。也是合當有事，遇着這個俊俏後生。正是：

有緣千里能相會，無緣對面不相逢。

這個俊俏後生是誰？原來不是本地，是徽州新安縣人氏，姓陳名商，小名叫做大喜哥，後來改口呼為大郎。年方二十四歲，且是生得一表人物，雖勝不得宋玉、潘安[1]，也不在兩人之下。這大郎也是父母雙亡，湊了二三千金本錢，來走襄陽販糴些米豆之類，每年常走一遍。他下處自在城外，偶然這日進城來，要到大市街汪朝奉[2]典舖中問個家信。那典舖正在蔣家對門，因此經過。你道怎生打扮？頭上帶一頂蘇樣的百柱鬃帽，身上穿一件魚肚白的湖紗道袍，又恰好與蔣興哥平昔穿着相像。三巧兒遠遠瞧見，只道是他丈夫回了，揭開簾子，定眼而看。陳大郎抬頭，望

---

1 宋玉、潘安：宋玉是戰國時楚國文士，潘安是西晉文士，均是著名的美貌男子。

2 朝奉：原為官職名，後常用來指富翁、商人。

見樓上一個年少的美婦人，目不轉睛的，只道心上歡喜了他，也對着樓上丟個眼色。誰知兩個都錯認了。三巧兒見不是丈夫，羞得兩頰通紅，忙忙把窗兒拽轉，跑在後樓，靠着床沿上坐地，兀自心頭突突的跳一個不住。誰知陳大郎的一片精魂，早被婦人眼光兒攝上去了。回到下處，心心念念的放他不下，肚裏想道："家中妻子，雖是有些顏色，怎比得婦人一半！欲待通個情款，爭奈無門可入。若得謀他一宿，就消花這些本錢，也不枉為人在世。"歎了幾口氣，忽然想起大市街東巷，有個賣珠子的薛婆，曾與他做過交易。這婆子能言快語，況且日逐串街走巷，那一家不認得，須是與他商議，定有道理。

這一夜番來覆去，勉強過了。次日起個清早，只推有事，討些涼水梳洗，取了一百兩銀子，兩大錠金子，急急的跑進城來。這叫做：

欲求生受用，須下死工夫。

陳大郎進城，一徑來到大市街東巷，去敲那薛婆的門。薛婆蓬着頭，正在天井裏揀珠子，聽得敲門，一頭收過珠包，一頭問道："是誰？"才聽說出"徽州陳"三字，慌忙開門請進，道："老身未曾梳洗，不敢為禮了。大官人起得好早！有何貴幹？"陳大郎道："特特而來，若遲時，怕不相遇。"薛婆道："可是作成老身出脫些珍珠首飾麼？"陳大郎道："珠子也要買，還有大買賣作成你。"薛婆道："老身除了這一行貨，其餘都不熟慣。"陳大郎道："這裏可說得話麼？"薛婆便把大門關上，請他到小閣兒坐着，問道："大官人有何分付？"大郎見四下無人，便向衣袖裏摸出銀子，解開布包，攤在卓上，道："這一百兩白銀，乾娘收過了，方才敢說。"婆子不知高低，那裏肯受。大郎道："莫非嫌少？"慌忙又取出黃燦燦的兩錠金子，也放在卓上，道："這十兩金子，一併奉納。若乾娘再不收時，便是故意推調了。今日是我來尋你，非是你來求我。只為這椿大買賣，不是老娘成不得，所以特地相求。便說做不成時，這金銀你只管受用。終不然我又來取討，日後再沒相會的時節了？我陳商不是恁般小樣的人！"

看官，你說從來做牙婆①的那個不貪錢鈔？見了這般黃白之物，如何不動火？薛婆當時滿臉堆下笑來，便道："大官人休得錯怪，老身一生不曾要別人一厘一毫不明不白的錢財。今日既承大官人分付，老身權且留下。若是不能效勞，依舊奉納。"說罷，將金錠放銀包內，一齊包起，叫聲："老身大膽了。"拿向臥房中藏過，忙趕出來，道："大官人，老身且不敢稱謝，你且說甚麼買賣，用着老身之處？"大郎道："急切要尋一件救命之寶，是處都無，只大市街上一家人家方有，特央乾娘去借借。"婆子笑將起來道："又是作怪！老身在這條巷中住過二十多年，不曾聞大市街有甚救命之寶。大官人你說，有寶的還是誰家？"大郎道："敝鄉里汪三朝奉典舖對門高樓子內，是何人之宅？"婆子想了一回，道："這是本地蔣興哥家裏，他男子出外做客，一年多了，止有女眷在家。"大郎道："我這救命之寶，正要問他女眷借借。"便把椅兒撥近了婆子身邊，向他訴出心腹，如此如此。

---

1 牙婆：買賣的居間人稱牙人，牙婆一般指介紹人口買賣的婦女。

婆子聽罷，連忙搖首道："此事大難！蔣興哥新娶這房娘子，不上四年，夫妻兩個如魚似水，寸步不離。如今沒奈何出去了，這小娘子足不下樓，甚是貞節。因興哥做人有些古怪，容易嗔嫌，老身輩從不曾上他的階頭。連這小娘子面長面短，老身還不認得，如何應承得此事？方才所賜，是老身薄福，受用不成了。"陳大郎聽說，慌忙雙膝跪下。婆子去扯他時，被他兩手拿住衣袖，緊緊按定在椅上，動撣不得。口裏說："我陳商這條性命，都在乾娘身上。你是必思量個妙計，作成我入馬①，救我殘生。事成之日，再有白金百兩相酬。若是推阻，即今便是個死。"慌得婆子沒理會處，連聲應道："是，是！莫要折殺老身，大官人請起，老身有話講。"陳大郎方才起身，拱手道："有何妙策，作速見教。"薛婆道："此事須從容圖之，只要成就，莫論歲月。若是限時限日，老身決難奉命。"陳大郎道："若果然成就，便遲幾日何妨。只是計將安出？"薛婆道："明日不可太早，不可太遲，早飯後，相約在汪三朝奉典舖中相會。大官人可多帶銀兩，只說與老身做買賣，其間自有道理。若是老身這兩隻腳跨進得蔣家門時，便是大官人的造化。大官人便可急回下處，莫在他門首盤桓，被人識破，誤了大事。討得三分機會，老身自來回復。"陳大郎道："謹依尊命。"唱了個肥喏，欣然開門而去。正是：

　　　　未曾滅項興劉，先見築壇拜將。

---

1 入馬：和女人相好上。

當日無話。到次日，陳大郎穿了一身齊整衣服，取上三四百兩銀子，放在個大皮匣內，喚小郎揹着，跟隨到大市街汪家典舖來。瞧見對門樓窗緊閉，料是婦人不在，便與管典的拱了手，討個木櫈兒坐在門前，向東而望。不多時，只見薛婆抱着一個篋絲箱兒來了。陳大郎喚住，問道："箱內何物？"薛婆道："珠寶首飾，大官人可用麼？"大郎道："我正要買。"薛婆進了典舖，與管典的相見了，叫聲聒噪，便把箱兒打開。內中有十來包珠子，又有幾個小匣兒，都盛着新樣簇花點翠的首飾，奇巧動人，光燦奪目。陳大郎揀幾吊極粗極白的珠子，和那些簪珥之類，做一堆兒放着，道："這些我都要了。"婆子便把眼兒瞅着，說道："大官人要用時盡用，只怕不肯出這樣大價錢。"陳大郎已自會意，開了皮匣，把這些銀兩白華華的，攤做一臺，高聲的叫道："有這些銀子，難道買你的貨不起。"此時鄰舍閒漢已自走過七八個人，在舖前站着看了。婆子道："老身取笑，豈敢小覷大官人。這銀兩須要仔細，請收過了，只要還得價錢公道便好。"兩下一邊的討價多，一邊的還錢少，差得天高地遠。那討價的一口不移，這裏陳大郎拿着東西，又不放手，又不增添，故意走出屋簷，件件的翻覆認看，言真道假、彈斥估兩的在日光中烜耀。惹得一市人都來觀看，不住聲的有人喝采。婆子亂嚷道："買便買，不買便罷，只管擔閣人則甚！"陳大郎道："怎麼不買？"兩個又論了一番價。正是：

只因酬價爭錢口，驚動如花似玉人。

王三巧兒聽得對門喧嚷，不覺移步前樓，推窗偷看。只見珠光閃爍，寶色輝煌，甚是可愛。又見婆子與客人爭價不定，便分付丫鬟去喚那婆子，借他東西看看。晴雲領命，走過街去，把薛婆衣袂一扯，道："我家娘請你。"婆子故意問道："是誰家？"晴雲道："對門蔣家。"婆子把珍珠之類，劈手奪將過來，忙忙的包了，道："老身沒有許多空閒，與你歪纏！"陳大郎道："再添些賣了罷。"婆子道："不賣，不賣！像你這樣價錢，老身賣去多時了。"一頭說，一頭放入箱兒裏，依先關鎖了，抱着便走。晴雲道："我替你老人家拿罷。"婆子道："不消。"頭也不回，徑到對門去了。陳大郎心中暗喜，也收拾銀兩，別了管典的，自回下處。正是：

眼望捷旌旗，耳聽好消息。

晴雲引薛婆上樓，與三巧兒相見了。婆子看那婦人，心下想道："真天人也！怪不得陳大郎心迷，若我做男子，也要渾了。"當下說道："老身久聞大娘賢慧，但恨無緣拜識。"三巧兒問道："你老人家尊姓？"婆子道："老身姓薛，只在這裏東巷住，與大娘也是個鄰里。"三巧兒道："你方才這些東西，如何不賣？"婆子笑道："若不賣時，老身又拿出來怎的？只笑那下路①客人，空自一表人才，不識貨物。"說罷便去開了箱兒，取出幾件簪珥，遞與那婦人看，叫道："大娘，你道這樣首飾，便工錢也費多少！他們還得忒不像樣，教老身在主人家面前，如何告得許多消乏？"又把幾串珠子提將起來道："這般頭號的

---

1 下路：指長江下游一帶，住在上游的人往往稱下游來人為"下路人"。

貨，他們還做夢哩。”三巧兒問了他討價還價，便道：“真個虧你些兒。”婆子道：“還是大家寶眷，見多識廣，比男子漢眼力到勝十倍。”三巧兒喚丫鬟看茶，婆子道：“不擾茶了。老身有件要緊的事，欲往西街走走，遇着這個客人，纏了多時，正是買賣不成，擔誤工程。這箱兒連鎖放在這裏，權煩大娘收拾。老身暫去，少停就來。”說罷便走。三巧兒叫晴雲送他下樓，出門向西去了。

　　三巧兒心上愛了這幾件東西，專等婆子到來酬價，一連五日不至。到第六日午後，忽然下一場大雨。雨聲未絕，閝閝的敲門聲響。三巧兒喚丫鬟開看，只見薛婆衣衫半濕，提個破傘進來，口兒道：“晴乾不肯走，直待雨淋頭。”把傘兒放在樓梯邊，走上樓來萬福道：“大娘，前晚失信了。”三巧兒慌忙答禮道：“這幾日在那裏去了？”婆子道：“小女托賴，新添了個外甥。老身去看，留住了幾日，今早方回。半路上下起雨來，在一個相識人家借得把傘，又是破的，卻不是晦氣！”三巧兒道：“你老人家幾個兒女？”婆子道：“只一個兒子，完婚過了。女兒到有四個，這是我第四個了，嫁與徽州朱八朝奉做偏房，就在這北門外開鹽店的。”三巧兒道：“你老人家女兒多，不把來當事了。本鄉本土少什麼一夫一婦的，怎捨得與異鄉人做小？”婆子道：“大娘不知，倒是異鄉人有情懷。雖則偏房，他大娘子只在家裏，小女自在店中，呼奴使婢，一般受用。老身每遍去時，他當個尊長看待，更不怠慢。如今養了個兒子，愈加好了。”三巧兒道：“也是你老人家造化，嫁得着。”

　　說罷，恰好晴雲討茶上來，兩個吃了。婆子道：“今日雨天沒事，老身大膽，敢求大娘的首飾一看，看些巧樣兒在肚裏也好。"三巧兒道："也只是平常生活，你老人家莫笑話。"就取一把鑰匙，開了箱籠，陸續搬出許多釵、鈿、纓絡之類。薛婆看了，誇美不盡，道："大娘有恁般珍異，把老身這幾件東西，看不在眼了。"三巧兒道："好說，我正要與你老人家請個實價。"婆子道："娘子是識貨的，何消老身費嘴。"三巧兒把東西檢過，取出薛婆的篾絲箱兒來，放在卓上，將鑰匙遞與婆子道："你老人家開了，檢看個明白。"婆子道："大娘忒精細了。"當下開了箱兒，把東西逐件搬出。三巧兒品評價錢，都不甚遠。婆子並不爭論，歡歡喜喜的道："恁地，便不枉了人。老身就少賺幾貫錢，也是快活的。"三巧兒道："只是一件，目下湊不起價錢，只好現奉一半。等待我家官人回來，一併清楚，他也只在這幾日回了。"婆子道："便遲幾日，也不妨事。只是價錢上相讓多了，銀水要足紋的①。"三巧兒道："這也小事。"便把心愛的幾件首飾及珠子收起，喚晴雲取杯見成酒來，與老人家坐坐。

婆子道："造次，如何好攪擾？"三巧兒道："時常清閒，難得你老人家到此作伴扳話。你老人家若不嫌怠慢，時常過來走走。"婆子道："多謝大娘錯愛，老身家裏當不過嘈雜，像宅上又忒清閒了。"三巧兒道："你家兒子做甚生意？"婆子道："也只是接些珠寶客人，每日的討酒討漿，刮的人不耐煩。老身虧殺各宅們走動，在家時少，還好。若只在六尺地上轉，怕不燥死了人。"三巧兒道："我家與你相近，不耐煩時，就過來閒話。"婆子道："只不敢頻頻打攪。"三巧兒道："老人家說那裏話。"只見兩個丫鬟輪番的走動，擺了兩副杯箸，兩碗臘雞，兩碗臘

---

1 銀水：銀子的成色。足紋：足色的紋銀，成色好的銀子，稱為紋銀。

肉，兩碗鮮魚，連果碟素菜，共一十六個碗。婆子道：“如何盛設！”三巧兒道：“見成的，休怪怠慢。”說罷，斟酒遞與婆子，婆子將杯回敬，兩下對坐而飲。原來三巧兒酒量盡去得，那婆子又是酒壺酒甕，吃起酒來，一發相投了，只恨會面之晚。那日直吃到傍晚，剛剛雨止，婆子作謝要回。三巧兒又取出大銀鍾來，勸了幾鍾。又陪他吃了晚飯。說道：“你老人家再寬坐一時，我將這一半價錢付你去。”婆子道：“天晚了。大娘請自在，不爭這一夜兒，明日卻來領罷。連這篾絲箱兒，老身也不拿去了，省得路上泥滑滑的不好走。”三巧兒道：“明日專專望你。”婆子作別下樓，取了破傘，出門去了。正是：

世間只有虔婆①嘴，哄動多多少少人。

卻說陳大郎在下處呆等了幾日，並無音信。見這日天雨，料是婆子在家，拖泥帶水的進城來問個消息，又不相值。自家在酒肆中吃了三杯，用了些點心，又到薛婆門首打聽，只是未回。看看天晚，卻待轉身，只見婆子一臉春色，腳略斜的走入巷來。陳大郎迎着他，作了揖，問道：“所言如何？”婆子搖手道：“尚早。如今方下種，還沒有發芽哩。再隔五六年，開花結果，才到得你口。你莫在此探頭探腦，老娘不是管閒事的。”陳大郎見他醉了，只得轉去。

次日，婆子買了些時新果子、鮮雞、魚、肉之類，喚個廚子安排停當，裝做兩個盒子，又買一甕上好的醸酒，央間壁小二挑

---

1 虔婆：往往專指妓院老鴇。虔，賊。

了，來到蔣家門首。三巧兒這日不見婆子到來，正教晴雲開門出來探望，恰好相遇。婆子教小二挑在樓下，先打發他去了。晴雲已自報知主母。三巧兒把婆子當個貴客一般，直到樓梯口邊迎他上去。婆子千恩萬謝的福了一回，便道："今日老身偶有一杯水酒，將來與大娘消遣。"三巧兒道："到要你老人家賠鈔，不當受了。"婆子央兩個丫鬟搬將上來，擺做一卓子。三巧兒道："你老人家忒迂闊了，恁般大弄起來。"婆子笑道："小戶人家，備不出甚麼好東西，只當一茶奉獻。"晴雲便去取杯箸，暖雪便吹起水火爐①來。霎時酒暖，婆子道："今日是老身薄意，還請大娘轉坐客位。"三巧兒道："雖然相擾，在寒舍豈有此理？"兩下謙讓多時，薛婆只得坐了客席。這是第三次相聚，更覺熟分了。

飲酒中間，婆子問道："官人出外好多時了還不回，虧他撇得大娘下。"三巧兒道："便是，說過一年就轉，不知怎地擔閣了？"婆子道："依老身說，放下了恁般如花似玉的娘子，便博個堆金積玉也不為罕。"婆子又道："大凡走江湖的人，把客當家，把家當客。比如我第四個女婿宋八朝奉，有了小女，朝歡暮樂，那裏想家？或三年四年，才回一遍。住不上一兩個月，又來了。家中大娘子替他擔孤受寡，那曉得他外邊之事？"三巧兒道："我家官人到不是這樣人。"婆子道："老身只當閒話講，怎敢將天比地？"當日兩個猜謎擲色，吃得酩酊而別。

第三日，同小二來取家火，就領這一半價錢。三巧又留他吃點心。從此以後，把那一半賒錢為由，只做問興哥的消息，不時

---

1 水火爐：一種可以攜帶的銅銀製小火爐，主要用於暖酒。

行走。這婆子俐齒伶牙，能言快語，又半癡不顛的，慣與丫鬟們打諢，所以上下都歡喜他。三巧兒一日不見他來，便覺寂寞，叫老家人認了薛婆家裏，早晚常去請他，所以一發來得勤了。

世間有四種人惹他不得，引起了頭，再不好絕他。是那四種？遊方僧道、乞丐、閒漢、牙婆。上三種人猶可，只有牙婆是穿房入戶的，女眷們怕冷靜時，十個九個到要扳他來往。今日薛婆本是個不善之人，一般甜言軟語，三巧兒遂與他成了至交，時刻少他不得。正是：

> 畫虎畫皮難畫骨，知人知面不知心。

陳大郎幾遍討個消息，薛婆只回言尚早。其時五月中旬，天漸炎熱。婆子在三巧兒面前，偶說起家中蝸窄，又是朝西房子，夏月最不相宜，不比這樓上高廠風涼。三巧兒道："你老人家若撇得家下，到此過夜也好。"婆子道："好是好，只怕官人回來。"三巧兒道："他就回，料道不是半夜三更。"婆子道："大娘不嫌蒿惱，老身慣是搖相知①的，只今晚就取鋪陳過來，與大娘作伴，何如？"三巧兒道："鋪陳盡有，也不須拿得。你老人家回覆家裏一聲，索性在此過了一夏家去不好？"婆子真個對家裏兒子媳婦說了，只帶個梳匣兒過來。三巧兒道："你老人家多事，難道我家油梳子也缺了，你又帶來怎地？"婆子道："老身一生怕的是同湯洗臉，合具梳頭。大娘怕沒有精緻的梳具，老身如何敢用？其他姐兒們的，老身也怕用得，還是自家帶了便當。

---

1 搖相知：硬拉關係，這裏指與人強套近乎。

只是大娘分付在那一門房安歇？"三巧兒指着床前一個小小藤榻兒，道："我預先排下你的臥處了，我兩個親近些，夜間睡不着，好講些閒話。"說罷，檢出一項青紗帳來，教婆子自家掛了，又同吃了一會酒，方才歇息。兩個丫鬟原在床前打鋪相伴，因有了婆子，打發他在間壁房裏去睡。

從此為始，婆子日間出去串街做買賣，黑夜便到蔣家歇宿。時常攜壺挈榼的殷勤熱鬧，不一而足。床榻是丁字樣鋪下的，雖隔着帳子，卻像是一頭同睡。夜間絮絮叨叨，你問我答，凡街坊穢褻之談，無所不至。這婆子或時裝醉詐風起來，到說起自家少年時偷漢的許多情事，去勾動那婦人的春心。害得那婦人嬌滴滴一副嫩臉，紅了又白，白了又紅。婆子已知婦人心活，只是那話兒不好啟齒。

光陰迅速，又到七月初七日了，正是三巧兒的生日。婆子清早備下兩盒禮，與他做生。三巧兒稱謝了，留他吃麵。婆子道："老身今日有些窮忙，晚上來陪大娘，看牛郎織女做親。"說罷自去了。下得階頭不幾步，正遇着陳大郎。路上不好講話，隨到個僻靜巷裏。陳大郎攢着兩眉，埋怨婆子道："乾娘，你好慢心腸！春去夏來，如今又立過秋了。你今日也說尚早，明日也說尚早，卻不知我度日如年。再延捱幾日，他丈夫回來，此事便付東流，卻不活活的害死我也！陰司去，少不得與你索命。"婆子道："你且莫喉急，老身正要相請，來得恰好。事成不成，只在今晚，須是依我而行。如此如此，這般這般。全要輕輕悄悄，莫帶累人。"陳大郎點頭道："好計，好計！事成之後，定當厚報。"說罷，欣然而去。正是：

排成竊玉偷香陣，費盡攜雲握雨心。

　　卻說薛婆約定陳大郎這晚成事。午後細雨微茫，到晚卻沒有星月。婆子黑暗裏引着陳大郎埋伏在左近，自己卻去敲門。晴雲點個紙燈兒，開門出來。婆子故意把衣袖一摸，說道："失落了一條臨清汗巾兒。姐姐，勞你大家尋一尋。"哄得晴雲便把燈向街上照去。這裏婆子捉個空，招着陳大郎一溜溜進門來，先引他在樓梯背後空處伏着。婆子便叫道："有了，不要尋了。"晴雲道："恰好火也沒了，我再去點個來照你。"婆子道："走熟的路，不消用火。"兩個黑暗裏關了門，摸上樓來。三巧兒問道："你沒了什麼東西？"婆子袖裏扯出個小帕兒來，道："就是這個冤家，雖然不值甚錢，是一個北京客人送我的，卻不道禮輕人意重。"三巧兒取笑道："莫非是你老相交送的表記？"婆子笑道："也差不多。"當夜兩個耍笑飲酒。婆子道："酒餚盡多，何不把些賞廚下男女？也教他鬧轟轟，像個節夜。"三巧兒真個把四碗菜，兩壺酒，分付丫鬟，拿下樓去。那兩個婆娘，一個漢子，吃了一回，各去歇息不題。

　　再說婆子飲酒中間，問道："官人如何還不回家？"三巧兒道："便是算來一年半了。"婆子道："牛郎織女，也是一年一會，你比他到多隔了半年。常言道一品官，二品客。做客的那一處沒有風花雪月？只苦了家中娘子。"三巧兒歎了口氣，低頭不語。婆子道："是老身多嘴了。今夜牛女佳期，只該飲酒作樂，不該說傷情話兒。"說罷，便斟酒去勸那婦人。約莫半酣，婆子又把酒去勸兩個丫鬟，說道："這是牛郎織女的喜酒，勸你多吃幾杯，後日嫁個恩愛的老公，寸步不離。"兩個丫鬟被纏不過，勉強吃了，各不勝酒力，東倒西歪。三巧兒分付關了樓門，發放他先睡。他兩個自在吃酒。

　　婆子一頭吃，口裏不住的說囉說皂，道：“大娘幾歲上嫁的？”三巧兒道：“十七歲。”婆子道：“破得身遲，還不吃虧。我是十三歲上就破了身。”三巧兒道：“嫁得恁般早？”婆子道：“論起嫁，到是十八歲了。不瞞大娘說，因是在間壁人家學針指，被他家小官人調誘，一時間貪他生得俊俏，就應承與他偷了。初時好不疼痛，兩三遍後，就曉得快活。大娘你可也是這般麼？”三巧兒只是笑。婆子又道：“那話兒到是不曉得滋味的到好，嘗過的便丟不下，心坎裏時時發癢。日裏還好，夜間好難過哩。”三巧兒道：“想你在娘家時閑人多矣，虧你怎生充得黃花女兒嫁去？”婆子道：“我的老娘也曉得些影像，生怕出醜，教我一個童女方，用石榴皮、生礬兩味，煎湯洗過，那東西就瘀緊了。我只做張做勢的叫疼，就遮過了。”三巧兒道：“你做女兒時，夜間也少不得獨睡。”婆子道：“還記得在娘家時節，哥哥出外，我與嫂嫂一頭同睡，兩下輪番在肚子上學男子漢的行事。”三巧兒道：“兩個女人做對，有甚好處？”婆子走過三巧兒那邊，挨肩坐了，說道：“大娘，你不知，只要大家知音，一般有趣，也撒得火。”三巧兒舉手把婆子肩胛上打一下，說道：“我不信，你說謊。”婆子見他慾心已動，有心去挑撥他，又道：“老身今年五十二歲了，夜間常癡性發作，打熬不過，虧得你少年老成。”三巧兒道：“你老人家打熬不過，終不然還去打漢子？”婆子道：“敗花枯柳，如今那個要我了？不瞞大娘說，我也有個自取其樂，救急的法兒。”三巧兒道：“你說謊，又是甚麼法兒？”婆子道：“少停到床上睡了，與你細講。”

說罷，只見一個飛蛾在燈上旋轉，婆子便把扇來一撲，故意撲滅了燈，叫聲："阿呀！老身自去點燈來。"便去開樓門。陳大郎已自走上樓梯，伏在門邊多時了。都是婆子預先設下的圈套。婆子道："忘帶個取燈兒①去了。"又走轉來，便引着陳大郎到自己榻上伏着。

婆子下樓去了一回，復上來道："夜深了，廚下火種都熄了，怎麼處？"三巧兒道："我點燈睡慣了，黑魆魆地，好不怕人！"婆子道："老身伴你一床睡何如？"三巧兒正要問他救急的法兒，應道："甚好。"婆子道："大娘，你先上床，我關了門就來。"三巧兒先脫了衣服，床上去了，叫道："你老人家快睡罷。"婆子應道："就來了。"卻在榻上拖陳大郎上來，赤條條的攛在三巧兒床上去。三巧兒摸着身子，道："你老人家許多年紀，身上恁般光滑！"那人並不回言，鑽進被裏，就捧着婦人做嘴，婦人還認是婆子，雙手相抱。那人驀地騰身而上，就幹起事來。那婦人一則多了杯酒，醉眼朦朧；二則被婆子挑撥，春心飄盪，到此不暇致詳，憑他輕薄：

> 一個是閨中懷春的少婦，一個是客邸慕色的才郎。一個打熬許久，如文君初遇相如；一個盼望多時，如必正初諧陳女。②分明久旱逢甘雨，勝似

1 取燈兒：即發燭，又名粹兒，將松木削為小木片，一端塗以硫磺，用來引火，略似今天的火柴。

2 文君、相如，必正、陳女：指西漢司馬相如與卓文君、宋代書生潘必正與道姑陳妙常戀愛的風流佳話。

他鄉遇故知。

陳大郎是走過風月場的人，顛鸞倒鳳，曲盡其趣，弄得婦人魂不附體。雲雨畢後，三巧兒方問道："你是誰？"陳大郎把樓下相逢，如此相慕，如此苦央薛婆用計，細細說了："今番得遂平生，便死瞑目。"婆子走到床間，說道："不是老身大膽，一來可憐大娘青春獨宿，二來要救陳郎性命。你兩個也是宿世姻緣，非干老身之事。"三巧兒道："事已如此，萬一我丈夫知覺，怎麼好？"婆子道："此事你知我知，只買定了晴雲、暖雪兩個丫頭，不許他多嘴，再有誰人漏洩？在老身身上，管成你夜夜歡娛，一些事也沒有。只是日後不要忘記了老身。"三巧兒到此，也顧不得許多了，兩個又狂蕩起來。直到五更鼓絕，天色將明，兩個兀自不捨。婆子催促陳大郎起身，送他出門去了。

自此無夜不會，或是婆子同來，或是漢子自來。兩個丫鬟被婆子甜話兒偎他，又把利害兒嚇他，又教主母賞他幾件衣服，漢子到時，不時把些零碎銀子賞他們買果兒吃，騙得歡歡喜喜，已自做了一路。夜來明去，一出一入，都是兩個丫鬟迎送，全無阻隔。真個是你貪我愛，如膠似漆，勝如夫婦一般。陳大郎有心要結識這婦人，不時的制辦好衣服、好首飾送他，又替他還了欠下婆子的一半價錢。又將一百兩銀子謝了婆子。往來半年有餘，這漢子約有千金之費。三巧兒也有三十多兩銀子的東西，送那婆子。婆子只為圖這些不義之財，所以肯做牽頭。這都不在話下。

古人云："天下無不散的筵席。"才過十五元宵夜，又是清明三月天。陳大郎思想，蹉跎了多時生意，要得還鄉。夜來與婦人說知，兩下恩深義重，各不相捨。婦人倒情願收拾了些細軟，跟隨漢子逃走，去做長久夫妻。陳大郎道："使不得。我們相交始末，都在薛婆肚裏。就是主人家呂公，見我每夜進城，難道沒有些疑惑？況客船上人多，瞞得那個？兩個丫鬟又帶去不得。你丈夫回來，跟究出情由，怎肯干休？娘子權且耐心，到明年此時，我到此覓個僻靜下處，悄悄通個信兒與你，那時兩口兒同走，神鬼不覺，卻不安穩？"婦人道："萬一你明年不來，如何？"陳大郎就設起誓來。婦人道："既然你有真心，奴家也決不相負。你若到了家鄉，倘有便人，托他捎個書信到薛婆處，也教奴家放意。"陳大郎道："我自用心，不消分付。"

又過幾日，陳大郎僱下船隻，裝載糧食完備，又來與婦人作別。這一夜倍加眷戀，兩下說一會，哭一會，又狂蕩一會，整整的一夜不曾合眼。到五更起身，婦人便去開箱，取出一件寶貝，叫做"珍珠衫"，遞與陳大郎道："這件衫兒，是蔣門祖傳之物，暑天若穿了他，清涼透骨。此去天道漸熱，正用得着。奴家把與你做個記念，穿了此衫，就如奴家貼體一般。"陳大郎哭得出聲不得，軟做一堆。婦人就把衫兒親手與漢子穿下，叫丫鬟開了門戶，親自送他出門，再三珍重而別。詩曰：

> 昔年含淚別夫郎，今日悲啼送所歡。
> 堪恨婦人多水性，招來野鳥勝文鸞。

話分兩頭。卻說陳大郎有了這珍珠衫兒，每日貼體穿着，便夜間脫下，也放在被窩中同睡，寸步不離。一路遇了順風，不兩月行到蘇州府楓橋地面。那楓橋是柴米牙行聚處，少不得投個主家脫貨，不在話下。

忽一日，赴個同鄉人的酒席。席上遇個襄陽客人，生得風流標致。那人非別，正是蔣興哥。原來興哥在廣東販了些珍珠、玳瑁、蘇木、沉香之類，搭伴起身。那夥同伴商量，都要到蘇州發賣。興哥久聞得"上說天堂，下說蘇杭"，好個大馬頭所在，有心要去走一遍，做這一回買賣，方才回去。還是去年十月中到蘇州的。因是隱姓為商，都稱為羅小官人，所以陳大郎更不疑惑。他兩個萍水相逢，年相若，貌相似，談吐應對之間，彼此敬慕。即席間問了下處，互相拜望，兩下遂成知己，不時會面。

興哥討完了客帳，欲待起身，走到陳大郎寓所作別。大郎置酒相待，促膝談心，甚是款洽。此時五月下旬，天氣炎熱。兩個解衣飲酒，陳大郎露出珍珠衫來。興哥心中駭異，又不好認他的，只誇獎此衫之美。陳大郎恃了相知，便問道："貴縣大市街有個蔣興哥家，羅兄可認得否？"興哥到也乖巧，回道："在下出外日多，里中雖曉得有這個人，並不相認。陳兄為何問他？"陳大郎道："不瞞兄長說，小弟與他有些瓜葛。"便把三巧兒相好之情，告訴了一遍。扯着衫兒看了，眼淚汪汪道："此衫是他所贈。兄長此去，小弟有封書信，奉煩一寄，明日侵早送到貴寓。"興哥口裏答應道："當得，當得。"心下沉吟："有這等異事！現在珍珠衫為證，不是個虛話了。"當下如針刺肚，推故不飲，急急起身別去。

回到下處，想了又惱，惱了又想，恨不得學個縮地法兒，頃刻到家。連夜收拾，次早便上船要行。只見岸上一個人氣吁吁的趕來，卻是陳大郎。親把書信一大包，遞與興哥，叮囑千萬寄去。氣得興哥面如土色，說不得，話不得，死不得，活不得。只等陳大郎去後，把書看時，面上寫道："此書煩寄大市街東巷薛媽媽家。"興哥性起，一手扯開，卻是八尺多長一條桃紅縐紗汗巾。又有個紙糊長匣兒，內有羊脂玉鳳頭簪一根。書上寫道："微物二件，煩乾娘轉寄心愛娘子三巧兒親收，聊表記念。相會之期，準在來春。珍重，珍重。"興哥大怒，把書扯得粉碎，撇在河中。提起玉簪在船板上一慣，折做兩段。一念想起道："我好糊塗！何不留此做個證見也好。"便撿起簪兒和汗巾，做一包收拾，催促開船。

急急的趕到家鄉，望見了自家門首，不覺墮下淚來。想起："當初夫妻何等恩愛，只為我貪着蠅頭微利，撇他少年守寡，弄出這場醜來，如今悔之何及！"在路上性急，巴不得趕回。及至到了，心中又苦又恨，行一步，懶一步。進得自家門裏，少不得忍住了氣，勉強相見。興哥並無言語，三巧兒自己心虛，覺得滿臉慚愧，不敢殷勤上前扳話。興哥搬完了行李，只說去看看丈人丈母，依舊到船上住了一晚。

次早回家，向三巧兒說道："你的爹娘同時害病，勢甚危篤。昨晚我只得住下，看了他一夜。他心中只牽掛着你，欲見一面。我已顧下轎子在門首，你可作速回去，我也隨後就來。"三巧兒見丈夫一夜不回，心裏正在疑慮。聞說爹娘有病，卻認真了，如何不慌？慌忙把箱籠上匙鑰遞與丈夫，喚個婆娘跟了，上轎而去。興哥叫住了婆娘，向袖中摸出一封書來，分付他送與王公："送過書，你便隨轎回來。"

卻說三巧兒回家，見爹娘雙雙無恙，吃了一驚。王公見女兒不接而回，也自駭然。在婆子手中接書，拆開看時，卻是休書一紙。上寫道：

立休書人蔣德，係襄陽府棗陽縣人。從幼憑媒聘定王氏為妻。豈期過門之後，本婦多有過失，正合七出之條①。因念夫妻之情，不忍明言，情願退還本宗，聽憑改嫁，並無異言。休書是實。

　　　　　　　　　成化二年月日，手掌為記。

　　書中又包着一條桃紅汗巾，一枝打折的羊脂玉鳳頭簪。王公看了大驚，叫過女兒問其緣故。三巧兒聽說丈夫把他休了，一言不發，啼哭起來。王公氣忿忿的一徑跟到女婿家來，蔣興哥連忙上前作揖。王公回禮，便問道：“賢婿，我女兒是清清白白嫁到你家的，如今有何過失，你便把他休了？須還我個明白。”蔣興哥道：“小婿不好說得，但問令愛便知。”王公道：“他只是啼哭，不肯開口，教我肚裏好悶！小女從幼聰慧，料不到得犯了淫盜。若是小小過失，你可也看老漢薄面，恕了他罷。你兩個是七八歲上定下的夫妻，完婚後並不曾爭論一遍兩遍，且是和順。你如今做客才回，又不曾住過三朝五日，有甚麼破綻落在你眼裏？你直如此狠毒，也被人笑話，說你無情無義。”蔣興哥道：“丈人在上，小婿也不敢多講。家下有祖遺下珍珠衫一件，是令愛收藏，只問他如今在否。若在時，半字休題。若不在，只索休怪了。”

　　王公忙轉身回家，問女兒道：“你丈夫只問你討甚麼珍珠衫，你端的拿與何人去了？”那婦人聽得說着了他緊要的關目，羞得滿臉通紅，開不得口，一發號啕大哭起來，慌得王公沒做理

---

1 七出之條：古代休妻的七種條件，包括無子、淫佚、不事舅姑、口舌、盜竊、妒忌、惡疾。

會處。王婆勸道："你不要只管啼哭，實實的說個真情與爹媽知道，也好與你分剖。"婦人那裏肯說，悲悲咽咽，哭一個不住。王公只得把休書和汗巾簪子，都付與王婆，教他慢慢的偎着女兒，問他個明白。

　　王公心中納悶，走在鄰家閒話去了。王婆見女兒哭得兩眼赤腫，生怕苦壞了他，安慰了幾句言語，走往廚房下去暖酒，要與女兒消愁。三巧兒在房中獨坐，想着珍珠衫洩漏的緣故，好生難解！這汗巾簪子，又不知那裏來的。沉吟了半晌道："我曉得了。這折簪是鏡破釵分之意，這條汗巾，分明教我懸樑自盡。他念夫妻之情，不忍明言，是要全我的廉恥。可憐四年恩愛，一旦決絕，是我做的不是，負了丈夫恩情。便活在人間，料沒有個好日，不如縊死，到得乾淨。"說罷，又哭了一回，把個坐兀子①填高，將汗巾兜在樑上，正欲自縊。也是壽數未絕，不曾關上房門。恰好王婆暖得一壺好酒走進房來，見女兒安排這事，急得他手忙腳亂，不放酒壺，便上前去拖拽。不期一腳踢番坐兀子，娘兒兩個跌做一團，酒壺都潑翻了。王婆爬起來，扶起女兒，說道："你好短見！二十多歲的人，一朵花還沒有開足，怎做這沒下梢的事？莫說你丈夫還有回心轉意的日子，便真個休了，恁般容貌，怕沒人要你？少不得別選良姻，圖個下半世受用。你且放心過日子去，休得愁悶。"王公回家，知道女兒尋死，也勸了他一番，又囑付王婆用心提防。過了數日，三巧兒沒奈何，也放下了念頭。正是：

---

1 坐兀子：小凳子，也寫作"杌子"。

夫妻本是同林鳥，大限來時各自飛。

再說蔣興哥把兩條索子，將晴雲、暖雪捆縛起來，拷問情由。那丫頭初時抵賴，吃打不過，只得從頭至尾，細細招將出來。已知都是薛婆勾引，不干他人之事。到明朝，興哥領了一夥人，趕到薛婆家裏，打得他雪片相似，只饒他拆了房子。薛婆情知自己不是，躲過一邊，並沒一人敢出頭說話。興哥見他如此，也出了這口氣。回去換個牙婆，將兩個丫頭都賣了。樓上細軟箱籠，大小共十六隻，寫三十二條封皮，打义封了，更不開動。這是甚意兒？只因興哥夫婦，本是十二分相愛的。雖則一時休了，心中好生痛切。見物思人，何忍開看？

話分兩頭。卻說南京有個吳傑進士，除授廣東潮陽縣知縣。水路上任，打從襄陽經過。不曾帶家小，有心要擇一美妾。一路看了多少女子，並不中意。聞得襄陽縣王公之女，大有顏色，一縣聞名。出五十金財禮，央媒議親。王公到也樂從，只怕前婿有言，親到蔣家，與興哥說知。興哥並不阻當。臨嫁之夜，興哥顧了人夫，將樓上十六個箱籠，原封不動，連匙鑰送到吳知縣船上，交割與三巧兒，當個賠嫁。婦人心上倒過意不去。旁人曉得這事，也有誇興哥做人忠厚的，也有笑他癡騃的，還有罵他沒志氣的，正是人心不同。

閒話休題。再說陳大郎在蘇州脫貨完了，回到新安，一心只想着三巧兒。朝暮看了這件珍珠衫，長籲短歎。老婆平氏心知這衫兒來得蹺蹊，等丈夫睡着，悄悄的偷去，藏在天花板上。陳大郎早起要穿時，不見了衫兒，與老婆取討。平氏那裏肯認。急得陳大郎性發，傾箱倒篋的尋個遍，只是不見，便破口罵老婆起來。惹得老婆啼啼哭哭，與他爭嚷，鬧炒了兩三日。陳大郎情懷撩亂，忙忙的收拾銀兩，帶個小郎，再望襄陽舊路而進。將近棗陽，不期遇了一夥大盜，將本錢盡皆劫去，小郎也被他殺了。陳商眼快，走向船梢舵上伏着，倖免殘生。思想還鄉不得，且到舊寓住下，待會了三巧兒，與他借些東西，再圖恢復。歎了一口氣，只得離船上岸。

走到棗陽城外主人呂公家，告訴其事，又道：「如今要央賣珠子的薛婆，與一個相識人家借些本錢營運。」呂公道：「大郎不知，那婆子為勾引蔣興哥的渾家，做了些醜事。去年興哥回來，問渾家討甚麼珍珠衫。原來渾家贈與情人去了，無言回答。興哥當時休了渾家回去，如今轉嫁與南京吳進士做第二房夫人了。那婆子被蔣家打得個片瓦不留，婆子安身不牢，也搬在隔縣去了。」

陳大郎聽得這話，好似一桶冷水沒頭淋下。這一驚非小，當夜發寒發熱，害起病來。這病又是鬱症，又是相思症，也帶些怯症，又有些驚症，床上臥了兩個多月，翻翻覆覆只是不愈。連累主人家小廝，伏侍得不耐煩。陳大郎心上不安，打熬起精神，寫成家書一封。請主人來商議，要覓個便人梢信在家中，取些盤纏，就要個親人來看覷同回。這幾句正中了主人之意。恰好有個相識的承差，奉上司公文要往徽寧一路。水陸驛遞，極是快的。呂公接了陳大郎書劄，又替他應出五錢銀子，送與承差，央他乘便寄去。果然的「自行由得我，官差急如火」，不勾幾日，到了新安縣。問到陳商家裏，送了家書，那承差飛馬去了。正是：

只為千金書信，又成一段姻緣。

話說平氏拆開家信，果是丈夫筆跡，寫道：

　　陳商再拜，賢妻平氏見字：別後襄陽遇盜，劫資殺僕。某受驚患病，見臥舊寓呂家，兩月不愈。字到，可央一的當親人，多帶盤纏，速來看視。伏枕草草。

　　平氏看了，半信半疑，想道：“前番回家，虧折了千金貲本。據這件珍珠衫，一定是邪路上來的。今番又推被盜，多討盤纏，怕是假話。”又想道：“他要個的當親人，速來看視，必然病勢利害。這話是真，也未可知。如今央誰人去好？”左思右想，放心不下。與父親平老朝奉商議。收拾起細軟家私，帶了陳旺夫婦，就請父親作伴，顧個船隻，親往襄陽看丈夫去。到得京口，平老朝奉痰火病發，央人送回去了。平氏引着男女，上水前進。

　　不一日，來到棗陽城外，問着了舊主人呂家。原來十日前，陳大郎已故了。呂公賠些錢鈔，將就入殮。平氏哭倒在地，良久方醒。慌忙換了孝服，再三向呂公說，欲待開棺一見，另買副好棺材，重新殮過。呂公執意不肯。平氏沒奈何，只得買木做個外棺包裹，請僧做法事超度，多焚冥資。呂公已自索了他二十兩銀子謝儀，隨他鬧炒，並不言語。

　　過了一月有餘，平氏要選個好日子，扶柩而回。呂公見這婦人年少姿色，料是守寡不終，又且囊中有物。思想兒子呂二，還沒有親事，何不留住了他，完其好事，可不兩便？呂公買酒請了陳旺，央他老婆委曲進言，許以厚謝。陳旺的老婆是個蠢貨，那曉得甚麼委曲？不顧高低，一直的對主母說了。平氏大怒，把他罵了一頓，連打幾個耳光子，連主人家也數落了幾句。呂公一場沒趣，敢怒而不敢言。正是：

　　　　羊肉饅頭沒的吃，空教惹得一身騷。

　　呂公便去攛掇陳旺逃走。陳旺也思量沒甚好處了，與老婆商議，教他做腳，裏應外合，把銀兩首飾，偷得罄盡，兩口兒連夜走了。呂公明知其情，反埋怨平氏道：“不該帶這樣歹人出來，幸而偷了自家主母的東西，若偷了別家的，可不連累人！”又嫌這靈柩礙他生理，教他快些抬去。又道後生寡婦，在此住居不便，催促他起身。平氏被逼不過，只得別賃下一間房子住了。顧人把靈柩移來，安頓在內。這淒涼景象，自不必說。

　　間壁有個張七嫂，為人甚是活動。聽得平氏啼哭，時常走來勸解。平氏又時常央他典賣幾件衣服用度，極感其意。不勾幾月，衣服都典盡了。從小學得一手好針線，思量要到個大戶人家，教習女紅度日，再作區處。正與張七嫂商量這話，張七嫂道：“老身不好說得，這大戶人家，不是你少年人走動的。死的沒福自死了，活的還要做人，你後面日子正長哩。終不然做針線娘，了得你下半世？況且名聲不好，被人看得輕了。還有一件，這個靈柩如何處置，也是你身上一件大事。便出賃房錢，終久是不了之局。”平氏道：“奴家也都慮到，只是無計可施了。”張七嫂道：“老身到有一策，娘子莫怪我說。你千里離鄉，一身孤寡，手中又無半錢，想要搬這靈柩回去，多是虛了。莫說你衣食不周，到底難守。便多守得幾時，亦有何益？依老身愚見，莫若趁此青年美貌，尋個好對頭，一夫一婦的隨了他去。得些財禮，就買塊土來葬了丈夫，你的終身又有所託，可不生死無憾？"平氏見他說得近理，沉吟了一會，歎口氣道："罷，罷，奴家賣身葬夫，傍人也笑我不得。"張七嫂道："娘子若定了主意時，老身現有個主兒在此。年紀與娘子相近，人物齊整，又是大富之家。"平氏道："他既是富家，怕不要二婚的。"張七嫂道："他也是續弦了，原對老身說，不拘頭婚二婚，只要人才出眾。似娘子這般丰姿，怕不中意？"

原來張七嫂曾受蔣興哥之託，央他訪一頭好親。因是前妻三巧兒出色標致，所以如今只要訪個美貌的。那平氏容貌，雖不及得三巧兒，論起手腳伶俐，胸中涇渭，又勝似他。張七嫂次日就進城，與蔣興哥說了。興哥聞得是下路人，愈加歡喜。這裏平氏分文財禮不要，只要買塊好地殯葬丈夫要緊。張七嫂往來回復了幾次，兩相依允。

話休煩絮。卻說平氏送了丈夫靈柩入土，祭奠畢了，大哭一場，免不得起靈除孝。臨期，蔣家送衣飾過來，又將他典下的衣服都贖回了。成親之夜，一般大吹大擂，洞房花燭。正是：

規矩熟閒雖舊事，恩情美滿勝新婚。

蔣興哥見平氏舉止端莊，甚相敬重。一日，從外而來，平氏正在打疊衣箱，內有珍珠衫一件。興哥認得了，大驚問道："此衫從何而來？"平氏道："這衫兒來得蹺蹊。"便把前夫如此張致，夫妻如此爭嚷，如此賭氣分別，述了一遍。又道："前日艱難時，幾番欲把他典賣。只愁來歷不明，怕惹出是非，不敢露人眼目。連奴家至今，不知這物事那裏來的。"興哥道："你前夫陳大郎名字，可叫做陳商？可是白淨面皮，沒有鬚，左手長指甲的麼？"平氏道："正是。"蔣興哥把舌頭一伸，合掌對天道："如此說來，天理昭彰，好怕人也！"平氏問其緣故，蔣興哥道："這件珍珠衫，原是我家舊物。你丈夫姦騙了我的妻子，得此衫為表記。我在蘇州相會，見了此衫，始知其情，回來把王氏休了。誰知你丈夫客死。我今續弦，但聞是徽州陳客之妻，誰知就是陳商！卻不是一報還一報！"平氏聽罷，毛骨悚然。從此恩情愈篤。這才是"蔣興哥重會珍珠衫"的正話①。詩曰：

> 天理昭昭不可欺，兩妻交易孰便宜？
> 分明欠債償他利，百歲姻緣暫換時。

再說蔣興哥有了管家娘子，一年之後，又往廣東做買賣。也是合當有事。一日到合浦縣販珠，價都講定。主人家老兒只揀一粒絕大的偷過了，再不承認。興哥不忿，一把扯他袖子要搜。何期去得勢重，將老兒拖翻在地，跌下便不做聲。忙去扶時，氣已斷了。兒女親鄰，哭的哭，叫的叫，一陣的簇擁將來，把興哥捉住。不由分說，痛打一頓，關在空房裏。連夜寫了狀詞，只等天明縣主，早堂②，連人進狀。縣主准了，因這日有公事，分付把兇身鎖押，次日候審。

---

1 正話：正題，正文。話本小說中，與正話相對應的術語還有入話，入話可以是一首或數首詩（詞），也可以是一個小故事，猶如戲曲的開臺鑼鼓，起到穿針引線、導入正文的作用。

2 早堂：舊時官府早晚兩次治事，早晨的一次稱早堂，又叫做早衙。

你道這縣主是誰？姓吳名傑，南畿①進士，正是三巧兒的晚老公。初選原在潮陽，上司因見他清廉，調在這合浦縣採珠的所在來做官。是夜，吳傑在燈下將准過的狀詞細閱。三巧兒正在傍邊閒看，偶見宋福所告人命一詞，兇身羅德，棗陽縣客人，不是蔣興哥是誰？想起舊日恩情，不覺痛酸，哭告丈夫道："這羅德是賤妾的親哥，出嗣在母舅羅家的。不期客邊，犯此大辟②。官人可看妾之面，救他一命還鄉。"縣主道："且看臨審如何。若人命果真，教我也難寬宥。"三巧兒兩眼噙淚，跪下苦苦哀求。縣主道："你且莫忙，我自有道理。"明早出堂，三巧兒又扯住縣主衣袖哭道："若哥哥無救，賤妾亦當自盡，不能相見了。"

　　當日縣主升堂，第一就問這起。只見宋福、宋壽弟兄兩個，哭啼啼的與父親執命③，稟道："因爭珠懷恨，登時打悶，仆地身死。望爺爺做主。"縣主問眾干證口詞，也有說打倒的，也有說推跌的。蔣興哥辯道："他父親偷了小人的珠子，小人不忿，與他爭論。他因年老腳�，自家跌死，不干小人之事。"縣主問宋福道："你父親幾歲了？"宋福道："六十七歲了。"縣主道："老年人容易昏絕，未必是打。"宋福、宋壽堅執是打死的。縣主道："有傷無傷，須憑檢驗。既說打死，將屍發在漏澤園④去，俟晚堂聽檢。"原來宋家也是個大戶，有體面的。老兒曾當過里長，兒子怎肯把父親在屍場剔骨？兩個雙雙叩頭道："父親死狀，眾目共見，只求爺爺到小人家裏相驗，不願發檢。"縣主

1 南畿：南都，明代指南京。

2 大辟：死刑。

3 執命：要求追查兇手償命。

4 漏澤園：官府所設的墳場，供家貧無葬地者安葬。

道：“若不見貼骨傷痕，兇身怎肯伏罪？沒有屍格[1]，如何申得上司過？”弟兄兩個只是求告。縣主發怒道：“你既不願檢，我也難問。”慌的他弟兄兩個連連叩頭道：“但憑爺爺明斷。”縣主道：“望七之人，死是本等。倘或不因打死，屈害了一個平人，反增死者罪過。就是你做兒子的，巴得父親到許多年紀，又把個不得善終的惡名與他，心中何忍？但打死是假，推仆是真，若不重罰羅德，也難出你的氣。我如今教他披麻戴孝，與親兒一般行禮。一應殯殮之費，都要他支持。你可服麼？”弟兄兩個道：“爺爺分付，小人敢不遵依。”興哥見縣主不用刑罰，斷得乾淨，喜出望外。當下原、被告都叩頭稱謝。縣主道：“我也不寫審單[2]，着差人押出，待事完回話，把原詞與你銷訖便了。”正是：

> 公堂造業真容易，要積陰功亦不難。
> 試看今朝吳大尹，解冤釋罪兩家歡。

卻說三巧兒自丈夫出堂之後，如坐針氈，一聞得退衙，便迎住問個消息。縣主道：“我如此如此斷了，看你之面，一板也不曾責他。”三巧兒千恩萬謝，又道：“妾與哥哥久別，渴思一會，問取爹娘消息。官人如何做個方便，使妾兄妹相見，此恩不小。”縣主道：“這也容易。”看官們，你道三巧兒被蔣興哥休

---

1 屍格：驗屍的表格，又稱驗狀。明制，各府刊印檢屍圖式，發給州縣，驗屍時填具三
　份，一份與苦主，一份隨附卷宗，一份申繳上司。
2 審單：判決書。

珠還合浦重生采，劍合豐城倍有神

了，恩斷義絕，如何恁地用情？他夫婦原是十分恩愛的，因三巧兒做下不是，興哥不得已而休之，心中兀自不忍，所以改嫁之夜，把十六隻箱籠，完完全全的贈他。只這一件，三巧兒的心腸，也不容不軟了。今日他身處富貴，見興哥落難，如何不救？這叫做知恩報恩。

再說蔣興哥遵了縣主所斷，着實小心盡禮，更不惜費，宋家弟兄都沒話了。喪葬事畢，差人押到縣中回復。縣主喚進私衙賜坐，說道："尊舅這場官司，若非令妹再三哀懇，下官幾乎得罪了。"興哥不解其故，回答不出。少停茶罷，縣主請入內書房，教小夫人出來相見。你道這番意外相逢，不像個夢景麼？他兩個也不行禮，也不講話，緊緊的你我相抱，放聲大哭。就是哭爹哭娘，從沒見這般哀慘。連縣主在傍，好生不忍，便道："你兩人且莫悲傷，我看你不像哥妹，快說真情，下官有處。"兩個哭得半休不休的，那個肯說？卻被縣主盤問不過，三巧兒只得跪下，說道：「賤妾罪當萬死，此人乃妾之前夫也。」蔣興哥料瞞不得，也跪下來，將從前恩愛，及休妻再嫁之事，一一訴知。說罷，兩人又哭做一團，連吳知縣也墮淚不止，道：「你兩人如此相戀，下官何忍拆開。幸然在此三年，不曾生育，即刻領去完聚。」兩個插燭也似拜謝。縣主即忙討個小轎，送三巧兒出衙；又喚集人夫，把原來賠嫁的十六個箱籠抬去，都教興哥收領；又差典吏一員，護送他夫婦出境。此乃吳知縣之厚德。正是：

> 珠還合浦重生采，劍合豐城倍有神。[1]
> 堪羨吳公存厚道，貪財好色竟何人！

　　此人向來艱子[2]，後行取[3]到吏部，在北京納寵，連生三子，科第不絕，人都說陰德之報，這是後話。

　　再說蔣興哥帶了三巧兒回家，與平氏相見。論起初婚，王氏在前。只因休了一番，這平氏到是明媒正娶，又且平氏年長一歲，讓平氏為正房，王氏反做偏房，兩個姊妹相稱。從此一夫二婦，團圓到老。有詩為證：

---

1 珠還合浦：比喻失而復得或去而復還。東漢合浦郡盛產珍珠，因歷任官吏貪求無厭，珍珠漸移他處。後孟嘗革除此弊，珠乃復還。劍合豐城：意指重逢。晉雷煥為豐城令，掘得雙劍，一贈張華，一自佩。二人死後，雙劍復合，化為二龍而去。

2 艱子：不生兒子。

3 行取：明制，州縣官有政績者，經地方長官保舉，由吏部行文調取至京，通過考選，補授科道或部屬官職，或奉旨召見，均稱行取。

恩愛夫妻雖到頭，妻還作妾亦堪羞。

殃祥果報無虛謬，咫尺青天莫遠求。

串講

襄陽商人蔣興哥與王三巧少年夫妻，異常恩愛。興哥出外經商，夫妻含淚而別。興哥客途生病，耽誤歸期。三巧在家翹首盼望，被徽州商人陳商窺破行藏，心生愛慕。在賣珠子的薛婆幫助下，陳商與三巧終成歡好，三巧將蔣家祖傳珍珠衫贈與陳商。興哥回家途中，與陳商結識，得知二人情事。到家後，興哥休棄三巧，三巧改嫁吳進士。陳商遭劫，又知姦情事敗，驚嚇之餘，病死襄陽。陳妻平氏尋夫，留滯此地，與興哥結成夫婦。後興哥出外經商，涉嫌命案，主審即吳進士。三巧與興哥重逢，悲喜交集，吳進士成全二人，三巧復嫁興哥為偏房。

評析

《蔣興哥重會珍珠衫》是馮夢龍根據早他約二十餘年的另一篇文言小說《珍珠衫》進行加工改編而成的，獲得過較高的評價，曾有人譽之為"明代最偉大的作品"。

這個故事，像其他話本小說一樣，被安排在一個典型的因果報應框架之內。小說開端，發了一通關於"色"之誤人害人的議論，就把天理報應的主題點明了："假如你有嬌妻愛妾，別人調戲上了，你心下如何？"還強調做這篇"珍珠衫"詞話的目的，就是為了證明"果報不爽，好叫少年子弟做個榜樣"。小說寫蔣興哥與王三巧本是恩愛夫妻，後來三巧被陳商引誘，興哥不得已休了三巧。幾經周折，陳商行商遇劫，病死他鄉，陳妻平氏改嫁興哥。這樣的一個因緣巧合，被作者認為"這才是《蔣興哥重會珍珠衫》的正話"，不僅劇中人至此覺得"好不怕人"、"毛骨悚然"，連讀者也禁不住不寒而慄。天邪？命邪？"一報還一報"所造成的心理恐怖感，相信是很多人在閱讀明代話本小說時常常遭遇的體驗。

但是，當我們拂去籠罩在小說表層的陳腐說教，《蔣興哥重會珍珠衫》卻讓我們看到在男歡女愛的感情世界中，還有別樣難以命名的珍貴情感的存在。這個故事發生在商業經濟比較活躍的明代中後期，小說的主角是商賈階層，他們離鄉背井，孜孜經營，行蹤無定，而留在家中的妻子，則要擔孤受寡，獨自支撐。商人婦的形象，很早就進入了文學刻畫的領域，像唐人李益的詩歌《江南曲》："嫁得瞿塘賈，朝朝誤妾期。早知潮有信，嫁與弄潮兒。"寫的就是商人婦候夫不歸的怨望。小說寫王三巧卜卦一段："大凡人不做指望，到也不在心上。一做指望，便癡心妄想，時刻難過。三巧兒只為信了賣卦先生之語，一心只想丈夫回來，從此時常走向前樓，在簾內東張西望。"心理把握得很準確。蔣興哥延誤了行期，使得妻子在家坐立不安，翹首盼望。正是由於望夫心切，才洩露行藏，引動了陳商的愛慕之心。

按理，三巧與陳商之間，是應受譴責的通姦關係，小說主觀上也是以此來勸誡警醒世人的，但在實際描寫中，卻意外地把這段感情處理得叫人同情。陳商猶如興哥一樣，也是拋家棄子，行商在外。客中生涯，孤寂冷清，忽睹三巧，驚為天人。傾慕之心，轉為相思之症，央求薛婆"借"三巧為"救命之寶"。男子漢拈花惹草，往往始亂終棄，隨得隨棄，陳商倒是對三巧付出了真情。小說寫他幾番誓願："若得諧他一宿，就消花這些本錢，也不枉為人在世"，"今番得遂平生，便死瞑目"等等，似乎還是受肉體慾望的控制。到了得遂所願，也肯一往情深，"有心要結識這婦人，不時的制辦好衣服、好首飾送他"，不得已離別之後，依然牽腸掛肚，對着情人贈送的珍珠衫兒，淚眼汪汪，"每日貼體穿着，便夜間脫下，也放在被窩中同睡，寸步不離"。不錯，小說立意就是要譴責陳商"只圖自己一時歡樂，卻不顧他人的百年恩義"，讓他死得十分淒涼，然而陳商表現出的種種至誠，卻叫我們撒不下那絲惋惜。至於三巧，自與陳商相好後，便把那愛丈夫的心思愛了陳商，最令人驚異的是，竟是她主動提出要與情人私奔出逃、雙宿雙棲的計劃。我們看三巧與陳商的交往，小說是用重複的手法來寫的。所謂重複，就是小說如何寫三巧與丈夫興哥如膠似漆、難捨難分，也如何寫三巧與陳商如膠似漆、難捨難分，兩份感情用的是同一副筆墨。作者謅了一首詩來表示譏諷："昔年含淚別夫郎，今日悲啼送所歡。堪恨婦人多水性，招來野鳥勝文鸞。"三巧對丈夫和情人同等看待的這種複雜感情，不要說小說作者難以理解，就是在今天，恐怕也很難用理智辨析得清楚。

小說描寫感情世界的豐富性，還體現在三巧與丈夫興哥之間。這對年輕夫婦，可謂良工鑿就的一對璧人，本來恩深情重，婚後三年又且和順，感情基礎比較牢靠。蔣興哥得知家中"醜事"之後的反應，小說寫得很精彩，"想了又惱，惱了又想，恨不得學個縮地法兒，頃刻到家"，"及至到了，心中又苦又恨，行一步，懶一步"，寫盡了那種愛又不能愛，恨又不能恨的複雜心情。蔣興哥的厚道與老成，在隨後的描寫中展現得更充分。他不言不語地將妻子休回家，懲罰了居中牽頭的薛婆；到三巧改嫁，又盡數將細軟箱籠送做陪嫁。男子漢受不了妻子拋過來的綠帽子，自責"貪了蠅頭微利，撇他少年守寡"之餘，始終還存有那麼一種不忍不捨之心。而三巧呢，雖然夠不上貞潔，卻也遠非沉溺肉慾不能自拔，她對陳商的真情，因思念丈夫而生，這使我們相信如果丈夫能夠按期返家，恐怕她是不會紅杏出牆的；對於丈夫休妻的結果，她顯然是慚愧而無怨言地接受，並且感謝丈夫顧全廉恥。這一對連分手都不曾紅臉的夫妻，其間盪漾的是一種非常溫暖的體貼、周全、愛惜之情。

後來，蔣興哥涉嫌命案，三巧從中周旋，平安化解。在歷經劫難後重逢："他兩個也不行禮，也不講話，緊緊的你我相抱，放聲大哭。就是哭爹哭娘，從沒見這般哀慘。"愛的最高境界是無言，像這樣忘我的相擁大哭背後，該是埋藏了多麼強烈豐富的感情。小說將之解釋為三巧的"知恩報恩"，其實"報"這個功利性的字眼，恐怕是低估了三巧與興哥之間的深情。這種深情厚意，包含複雜的成分，有男女愛情，也許還有因共同生活而建立起來的親情。

《蔣興哥重會珍珠衫》對人類感情世界的探索和描繪，實際上超出了作者所能理解的程度。尤其是三巧這一形象，非貞非淫，在古代小說婦女形象系列中無法歸類。今天，當我們將愛情定義為一種獨佔、專一的感情類型之後，禁不住要問：三巧究竟愛的是誰？她對丈夫既不夠忠誠，但又非徹底背叛，她愛上了引誘者，但她對丈夫的愛依然存在，足以使他們重新結合。這篇小說實際上觸及到了一個在當時實屬大膽、在今天也非常尖銳的社會問題：通姦是否就意味着夫妻間情感的不忠？這是一個很難在道德層面加以判斷的問題。確實，在是非、善惡、忠奸這些概念的中間，還存在着一片廣闊的灰色地帶，豐富真實的人性就活躍於其間。

從小說的描寫技術來說，賣珠子的薛婆引誘三巧上鉤一段，寫得非常精彩，被視為《水滸傳》中"王婆貪賄說風情"一段的姊妹篇。王三巧大門不出，二門不邁，"宅上又忒清閒"，好像也沒甚麼走動的親串朋友。薛婆子伶牙俐齒，能說會道，又是有備而來，從推杯換盞，到伴床留宿，很快就贏得了三巧的友誼和信任，成了閨中膩友。不好啟齒的話題，也由於薛婆子善於插科打諢、裝瘋詐醉，變得不那麼難堪。小說把關鍵的一夜設定在七夕之期，傳說中的愛侶牛郎織女歡會之日，節日的喜氣映襯着深閨的落寞，本該圓月當空的夜晚，竟然"細雨微茫"，所謂"雨泣寒窗，禁不得風吹冷被"，醞釀出令三巧難以自持的氣氛。薛婆子以老賣老，以少年時的風流韻事現身說法，三巧"坐愁紅顏老"，青春枯寂的心，漸漸被薛婆挑逗得活動起來。有了如此如此、這般這般曖昧的情緒鋪墊，此後一切，就瓜熟蒂落，水到渠成了。這位薛婆子，也許是因為她最後沒有犯下合謀殺人的罪行，給人的感覺還不至於十分壞，其極合時宜、不乏市井機智的粗俗與耍寶，也給讀者留下深刻的印象。相信在隨後的另一部話本小說集《歡喜冤家》中，《香菜根喬裝姦命婦》一篇的寫作就是受到了薛婆子形象的啟發。此則故事，講的是廣東賣珠子的客人丘繼修，看上了朝廷命官之婦莫夫人，計無所出，後來喬裝成賣珠婆子，堂而皇之登門入室，藉口留宿之後，又如薛婆子般賣個閨中"救急"之法，騙得莫夫人上手。這一段的計策，沿薛婆子故轍，不過節奏要快得多，丘繼修顯然沒有陳商那樣的耐心和志誠。而莫夫人的丈夫張英，這位仕途得順風的少年科第，得知家中"醜事"後，溺妻殺婢，顯然也沒有興哥那般柔情和厚道。小說家面對芸芸眾生，紛紛世相之時，是沉潛於人生與人性加以真誠負責任的探討，還是執着於虛理來斧鑿高尚與卑瑣相交織的人生與人性？這兩篇小說的有趣對比，顯示出作者思想層次的高低，胸襟的廣狹。豈能以一句"夫人失節，理該死"，就此放棄對人類行為心理的誠摯探究？

　　在以描繪現實生活見長的話本小說中，生活就是細節，我們從這篇作品可以部分想見當時普通人家的日常生活，像陳商"頭上帶一頂蘇樣的百柱鬃帽，身上穿一件魚肚白的湖紗道袍”，像薛婆子的“臨清汗巾兒”，應該就是其時的時尚靚裝。至於寫到暖火盆、闔家歡等風俗，水火爐、取火兒等物事，細節累積出一個真實得似乎可以觸摸的生活環境。其他方面，值得一提的，還有宋福、宋壽兄弟之所以放棄興哥“執命”，原因就在於碰到了屍檢。傳統社會講究孝道，其中一條就是

《行孝子到底不簡屍，殉節婦留待雙出柩》插圖

“身體髮膚，受之父母，不敢毀損”，吳縣尹告誡宋氏兄弟時所謂的“把個不得善終的惡名與他”，即是這層意思。古代歷代法律亦尊崇此一傳統，一般都強調只要屍親情願安葬，可以不必檢屍，而且檢屍也一直沒有發展到全面解剖。將此種社會風俗、法律習慣表現得更充分的古代小說，是凌濛初《二刻拍案驚奇》卷三十一的《行孝子到底不簡屍，殉節婦留待雙出柩》故事。王世名父親被人毆打致死，因為不願檢屍，忍辱由得仇家逍遙法外，等到自己長成後才手刃仇人。輿論都同情他，官府也表示可以法外開恩，條件是須檢王父之屍，以定仇人之罪。王世名始終不肯，最後只得自殺。“父死不忍簡，自是人子心”，不過，為斷案增加了很多不必要的麻煩。

沈小官一鳥害七命①

飛禽惹起禍根芽，七命相殘事可嗟。

奉勸世人須鑒戒，莫教兒女不當家。②

話說大宋徽宗朝宣和三年，海寧郡③武林門外北新橋下有一機戶，姓沈名昱，字必顯，家中頗為豐足。娶妻嚴氏，夫婦恩愛，單生一子，取名沈秀，年長一十八歲，未曾婚娶。其父專靠織造段匹為活，不想這沈秀不務本分生理，專好風流閒耍，養畫眉過日。父母因惜他一子，以此教訓他不下，街坊鄰里取他一個諢名，叫做"沈鳥兒"。每日五更提了畫眉，奔入城中柳林裏來拖④畫眉，不只一日。

忽至春末夏初，天氣不暖不寒，花紅柳綠之時，當日沈秀侵晨起來，梳洗罷，吃了些點心，打點籠兒，盛着個無比賽的畫眉。這畜生只除天上有，果係世間無，將他各處去鬥，俱鬥他不過，成百十貫贏得，因此十分愛惜他，如性命一般。做一個金漆籠兒，黃銅鉤子，哥窯⑤的水食罐兒，綠紗罩兒，提了在手，搖搖擺擺徑奔入城，往柳林裏去拖畫眉。不想這沈秀一去，死於非命。好似：

豬羊進入宰生家，一步步來尋死路。

---

1 本篇選自《喻世明言》第二十六卷。

2 不當家：這裏指不懂事，不務本分生理。

3 海寧郡：誤，北宋在杭州置寧海軍節度。

4 拖：逗弄。

5 哥窯：相傳為宋代五大名窯之一。明代傳說，以南宋龍泉縣章生一所燒之窯為哥窯，其弟章生二所燒之窯為弟窯。

當時沈秀提了畫眉徑到柳林裏來，不意來得遲了些，眾拖畫眉的俱已散了，淨蕩蕩，黑陰陰，沒一個人往來。沈秀獨自一個，把畫眉掛在柳樹上叫了一回。沈秀自覺沒情沒緒，除了籠兒正要回去，不想小肚子一陣疼滾將上來，一塊兒蹲到在地上。原來沈秀有一件病在身上，叫做"主心餛飩"，一名"小腸疝氣"，每常一發一個小死。其日想必起得早些，況又來遲，眾人散了，沒些情緒，悶上心來，這一次甚是發得兇，一跤倒在柳樹邊，有兩個時辰不醒人事。

你道事有湊巧，物有偶然，這日有個箍桶的，叫做張公，挑着擔兒徑往柳林裏，穿過褚家堂做生活。遠遠看見一個人倒在樹邊，三步那做兩步，近前歇下擔兒。看那沈秀臉色臘查黃的，昏迷不醒，身邊並無財物，止有一個畫眉籠兒。這畜生此時越叫得好聽，所以一時見財起意，窮極計生，心中想道："終日括得這兩分銀子，怎地得快活？"只是這沈秀當死，這畫眉見了張公，分外叫得好。張公道："別的不打緊，只這個畫眉，少也值二三兩銀子。"便提在手，卻待要走。不意沈秀正蘇醒，開眼見張公提着籠兒，要闖身子不起，只口裏罵道："老忘八，將我畫眉那裏

盜畫眉張公殺死沈秀

去？”張公聽罵：“這小狗入的，忒也嘴尖！我便拿去，他倘爬起趕來，我倒反吃他虧。一不做，二不休，左右是歹了。”卻去那桶裏取出一把削桶的刀來，把沈秀按住一勒，那彎刀又快，力又使得猛，那頭早滾在一邊。張公也慌張了，東觀西望，恐怕有人撞見。卻抬頭，見一株空心楊柳樹，連忙將頭提起，丟在樹中。將刀放在桶內，籠兒掛在擔上，也不去褚家堂做生活，一道煙徑走，穿街過巷，投一個去處。你道只因這個畫眉，生生的害了幾條性命。正是：

> 人間私語，天聞若雷。
> 暗室虧心，神目如電。

當時張公一頭走，一頭心裏想道：“我見湖州墅裏客店內有個客人，時常要買蟲蟻，何不將去賣與他？”一徑望武林門外來。也是前生註定的劫數，卻好見三個客人，兩個後生跟着，共是五人，正要收拾貨物回去，卻從門外進來。客人俱是東京汴梁人，內中有個姓李名吉，販賣生藥，此人平昔也好養畫眉，見這籠桶擔上好個畫眉，便叫張公借看一看。張公歇下擔子，那客人看那畫眉毛衣並眼，生得極好，聲音又叫得好，心裏愛它，便問張公：“你肯賣麼？”此時張公巴不得脫禍，便道：“客官，你出多少錢？”李吉轉看轉好，便道：“與你一兩銀子。”張公自道着手了，便道：“本不當計較，只是愛者如寶，添些便罷。”那李吉取出三塊銀子，秤秤看到有一兩二錢，道：“也罷。”遞與張公。張公接過銀子看一看，將來放在荷包裏，將畫眉與了客人，別了便走。口裏道：“發脫得這禍根，也是好事了。”不上街做生理，一直奔回家去，心中也自有些不爽利。正是：

> 作惡恐遭天地責，欺心猶怕鬼神知。

原來張公正在湧金門城腳下住，止婆老兩口兒，又無兒子。婆兒見張公回來，便道："篾子一條也不動，緣何又回來得早？有甚事幹？"張公只不答應，挑着擔子徑入門歇下，轉身關上大門，道："阿婆，你來，我與你說話。恰才如此如此，謀得這一兩二錢銀子，與你權且快活使用。"兩口兒歡天喜地，不在話下。

卻說柳林裏無人來往，直至巳牌時分，兩個挑糞莊家打從那裏過，見了這沒頭屍首擋在地上，吃了一驚，聲張起來，當坊里甲鄰佑，一時嚷動。本坊申呈本縣，本縣申府。次日，差官吏仵作[1]人等前來柳陰裏，檢驗得渾身無些傷痕，只是無頭，又無苦主。官吏回覆本府，本府差應捕挨獲兇身。城裏城外，紛紛亂嚷。

卻說沈秀家到晚不見他回來，使人去各處尋不見。天明央人入城尋時，只見湖州墅嚷道："柳林裏殺死無頭屍首。"沈秀的娘聽得說，想道："我的兒子昨日入城拖畫眉，至今無尋他處，莫不得是他？"連叫丈夫："你必須自進城打聽。"沈昱聽了一驚，慌忙自奔到柳林裏看了無頭屍首，仔細定睛上下看了衣服，卻認得是兒子，大哭起來。本坊里甲道："苦主有了，只無兇身。"其時沈昱徑到臨安府告說："是我的兒子，昨日五更入城

---

1 仵作：官府中檢驗命案屍體的人。

拖畫眉，不知怎的被人殺了，望老爺做主！"本府發放各處應捕及巡捕官，限十日內要捕兇身着。沈昱具棺木盛了屍首，放在柳林裏，一徑回家，對妻說道："是我兒子被人殺了，只不知將頭何處去了。我已告過本府，本府着捕人各處捉獲兇身。我且自買棺木盛了，此事如何是好？"嚴氏聽說，大哭起來，一交跌倒。不知五臟何如，先見四肢不舉。正是：

> 身如五鼓銜山月，氣似三更油盡燈。

當時眾人灌湯，救得蘇醒，哭道："我兒日常不聽好人之言，今日死無葬身之地。我的少年的兒，死得好苦！誰想我老來無靠！"說了又哭，哭了又說，茶飯不吃。丈夫再三苦勸，只得勉強過了半月，並無消息。

沈昱夫妻二人商議，兒子平昔不依教訓，致有今日禍事，吃人殺了，沒捉獲處，也只得沒奈何，但全屍也好。不若寫個帖子，告稟四方之人，倘得見頭，全了屍首，待後又作計較。二人商議已定，連忙便寫了幾張帖子滿城去貼，上寫："告知四方君子，如有尋獲得沈秀頭者，情願賞錢一千貫；捉得兇身者，願賞錢二千貫。"將此情告知本府，本府亦限捕人尋獲，亦出告示道："如有人尋得沈秀頭者，官給賞錢五百貫；如捉獲兇身者，賞錢一千貫。"告示一出，滿城哄動不題。

且說南高峰腳下有一個極貧老兒，姓黃，諢名叫做黃老狗，一生為人魯拙，抬轎營生。老來雙目不明，止靠兩個兒子度日，大的叫做大保，小的叫做小保。父子三人，正是衣不遮身，食不充口，巴巴急急，口食不敷。一日，黃老狗叫大保、小保到來：

"我聽得人說，甚麼財主沈秀吃人殺了，沒尋頭處。今出賞錢，說有人尋得頭者，本家賞錢一千貫，本府又給賞五百貫。我今叫你兩個別無話說，我今左右老了，又無用處，又不看見，又沒趁錢。做我着，教你兩個發跡快活。你兩個今夜將我的頭割了埋在西湖水邊，過了數日，待沒了認色，卻將去本府告賞，共得一千五百貫錢，卻強似今日在此受苦。此計大妙，不宜遲，倘被別人先做了，空折了性命。"只因這老狗失志，說了這幾句言語，況兼兩個兒子又是愚蠢之人，不省法度的。正是：

> 口是禍之門，舌是斬身刀。
> 閉口深藏舌，安身處處牢。

　　當時兩個出到外面商議。小保道："我爺設這一計大妙，便是做主將元帥，也沒這計策。好便好了，只是可惜沒了一個爺。"大保做人又狠又呆，道："看他左右只在早晚要死，不若趁這機會殺了，去山下掘個坑埋了，又無蹤跡，那裏查考？這個叫做'趁湯推'，又喚做'一抹光'。①天理人心，又不是我們逼他，他自叫我們如此如此。"小保道："好倒好，只除等睡熟了，方可動手。"二人計較已定，卻去東奔西走，賒得兩瓶酒來，父子三人吃得大醉，東倒西歪。一覺直到三更，兩人爬將起來，看那老子正齁齁睡着。大保去灶前摸了一把廚刀，去爺的項上一勒，早把這顆頭割下了。連忙將破衣包了放在床邊，便去山

---

1 趁湯推：把宰殺的豬、雞等用滾水燙後去毛。此與"一抹光"，均指做事乾淨利落，不留痕跡。

腳下掘個深坑，扛去埋了。也不等天明，將頭去南屏山藕花居湖邊淺水處理了。

過半月入城，看了告示，先走到沈昱家報說道："我二人昨日因捉蝦魚，在藕花居邊看見一個人頭，想必是你兒子頭。"沈昱見說道："若果是，便賞你一千貫錢，一分不少。"便去安排酒飯吃了，同他兩個徑到南屏山藕花居湖邊。淺土隱隱蓋着一頭，提起看時，水浸多日，澎漲了，也難辨別。想必是了，若不是時，那裏又有這個人頭在此？沈昱便把手帕包了，一同兩個徑到府廳告說："沈秀的頭有了。"知府再三審問，二人答道："因捉蝦魚，故此看見，並不曉別項情由。"本府准信，給賞五百貫。二人領了，便同沈昱將頭到柳林裏，打開棺木，將頭湊在項上，依舊釘了，就同二人回家。嚴氏見說兒子頭有了，心中歡喜，隨即安排酒飯管待二人，與了一千貫賞錢。二人收了作別回家，便造房屋，買農具家生。二人道："如今不要似前抬轎，我們勤力耕種，挑賣山柴，也可度日。"不在話下。正是光陰似箭，日月如梭，不覺過了數月，官府也懈了，日遠日疏，俱不題了。

卻說沈昱是東京機戶，輪該解段匹到京。待各機戶段匹完日，到府領了解批，回家分付了家中事務起身。此一去，只因沈昱看見了自家蟲蟻，又屈害了一條性命。正是：

> 非理之財莫取，非理之事莫為。
> 明有刑法相係，暗有鬼神相隨。

卻說沈昱在路，飢餐渴飲，夜住曉行，不只一日，來到東京。把段匹一一交納過了，取了批回，心下思量："我聞京師景致比別處不同，何不閒看一遭，也是難逢難遇之事。"其名山勝概，庵觀寺院，出名的所在都走了一遭。偶然打從御用監禽鳥房[1]門前經過，那沈昱心中是愛蟲蟻的，意欲進去一看，因門上用了十數個錢，得放進去閒看。只聽得一個畫眉十分叫得巧好，仔細看時，正是兒子不見的畫

沈昱御院逢畫眉

眉。那畫眉見了沈昱眼熟，越發叫得好聽，又叫又跳，將頭顛沈昱數次。沈昱見了，想起兒子，千行淚下，心中痛苦，不覺失聲叫起屈來，口中只叫得："有這等事！"那掌管禽鳥的校尉喝道："這廝好不知法度，這是甚麼所在，如此大驚小怪起來！"沈昱痛苦難伸，越叫得響了。那校尉恐怕連累自己，只得把沈昱拿了，送到大理寺[2]。大理寺官便喝道："你是那裏人，敢進內御用之處大驚小怪？有何冤屈之事好好直說，便饒你罷。"沈昱就把兒

---

1 御用監禽鳥房：御用監為明代宦官十二監之一，負責皇室日用器物供應。另有所謂"牲口房"，負責收養珍禽異獸。此處的"御用監禽鳥房"，與宋明情況都不太符合。

2 大理寺：掌管刑獄的官署，與刑部、都察院為三法司。

子拖畫眉被殺情由，從頭訴說了一遍。

大理寺官聽說，呆了半晌，想："這禽鳥是京民李吉進貢在此，緣何有如此一節隱情？"便差人火速捉拿李吉到官，審問道："你為何在海寧郡將他兒子謀殺了，卻將他的畫眉來此進貢？——明白供招，免受刑罰。"李吉道："先因往杭州買賣，行至武林門裏，撞見一個箍桶的擔上掛着這個畫眉，是吉因見他叫得巧，又生得好，用價一兩二錢買將回來。因他好巧，不敢自用，以此進貢上用。並不知人命情由。"勘官問道："你卻賴與何人！這畫眉就是實跡了，實招了罷。"李吉再三哀告道："委的是問個箍桶的老兒買的，並不知殺人情由，難以屈招。"勘官又問："你既是問老兒買的，那老兒姓甚名誰？那裏人氏？供得明白，我這裏行文拿來，問理得實，即便放你。"李吉道："小人是路上逢着買的，實不知姓名，那裏人氏。"勘官罵道："這便是含糊了，將此人命推與誰償？據這畫眉，便是實跡，這廝不打不招！"再三拷打，打得皮開肉綻，李吉痛苦不過，只得招做"因見畫眉生得好巧，一時殺了沈秀，將頭拋棄"情由。遂將李吉送下大牢監候，大理寺官具本奏上朝廷。聖旨道：李吉委的殺死沈秀，畫眉見存，依律處斬。將畫眉給還沈昱，又給了批回，放還原籍，將李吉押發市曹斬首。正是：

　　　老龜煮不爛，移禍於枯桑。[1]

---

1 老龜煮不爛，移禍於枯桑：典出劉敬叔《異苑》，三國時有人向吳王孫權獻一大龜，燒了一萬車柴，仍煮不爛，諸葛恪博識，建議說："燃以老桑乃熟。"於是砍伐一棵桑樹，果然煮龜立爛。意思是牽連無辜。

當時恰有兩個同與李吉到海寧郡來做買賣的客人，踆躇不下：「有這等冤屈事！明明是買的畫眉。我欲待替他申訴，爭奈賣畫眉的人雖認得，我亦不知其姓名，況且又在杭州，冤倒不辯得，和我連累了，如何出豁？只因一個畜生，明明屈殺了一條性命，除我們不到杭州，若到，定要與他討個明白。」也不在話下。

卻說沈昱收拾了行李，帶了畫眉，星夜奔回。到得家中，對妻說道：「我在東京替兒討了命了。」嚴氏問道：「怎生得來？」沈昱把在內監見畫眉一節，從頭至尾說了一遍。嚴氏見了畫眉大哭了一場，睹物傷情，不在話下。

次日沈昱提了畫眉，本府來銷批，將前項事情告訴了一遍。知府大喜道：「有這等巧事。」正是：

勸君莫作虧心事，古往今來放過誰？

休說人命關天，豈同兒戲。知府發放道：「既是兇身獲着斬首，可將棺木燒化。」沈昱叫人將棺木燒了，就撒了骨殖，[1]不在話下。

卻說當時同李吉來杭州賣生藥的兩個客人，一姓賀，一姓朱，有些藥材，逕到杭州湖墅客店內歇下，將藥材一一發賣訖。當為心下不平，二人逕入城來，探聽這個箍桶的人。尋了一日不見消耗，二人悶悶不已，回歸店中歇了。次日，又進城來，卻好遇見一個箍桶的擔兒。二人便叫住道：「大哥，請問你，這裏有

---

1 撒了骨殖：浙右水鄉風俗，人死後焚化而非土葬，將骨灰撒在寺廟所鑿水池中。

一個箍桶的老兒，這般這般模樣，不知他姓甚名誰，大哥你可認得麼？"那人便道："客官，我這箍桶行裏止有兩個老兒：一人姓李，住在石榴園巷內；一個姓張，住在西城腳下。不知那一個是？"二人謝了，徑到石榴園來尋，只見李公正在那裏劈篾，二人看了卻不是他。又尋他到西城腳下，二人來到門首便問："張公在麼？"張婆道："不在，出去做生活去了。"二人也不打話，一徑且回。正是未牌時分，二人走不上半里之地，遠遠望見一個箍桶擔兒來。有分直教此人償了沈秀的命，明白了李吉的事。正是：

　　　　恩義廣施，人生何處不相逢？
　　　　冤仇莫結，路逢狹處難迴避。

　　其時張公望南回來，二人朝北而去，卻好劈面撞見。張公不認得二人，二人卻認得張公，便攔住問道："阿公高姓？"張公道："小人姓張。"又問道："莫非是在西城腳下住的？"張公道："便是，問小人有何事幹？"二人便道："我店中有許多生活要箍，要尋個老成的做，因此問你。你如今那裏去？"張公道："回去。"三人一頭走，一頭說，直走到張公門首。張公道："二位請坐吃茶。"二人道："今日晚了，明日再來。"張公道："明日我不出去了，專等專等。"
　　二人作別，不回店去，徑投本府首告。正是本府晚堂，直入堂前跪下，把沈昱認畫眉一節，李吉被殺一節，撞見張公買畫眉一節，一一訴明。"小人兩個不平，特與李吉討命，望老爺細審張公，不知恁地得畫眉？"府官道："沈秀的事俱已明白了，兇身已斬了，再有何事？」二人告道：「大理寺官不明，只以畫眉為實，更不推詳來歷，將李吉明白屈殺了。小人路見不平，特與李吉討命。如不是實，怎敢告擾？望乞憐憫做主。」知府見二人告得苦切，隨即差捕人連夜去捉張公。好似：

　　　　數隻皂雕追紫燕，一群猛虎啖羊羔。

　　其夜眾公人奔到西城腳下，把張公背剪綁了，解上府去，送大牢內監了。

　　次日，知府升堂，公人於牢中取出張公跪下。知府道：「你緣何殺了沈秀，反將李吉償命？今日事露，天理不容。」喝令好生打着。直落打了三十下，打得皮開肉綻，鮮血淋漓。再三拷打，不肯招承。兩個客人並兩個伴當齊說：「李吉便死了，我四人見在，眼同將一兩二錢銀子買你的畫眉，你今推卻何人？你若說不是你，你便說這畫眉從何來？實的虛不得，支吾有何用處？」張公猶自抵賴。知府大喝道：「畫眉是真贓物，這四人是真證見，若再不招，取夾棍來夾起！」張公驚慌了，只得將前項盜取畫眉，勒死沈秀一節，一一供招了。知府道：「那頭彼時放在那裏？」張公道：「小人一時心慌，見側邊一株空心柳樹，將頭丟在中間。隨提了畫眉，逕出武林門來，偶撞見三個客人，兩個伴當，問小人買了畫眉，得銀一兩二錢，歸家用度。所供是實。」

　　知府令張公畫了供，又差人去拘沈昱，一同押着張公，到於柳林裏尋頭。哄動街市上之人無數，一齊都到柳林裏來看尋頭。只見果有一株空心柳樹，眾人將鋸放倒，眾人發一聲喊，果有一個人頭在內。提起看時，端然不動。沈昱見了這頭，定睛一看，認得是兒子的頭，大哭起來，昏迷倒地，半晌方醒。遂將帕子包了，押着張公，逕上府去。知府道：「既有了頭，情真罪當。」取具大枷枷了，腳鐐手杻釘了，押送死囚牢裏，牢固監候。

知府又問沈昱道：「當時那兩個黃大保、小保，又那裏得這人頭來請賞？事有可疑。今沈秀頭又有了，那頭卻是誰人的？」隨即差捕人去拿黃大保兄弟二人前來，審問來歷。沈昱跟同公人，逕到南山黃家，捉了弟兄兩個，押到府廳，當廳跪下。知府道：「殺了沈秀的兇身已自捉了，沈秀的頭見已追出。你弟兄二人謀死何人，將頭請賞？一一承招，免得吃苦。」

大保、小保被問，口隔①心慌，答應不出。知府大怒，喝令吊起，拷打半日不肯招承，又將燒紅鐵烙燙他，二人熬不過死去，將水噴醒，只得口吐真情，說道：「因見父親年老，有病伶仃，一時不合將酒灌醉，割下頭來，埋在西湖藕花居水邊，含糊請賞。」知府道：「你父親屍骸埋在何處？」兩個道：「就埋在南高峰腳下。」當時押發二人到彼，掘開看時，果有沒頭屍骸一副埋藏在彼。依先押二人到於府廳回話，道：「南山腳下，淺土之中，果有沒頭屍骸一副。」知府道：「有這等事，真乃逆天之事，世間有這等惡人！口不欲說，耳不欲聞，筆不欲書，就一頓打死他倒乾淨，此恨怎的消得！」喝令手下不要計數，先打一會，打得二人死而復醒者數次。討兩面大枷枷了，送入死囚牢裏，牢固監候。沈昱並原告人，寧家聽候。

隨即具表申奏，將李吉屈死情由奏聞。奉聖旨，着刑部及都

---

1 口隔：張口結舌。

察院，將原問李吉大理寺官好生勘問，隨貶為庶人，發嶺南安置。李吉平人屈死，情實可矜，着官給賞錢一千貫，除子孫差役。張公謀財故殺，屈害平人，依律處斬，加罪凌遲，剮割二百四十刀，分屍五段。黃大保、小保貪財殺父，不分首從，俱各凌遲處死，剮二百四十刀，分屍五段，梟首示眾。正是：

> 湛湛青天不可欺，未曾舉意早先知。
> 勸君莫作虧心事，古往今來放過誰？

一日文書到府，差官吏仵作人等將三人押赴木驢①上，滿城號令三日，律例凌遲分屍，梟首示眾。其時張婆聽得老兒要剮，來到市曹上指望見一面。誰想仵作見了行刑牌，各人動手碎剮，其實兇險，驚得婆兒魂不附體，折身便走。不想被一絆，跌得重了，傷了五臟，回家身死。正是：

> 積善逢善，積惡逢惡。
> 仔細思量，天地不錯。

串講

北宋徽宗時，杭州沈秀不務生理，專一逗弄畫眉過日。箍桶張公見財起意，將沈秀殺害，頭顱藏入枯樹幹中，而將畫眉轉賣至蘇州商人李吉之手。官府偵緝，懸賞尋覓沈秀之頭，有漁戶黃氏兄弟提頭前

---

1 木驢：古代刑具之一種，為裝有輪軸的木架，載犯人示眾並處死。

來報案。後來，沈秀之父沈昱在蘇州偶然發現兒子的畫眉鳥兒，官府認李吉為真兇，將之斬首。李吉的商人朋友至杭州訪得箍桶張公，才真相大白。而黃氏兄弟所獻，乃其父黃狗兒之頭。

評析

　　成書於明代嘉靖末年的明人筆記《七修類稿》卷四十五有"沈鳥兒"一條，故事與此則小說大致相同：

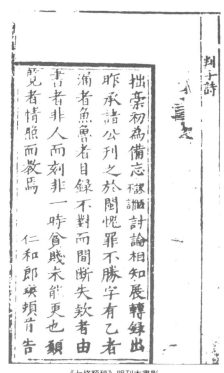

《七修類稿》明刊本書影

天順間，杭有沈姓者，畜一畫眉，善叫能鬥。徽客許以十金購之，不許，人莫不知也。一早，攜至西湖，偶爾腹痛，坐臥於堤，不可歸。有識人箍桶匠過焉，沈即浼其歸以報之。家人至，則沈已無頭矣。視之，則箍桶刀殺之，血光顯然。遂執桶匠告於官，桶匠不能受刑，就招云："得鳥貸人，割頭棄之湖也。"然尋頭於湖，久之不能得，獄不成，則官與沈皆懸賞以求。一日，有漁人兄弟持頭來受賞，水腐莫辨，因以成獄，而桶匠秋決矣。數年後，有人見畫眉籠於蘇州，驚疑而問其來歷。主人曰："此籠貸杭人某者。"某人報沈家，沈氏子孫又疑而訪探某人。某期罔不服，訟於官，問其頭，置湖畔枯楊腹中，取之果在焉。官以此獄既明，漁人之頭何來？因捕之加刑。則曰："吾父死，而弟兄欲得受賞，故割頭以獻。"三人遂皆棄市。嗚呼，一鳥而至人命有五，至今杭以沈鳥兒為禍根云。

《七修類稿》的作者郎瑛生於明成化二十三年（1487），上距天順不過二十餘年，所以有人懷疑此乃當時實事。不過，明嘉靖（1522-1566）時人晁瑮《寶文堂書目》著錄"宋元詞話"，有所謂《沈鳥兒畫眉記》者。

郎瑛在筆記中將此故事歸入"事物類"條下。確實，在《沈小官一鳥害七命》中，正是這隻"只除天上有，果係人間無"的畫眉鳥，引發了接踵而至的災難。第一位受害人沈秀，諢名"沈鳥兒"，小說甫始就寫他："不想這沈秀不務本分生理，專好風流閒耍，養畫眉過日。父母因惜他一子，以此教訓他不下。"到後來沈秀身首異處，雖然疑兇仍然在逃，而沈家二老顯然比較快就平息了最初喪子的悲憤心情，轉而檢討和反省兒子致禍之由："兒子平昔不依教訓，致有今日禍事，吃人殺了，沒捉獲處，也只得沒奈何。"所謂"福禍無門，唯人自招"，杭州生藥商人李吉與沈秀有着同樣喜愛畫眉的嗜好，這使他沒有仔細詢問來歷，就從箍桶匠手裏買下了這隻負有命案的畫眉鳥兒，李吉因此也成為這椿連環案件的另一無辜受害人。畫眉鳥不僅是小說的中心物件，它在小說中的表現似乎還活躍得有點神秘，我們看到，當箍桶匠發現生病倒地的沈秀時，"這畜生此時越叫得好聽"；當沈昱在禽鳥房意外發現它時，它"越發叫得好聽，又叫又跳，將頭顛沈昱數次"。我們知道，小說中的這隻畫眉鳥不純粹供人欣賞逗弄，沈秀愛它，還因為它善鬥，能夠為主人成百十貫地贏錢，是一部可愛的賺錢機器。而對李吉來說，"那畫眉毛衣並眼生得極好，聲音又叫得好聽"，最後是作為珍貴的供品獻給了皇帝。這時的畫眉鳥兒，可謂是福源，能夠為擁有者帶來錢財等好處。箍桶匠第一次聽到它的歡叫，就意識到了這點，激起了他殺人劫貨的動機，福源至此變成了"禍根"。隨着與舊主人之父沈昱的意外相逢，畫眉鳥兒又成了扭轉案件的契機。一隻鳥兒就這樣撥弄並操縱其間各色人等，它所代表的神秘與恐怖，漸漸地為人所意識到，或許這就是冥冥中的天意，它有好幾副變幻莫測的面孔，對我們時隱時現，而那實實在在的七條人命，似乎不過是為了證實生活在世間的凡人，其舉止行藏、福祥禍殃，無一不受到天意的指引與安排，我們的命運就像被操縱的傀儡一般，永遠身不由己。

不過，《沈小官一鳥害七命》故事最震撼讀者之處，應該是箍桶匠之突生殺機，以及黃老狗之自獻頭顱。沈秀成為第一個受害者，純屬偶然。作為元兇的箍桶匠張公，並非事先有預謀地策劃這起離奇的兇殺案，不過是"一時見財起意，窮極計生"，張婆得知錢財背後的血腥故事後，也沒有表露出絲毫良心的不安，反倒"兩口兒歡天喜地"。一對本該慈祥和善的老人家，竟然如此冷漠於一條活生生的生命。也正是"窮極計生"，使黃老狗定下了匪夷所思、荒誕不經的計謀："我今左右老了，又無用處，又不看見，又沒趁錢。做我着，教你兩個發跡快活，你兩個今夜將我的頭割了埋在西湖水邊，過了數日，待沒了認色，卻將去本府告賞，共得一千五百貫錢，卻強似今日在此受苦。此計大妙，不宜遲，倘被別人先做了，空折了性命。"兩個兒子固然粗蠢惡毒，黃老狗所言起碼貌似得計，既然老朽得無一用處，還不如賣掉屍骸換得些許賞金，而且還要趕在別人想出這條妙計之前！這種思想，有其實用主義的根源，甚至可以說真實得令人難以置信。孔老夫子曾說過："君子固窮，小人窮斯濫矣。"在為衣食奔忙營役的下層人群中，財與命相連，活着也許是首要條件，看不見的良心或道德顯得有些遙遠。在處於社會經濟底層的群體中，爆發突發性刑事案件今天也不鮮見，人們往往是毫無預兆地鋌而走險，其道德感之稀薄、理智之缺席、手段之殘忍，令人震驚。

《醒世恒言》第三十四卷《一文錢小隙造奇冤》，與本則故事相似，兩個貧苦人家的小孩子因為一文錢發生爭執，兩家母親罵街洩憤，其中一位因而上吊自殺。撞見其屍體者，因懼禍牽連，將之幾番轉移，屍體最後落入一奸棍之手，用來勒索仇家。事情越來越複雜，最後引出十三條命案，捲入了許許多多不相干的人和事，骯髒的環境、卑劣的動機，以及各色人物在此案中表現出的自私自利、冷漠殘忍的人性弱點，讓人觸目驚心。雖然"無巧不成書"，話本小說的創作往往善於利用巧合來組織情節，這"一文錢"和"畫眉鳥"故事的含義，卻遠非一句巧合所能夠概括或解釋的，其間的社會百態、人性善惡，以及各階級各階層人物的精神狀態，都隨着案情的擴大而一一展現出來，以小小情事，寫盡大千世界。

《醒世恒言》第三十四卷《一文錢小隙造奇冤》插圖

"一文錢"和"畫眉鳥"的故事，也許都來自當時轟動一時的社會新聞。社會新聞區別於國家政治經濟大事，而與普通人的生活在形式上存在某種聯繫，因為這些事件就真實地發生在距離讀者不遠不近的地方。分享傳佈故事，不僅使相識或不相識的普通人在情感上互相聯繫起來，也能使個人與其所屬的城市、社區緊密相連。社會新聞，尤其是其中關涉法律的部分，尤能引發人們的好奇心。一則典型的犯罪新聞，往往天然就包含了性、暴力、流血、死亡、違法（挑釁常規）等聳動人心的故事要素。同時，作為各類文學藝術源頭的生活，往往並不需要由藝術來賦予它曲折離奇的特點，真實生活事件有時甚至怪異得超出藝術所能加以描繪的程度，偶然、命定，乃至荒誕，充斥在現實生活之中，使人陷入難纏難解的思索和困惑之中。

當社會新聞轉化為文學故事時，首先需要敘事人從那些零亂的事實、人物模糊的動機中找出有價值的聯繫，賦予事件以明確的意義，歸納出生活的經驗與教訓。在“一文錢”故事的結末，小說作者總結說：“奉勸世人，捨財忍氣為上。”古語常言的傷身伐性四大害，乃酒、色、財、氣，此處專就財、氣二字立言，不由人不服。而“畫眉鳥”故事，表面看起來，偶然的因素居多。在沈小官出事前夕，小說敘述人及時反問我們這些聽眾道：“你道事有湊巧，物有偶然？”言外之意，實不以為然。儘管湊巧與偶然，往往是天意表達自身的方式，小說還是通過此一奇案，向我們揭示出，作為世間的凡人，在天命籠罩之下的人生中，仍有可為之處。沈秀與李吉，喪命於一介玩物，也就是喪命於自己那些無關大雅的嗜好，即災難是由於個人性格的缺陷而招致的，並非無妄。而張婆最後受驚摔了一跤，使這件案子的死亡人數上升到七人，此種懲罰明顯重於她所犯下的罪行。但是讀者明白，張婆不僅知情未報，而且實際上鼓勵、欣賞張公所犯下的罪行，這樣的心無疑是惡的，“其心可誅”。雖然法律不能制裁她，還好天意有着巧妙的安排：“仔細思量，天意不錯。”天意在這裏，與人世的道德律重合在了一起，所謂“積善逢善，積惡逢惡”，小說敘述人明確地告訴說，人之賢愚善惡，足以構成世人與天意討價還價的資本。

在這則公案故事中，尚須提及還有審案官員司法上的實踐。無論是郎瑛的筆記，還是話本小說，無論是初審還是複審，我們都可看到，問官主要採取刑訊逼供和聽取旁人供證兩種手段，錯案以此種方式鍛煉而成，又以此種方式得到糾正。很明顯，官員的素質成為能否揭開案件真相的關鍵因素，司法實踐上的漏洞，只能脆弱地依靠官員的人格或辦案能力。於是，案件能不能了結，猶如案件產生那樣，純屬偶然，當事人從頭到尾只能聽天由命。稍微令人安慰的是，那位粗心莽撞的大理寺官，得到了他應有的懲罰，被貶為庶民，流放邊疆；盡管人死不能復生，無辜的李吉，終於一洗冤屈，得到了相應的國家賠償。

汪信之一死救全家 ①

白髮蘇堤老嫗，不知生長何年。相隨寶駕共南
遷，往事能言舊汴。
　　前度君王遊幸，一時詢舊淒然。魚羹妙製味猶
鮮，雙手擎來奉獻。

　　話說大宋乾道、淳熙年間，孝宗皇帝登極，奉高宗為太上
皇。那時金邦和好，四郊安靜，偃武修文，與民同樂。孝宗皇帝
時常奉着太上，乘龍舟來西湖玩賞。湖上做買賣的，一無所禁，
所以小民多有乘着聖駕出遊，趕趁生意。只賣酒的也不止百十
家。
　　且說有個酒家婆姓宋，排行第五，喚做宋五嫂。原是東京人
氏，造得好鮮魚羹，京中最是有名的。建炎中隨駕南渡，如今也
僑寓蘇堤趕趁。一日太上遊湖，泊船蘇堤之下，聞得有東京人語
音。遣內官召來，乃一年老婆婆。有老太監認得他是汴京樊樓下
住的宋五嫂，善煮魚羹，奏知太上。太上題起舊事，淒然傷感，
命製魚羹來獻。太上嘗之，果然鮮美，即賜金錢一百文。此事一
時傳遍了臨安府，王孫公子，富家巨室，人人來買宋五嫂魚羹
吃，那老嫗因此遂成巨富。有詩為證：

　　一碗魚羹值幾錢？舊京遺制動天顏。
　　時人倍價來爭市，半買君恩半買鮮。

　　又一日，御舟經過斷橋。太上捨舟閒步，看見一酒肆精雅，

---

1 本篇選自《喻世明言》第三十九卷。

宋徽宗聽琴圖

坐啟內設個素屏風，屏風上寫《風入松》詞一首，詞云：

　　　一春常費買花錢，日日醉湖邊。玉驄慣識西湖
　　路，驕嘶過、沽酒樓前。紅杏香中歌舞，綠楊影裏
　　鞦韆。

　　　暖風十里麗人天，花壓鬢雲偏。畫船載得春歸
　　去，餘情付、湖水湖煙。明日重移殘酒，來尋陌上
　　花鈿。

　　太上覽畢，再三稱賞，問酒保此詞何人所作。酒保答言：
"此乃太學生于國寶醉中所題。"太上笑道："此詞雖然做得好，
但末句'重移殘酒'，不免帶寒酸之氣。"因索筆就屏上改云：
"明日重扶殘醉。"即日宣召于國寶見駕，欽賜翰林待詔。那酒
家屏風上添了御筆，遊人爭來觀看，因而飲酒，其家亦致大富。

後人有詩，單道于國寶際遇太上之事，詩曰：

素屏風上醉題詞，不道君王盼眜奇。
若問姓名誰上達？酒家即是魏無知。

又有詩讚那酒家云：

御筆親刪墨未乾，滿城閒說盡爭看。
一般酒肆偏騰湧，始信皇家雨露寬。

那時南宋承平之際，無意中受了朝廷恩澤的不知多少。同時又有文武全才，出名豪俠，不得際會風雲，被小人誣陷，激成大禍，後來做了一場沒撻煞①的笑話，此乃命也，時也，運也。正是：

時來風送滕王閣②，運退雷轟薦福碑③。

話說乾道年間，嚴州遂安縣有個富家，姓汪名孚，字師中，

---

1 沒撻煞：沒下梢，沒結果。

2 時來風送滕王閣：初唐王勃船泊馬當山，距離南昌尚七百餘里，夜夢水神告以南昌滕王閣盛會，且許助風一帆。天明即抵南昌，得與盛會，即席撰寫出千古名文《滕王閣序》。可參閱《醒世恒言》第四十卷《馬當神風送滕王閣》。

3 運退雷轟薦福碑：薦福碑在江西饒州薦福寺，碑文為唐歐陽詢所書，拓本珍貴。宋時范希文想替某書生拓千本以資行囊，還沒來得及動手，碑即毀於雷擊。

曾登鄉薦[1]，有財有勢，專一武斷鄉曲，把持官府，為一鄉之豪霸。因殺死人命，遇了對頭，將汪孚問配吉陽軍去。他又夤緣魏國公張浚，假以募兵報效為由，得脫罪籍回家，益治資產，復致大富。他有個嫡親兄弟汪革，字信之，是個文武全才，從幼只在哥哥身邊居住，因與哥哥汪孚酒中爭論一句閒話，彆口氣隻身徑走出門，口裏說道：“不致千金，誓不還鄉！”身邊只帶得一把雨傘，並無財物，思想：“那裏去好？我聞得人說，淮慶一路有耕冶可業，甚好經營。且到彼地，再作道理。”只是沒有盤纏。心生一計：自小學得些槍棒拳法在身，那時抓縛衣袖，做個把勢模樣。逢着馬頭聚處，使幾路空拳，將這傘權為槍棒，撇個架子。一般有人喝采，齎發幾文錢，將就買些酒飯用度。

不一日，渡了揚子江。一路相度地勢，直至安慶府。過了宿松，又行三十里，地名麻地坡。看見荒山無數，只有破古廟一所，絕無人居，山上都是炭材。汪革道：“此處若起個鐵冶，炭又方便，足可擅一方之利。”於是將古廟為家，在外糾合無籍之徒，因山作炭，賣炭買鐵，就起個鐵冶。鑄成鐵器，出市發賣。所用之人，各有職掌，恩威並著，無不欽服。數年之間，發個大家事起來。遣人到嚴州取了妻子，來麻地居住，起造廳屋千間，極其壯麗。又佔了本處酤坊[2]，每歲得利若干。又打聽望江縣有個天荒湖，方圓七十餘里，其中多生魚蒲之類。汪革承佃為己業，湖內漁戶數百，皆服他使喚，每歲收他魚租，其家益富。獨霸麻地一鄉，鄉中有事，俱由他武斷。出則佩刀帶劍，騎從如

---

1 登鄉薦：指鄉試中式。唐宋時應進士試，由州縣薦舉者，稱鄉薦。
2 酤坊：酒店。

雲，如貴官一般。四方窮民，歸之如市。解衣推食，人人願出死力。又將家財交結附近郡縣官吏，若與他相好的，酒杯來往；若與他作對的，便訪求他過失，輕則遣人訐訟，敗其聲名；重則私令亡命等於沿途劫害，無處蹤跡。以此人人懼怕，交歡恐後，分明是：

> 郭解重生，朱家再出。[1]
> 氣壓鄉邦，名聞郡國。

話分兩頭。卻說江淮宣撫使皇甫倜，為人寬厚，頗得士心。招致四方豪傑，就中選驍勇的，厚其資糧，朝夕訓練，號為忠義軍[2]。宰相湯思退忌其威名，要將此缺替與門生劉光祖，乃陰令心腹御史，劾奏皇甫倜糜費錢糧，招致無賴兇徒，不戰不征，徒為他日地方之害。朝廷將皇甫倜革職，就用了劉光祖代之。那劉光祖為人又畏懦，又刻薄，專一阿奉宰相，乃悉反皇甫倜之所為，將忠義軍散遣歸田，不許佔住地方生事。可惜皇甫倜幾年精力，訓練成軍，今日一朝而散。這些軍士，也有歸鄉的，也有結夥走綠林中道路的。

就中單表二人，程彪、程虎，荊州人氏。弟兄兩個，都學得一身好武藝，被劉光祖一時驅逐，平日有的請受[3]都花消了，無可存活，思想投奔誰好。猛然想起洪教頭洪恭，今住在太湖縣南

---

1 郭解、朱家：漢時著名遊俠，見《史記‧遊俠列傳》。

2 忠義軍：本為南宋山東一帶的義軍，以“扶助大宋，恢復中原”為口號。這裏泛指地方上一般軍隊。

3 請受：薪俸。

門倉巷口，開個茶坊。他也曾做軍校，昔年相處得好，今日何不去奔他，共他商議資身之策。二人收拾行李，一徑來太湖縣尋取洪恭。洪恭恰好在茶坊中，相見了，各敘寒溫，二人道其來意。洪恭自思家中蝸窄，難以相容。當晚殺雞為黍，管待二人，送在近處庵院歇了一晚。

次日，洪恭又請二人到家中早飯，取出一封書信，說道："多承二位遠來，本當留住幾時，爭奈家貧待慢。今指引到一個去處，管取情投意合，有個小小富貴。"二人謝別而行，將書劄看時，上面寫道："此書送至宿松縣麻地坡汪信之十二爺開拆。"二人依言來到麻地坡，見了汪革，將洪恭書劄呈上。汪革拆開看時，上寫道：

> 侍生洪恭再拜，字達信之十二爺閣下：自別臺顏，時切想念。茲有程彪、程虎兄弟，武藝超群，向隸籍忠義軍。今為新統帥散遣不用，特奉薦至府，乞留為館賓①，令郎必得其資益。外，敝縣有湖蕩數處，頗有出產，閣下屢約來看，何遲遲耶？專候撥冗一臨。若得之，亦美業也。

汪革看畢大喜，即喚兒子汪世雄出來相見。置酒款待，打掃房屋安歇。自此程彪、程虎住在汪家，朝夕與汪世雄演習弓馬，點撥槍棒。不覺三月有餘，汪革有事欲往臨安府去。二程聞汪革出門，便欲相別。汪革問道："二兄今往何處？"二程答道："還

---

1 館賓：家庭教師。

到太湖會洪教頭則個。"汪革寫下一封回書，寄與洪恭，正欲齎發二程起身，只見汪世雄走來，向父親說道："槍棒還未精熟，欲再留二程過幾時，講些陣法。"汪革依了兒子言語，向二程說道："小兒領教未全，且屈寬住一兩個月，待不才回家奉送。"二程見汪革苦留，只得住了。

卻說汪革到了臨安府，幹事已畢。朝中訛傳金虜敗盟，詔議戰守之策。汪革投匭[1]上書，極言向來和議之非。且云："國家雖安，忘戰必危。江淮乃東南重地，散遣忠義軍，最為非策。"末又云："臣雖不才，願倡率兩淮忠勇，為國家前驅，恢復中原，以報積世之仇，方表微臣之志。"天子覽奏，下樞密院[2]會議。這樞密院官都是怕事的，只曉得臨渴掘井，那會得未焚徙薪？況且布衣上書，誰肯破格薦引？又未知金韃子真個殺來也不。且不覆奏，只將溫言好語，款留汪革在本府候用。汪革因此逗留臨安，急切未回。正是：

> 將相無人國內虛，布衣有志枉嗟吁。
> 黃金散盡貂裘敝，悔向咸陽去上書。[3]

話分兩頭，再說程彪、程虎二人住在汪家，將及一載，胸中

---

1 投匭：指臣民直接向皇帝上書。匭，匣子。唐武則天時設匭使院，於朝堂置四匭，凡臣民有懷才自薦、匡政補過、伸冤辯誣、進獻賦頌者，可分類投匭。宋改匭院為登聞檢院。

2 樞密院：宋代樞密院管理軍事機密、邊防、民兵、軍馬及對外交涉，為最高國務機關之一。

3 此句用戰國時蘇秦故事。蘇秦習縱橫家之言，多年客遊，裘敝金盡。後發憤讀書，學成去咸陽遊說秦惠王不用，乃往說六國合縱抗秦，得佩六國相印。

本事傾倒得授與汪世雄，指望他重重相謝。那汪世雄也情願厚贈，奈因父親汪革，一去不回。二程等得不耐煩，堅執要行。汪世雄苦苦相留了幾遍，到後來，畢竟留不住了。一時手中又值空乏，打並得五十兩銀子，分送與二人，每人二十五兩，衣服一套，置酒作別。席上汪世雄說道："重承二位高賢屈留賜教，本當厚贈，只因家父久寓臨安，二位又堅執要去，世雄手無利權，只有些小私財，權當路費。改日二位若便道光顧，尚容補謝。"二人見銀兩不多，大失所望。口雖不語，心下想道："洪教頭說得汪家父子萬分輕財好義，許我個小富貴。特特而來，淹留一載，只這般齎發起身，比着忠義軍中請受，也爭不多。早知如此，何不就汪革在家時，即便相辭，也少不得助些盤費。如今汪革又不回來，欲待再住些時，又吃過了送行酒了。"只得怏怏而別。臨行時，與汪世雄討封回書與洪教頭。汪世雄文理不甚通透，便將父親先前寫下這封書，遞與二程，托他致意，二程收了。汪世雄又送一程，方才轉去。

當日二程走得困乏，到晚尋店歇宿，沽酒對酌，各出怨望之語。程虎道："汪世雄不是個三歲孩兒，難道百十貫錢鈔，做不得主？直恁裝窮推故，將人小覷！"程彪道："那孩子雖然輕薄，也還有些面情。可恨汪革特地相留，不將人為意，數月之間，書信也不寄一個。只說待他回家奉送，難道十年不回，也等他十年？"程虎道："那些倚着財勢，橫行鄉曲，原不是什麼輕財好客的孟嘗君[1]。只看他老子出外，兒子就支不動錢鈔，便是

---

1 孟嘗君：戰國時人田文，齊國的相，"孟嘗君"是他的封號，戰國四公子之一，輕財好客，門下有食客數千人。

小家樣子。"程彪道："那洪教頭也不識人，難道別沒個相識，偏薦到這三家村去處？"二個一遞一句，說了半夜，吃得有八九分酒了。程虎道："汪革寄與洪教頭書，書中不知寫甚言語，何不拆來一看？"程彪真個解開包裹，將書取出，濕開封處看時，上寫道：

> 侍生汪革再拜，覆書子敬教師門下：久別懷念，得手書如對面，喜可知也。承薦二程，即留與小兒相處。奈彼欲行甚促，僕又有臨安之遊，不得厚贈。有負來意，慚愧，慚愧！

書尾又寫細字一行，云：

> 別諭[1]俟從臨安回即得踐約，計期當在秋涼矣。革再拜。

程虎看罷，大怒道："你是個富家，特地投奔你一場，便多將金帛結識我們，久後也有相逢處。又不是雇工代役，算甚日子久近！卻說道欲行甚促，不得厚贈，主意原自輕了。"程虎便要將書扯碎燒毀，卻是程彪不肯，依舊收藏了。說道："洪教頭薦我兄弟一番，也把個回信與他，使他曉得沒甚湯水。"程虎道："也說得是。"當夜安歇無話。

次早起身，又行了一日，第三日趕到太湖縣，見了洪教頭。

---

1 別諭：另外的指示，即上文洪恭信中所言"外，敝縣有湖蕩數處"云云。

洪恭在茶坊內坐下，各敍寒溫。原來洪恭向來娶下個小老婆，喚做細姨，最是幫家做活，看蠶織絹，不辭辛苦，洪恭十分寵愛。只是一件，那婦人是勤苦作家的人，水也不捨得一杯與人吃的。前次程彪、程虎兄弟來時，洪恭雖然送在庵院安歇，卻費了他朝暮兩餐，被那婦人絮咶了好幾日。今番二程又來，洪恭不敢延款了，又乏錢相贈。家中存得幾匹好絹，洪恭要贈與二程。料是細姨不肯，自到房中，取了四匹，揣在懷裏。剛出房門，被細姨撞見，攔住道：“老無知，你將這絹往那裏去？”洪恭遮掩不過，只得央道：“程家兄弟，是我好朋友。今日遠來別我還鄉，無物表情。你只當權借這絹與我，休得違拗。”細姨道：“老娘千辛萬苦織成這絹，不把來白送與人的。你自家有絹，自家做人情，莫要干涉老娘。”洪恭又道：“他好意遠來看我，酒也不留他吃三杯了，這四匹絹怎省得？我的娘，好歹讓我做主這一遭兒，待送他轉身，我自來陪你的禮。”說罷就走。細姨扯住衫袖，道：“你說他遠來，有甚好意？前番白日裏吃了兩頓，今番又做指望。這幾匹絹，老娘自家也不捨得做衣服穿，他有甚親情往來，卻要送他？他要絹時，只教他自與老娘取討。”洪恭見小老婆執意不肯，又怕二程等久，只得發個狠，灑脫袖子，徑奔出茶坊來。惹得細姨喉急，發起話來道：“甚麼沒廉恥的光棍，非親非眷，不時到人家薵惱！各人要達時務便好，我們開茶坊的人家，有甚大出產？常言道：‘貼人不富自家窮。’有我們這樣老無知老禽獸，不守本分，慣一招引閒神野鬼，上門鬧炒！看你沒飯在鍋裏時節，有那個好朋友，把一斗五升來資助你？”故意走到屏風背後，千禽獸萬禽獸的罵。原來細姨在內爭論時，二程一句句都聽得了，心中十分焦燥。又聽得後來罵詈，好沒意思，不等洪恭作別，取了包裹便走。洪恭隨後趕來，說道：「小妾因兩日有些反目，故此言語不順，二位休得計較。這粗絹四匹，權折一飯之敬，休嫌微鮮。」程彪、程虎那裏肯受，抵死推辭。洪恭只得取絹自回。細姨見有了絹，方才住口。正是：

> 從來陰性吝嗇，一文割捨不得。
>
> 剝盡老公面皮，惡斷朋友親戚。

大抵婦人家勤儉惜財，固是美事，也要通乎人情。比如細姨一味慳吝，不存丈夫體面。他自躲在房室之內，做男子的免不得出外，如何做人？為此恩變為仇，招非攬禍，往往有之。所以古人說得好，道是：「妻賢夫禍少，子孝父心寬。」

閒話休題。再說程彪、程虎二人，初意來見洪教頭，指望照前款留，他便細訴心腹，再求他薦到個好去處，又作道理。不期反受了一場辱罵，思量沒處出氣。所帶汪革回書未投，想起：「書中有別諭候秋涼踐約等話，不知何事？心裏正恨汪革，何不陷他謀叛之情，兩處氣都出了？好計，好計！只一件，這書上原無實證，難以出首[1]，除非如此如此。」二人離了太湖縣，行至江州，在城外覓個旅店，安放行李。

次日，弟兄兩個改換衣裝，到宣撫司衙門前蹓了一回。回來吃了早飯，說道：「多時不曾上潯陽樓，今日何不去一看？」兩個鎖上房門，帶了些散碎銀兩，徑到潯陽樓來。那樓上遊人無

---

1 出首：出面告發他人罪狀。自陳叫自首，檢舉他人叫出首。

數，二人倚欄觀看。忽有人扯着程彪的衣袂，叫道："程大哥，幾時到此？"程彪回頭看，認得是府內慣緝事的，諢名叫做張光頭。程彪慌忙叫兄弟程虎，一齊作揖，說道："一言難盡，且同坐吃三杯，慢慢的告訴。"當下三人揀副空座頭坐下，分付酒保取酒來飲。

張光頭道："聞知二位在安慶汪家做教師，甚好際遇！"程彪道："甚麼際遇！幾乎弄出大事來！"便附耳低言道："汪革久霸一鄉，漸有謀叛之意。從我學弓馬戰陣，莊客數千，都教演精熟了，約太湖洪教頭洪恭，秋涼一同舉事。教我二人糾合忠義軍舊人為內應，我二人不從，逃走至此。"張光頭道："有甚證驗？"程虎道："見有書劄托我回覆洪恭，我不曾替他投遞。"張光頭道："書在何處？借來一看。"程彪道："在下處。"三人飲了一回，還了酒錢。張光頭直跟二程到下處，取書看了道："這是機密重情，不可洩漏。不才即當稟知宣撫司，二位定有重賞。"說罷，作別去了。

次日，張光頭將此事密密的稟知宣撫使劉光祖。光祖即捕二程兄弟置獄，取其口詞，並汪革覆洪恭書劄，密地飛報樞密府。樞密府官大驚，商量道："汪革見在本府候用，何不擒來鞫問？"差人去拿汪革時，汪革已自走了。原來汪革素性輕財好義，樞密府裏的人，一個個和他相好。聞得風聲，預先報與他知道，因此汪革連夜逃回。樞密府官見拿汪革不着，愈加心慌，便上表奏聞天子。天子降詔，責令宣撫使捕汪革、洪恭等。宣撫司移文安慶李太守，轉行太湖、宿松二縣，拿捕反賊。

卻說洪恭在太湖縣廣有耳目，聞風先已逃避無獲。只有汪革家私浩大，一時難走。此時宿松縣令正缺，只有縣尉姓何名能，是他權印。奉了郡檄，點起土兵①二百餘人，望麻地進發。行未十里，何縣尉在馬上思量道："聞得汪家父子驍勇，更兼冶戶魚戶，不下千餘。我這一去可不枉送了性命！"乃與土兵都頭商議，向山谷僻處屯住數日，回來稟知李太守道："汪革反謀，果是真的。莊上器械精利，整備拒捕。小官寡不敵眾，只得回軍。伏乞鈞旨，別差勇將前去，方可成功。"李公聽信了，便請都監郭擇商議。郭擇道："汪革武斷一鄉，目無官府，已非一日。若說反叛，其情未的。據稱拒捕，何曾見官兵殺傷？依起愚見，不須動兵。小將不才，情願挺身到彼，觀其動靜。若彼無叛情，要他親到府中分辨。他若不來，剿除未晚。"李公道："都監所言極當，即煩一行。須體察仔細，不可被他瞞過。"郭擇道："小將理會得。"李公又問道："將軍此行，帶多少人去？"郭擇道："只親隨十餘人足矣。"李公道："下官將一人幫助。"即喚緝捕使臣王立到來。王立朝上唱個喏，立於傍邊。李公指着道："此人膽力頗壯，將軍同他去時，緩急有用。"原來郭擇與汪革素有交情，此行輕身而往，本要勸諭汪革，周全其事。不期太守差王立同去，"他倚着上官差遣，便要誇才賣智，七嘴八張，連我也不好做事了"，欲待推辭不要他去，又怕太守疑心。只得領諾，怏怏而別。

次早，王立抓紮停當，便去催促郭擇起身。又向郭擇道："郡中捕賊文書，須要帶去。汪革這廝，來便來，不來時，小人帶着都監一條麻繩扣他頸皮。王法無親，那怕他走上天去！"郭

---

1 土兵：土生土長的本地軍，由各州縣巡檢統轄，負責鄉村治安。土兵在宋代為獨立軍種，與禁軍、廂軍、民兵、番兵等並列。

擇早有三分不樂，便道：“文書雖帶在此，一時不可說破，還要相機而行。”王立定要討文書來看，郭擇只得與他看了。王立便要拿起，卻是郭擇不肯，自己收過，藏在袖裏。當日郭擇和王立都騎了馬，手下跟隨的，不上二十個人，離了郡城，望宿松而進。

卻說汪革自臨安回家，已知樞密院行文消息，正不知這場是非從何而起，卻也自恃沒有反叛實跡，跟腳牢實，放心得下。前番何縣尉領兵來捕，雖不曾到麻地，已自備細知道。這番如何不打探消息？聞知郡中又差郭都監來，帶不滿二十人，只怕是誘敵之計，預戒莊客，大作準備。分付兒子汪世雄埋伏壯丁伺候，倘若官兵來時，只索抵敵。卻說世雄妻張氏，乃太湖縣鹽賈張四郎之女，平日最有智數。見其夫裝束，問知其情，乃出房對汪革說道：“公公素以豪俠名，積漸為官府所忌。若其原非反叛，官府亦自知之。為今之計，不若挺身出辨，得罪猶小，尚可保全家門。倘一有拒捕之名，弄假成真，百口難訴，悔之無及矣。”汪革道：“郭都監，吾之故人，來時定有商量。”遂不從張氏之言。

再說郭擇到了麻地，徑至汪革門首。汪革早在門外迎候，說道：“不知都監駕臨，荒僻失於遠接。”郭擇道：“郭某此來，甚非得已，信之必然相諒。”兩個揖讓升廳，分賓坐定，各敘寒溫。郭擇看見兩廂廊莊客往來不絕，明晃晃擺着刀槍，心下頗懷悚懼。又見王立跟定在身旁，不好細談。汪革開言問道：“此位何人？”郭擇道：“此乃太守相公所遣王觀察也。”汪革起身，重與王立作揖，道：“失瞻，休罪！”便請王立在廳側小閣兒內坐下，差個主管相陪，其餘從人俱在門首空房中安歇。

一時間備下三席大酒：郭擇客位一席，汪革主位相陪一席，王立另自一席。餘從滿盤肉，大甕酒，盡他醉飽。飲酒中間，汪革又移席書房中小坐，卻細叩郭擇來意。郭擇隱卻郡檄內言語，只說道：“太守相公深知信之被誣，命郭某前來勸諭。信之若藏身不出，便是無絲有線①了；若肯至郡分辨，郭某一力擔當。”汪革道：“且請寬飲，卻又理會。”郭擇真心要周全汪革，乘王立不在眼前，正好說話，連次催並汪革決計。汪革見逼得慌，愈加疑惑。此時六月天氣，暑氣蒸人，汪革要郭擇解衣暢飲，郭擇不肯。郭擇連次要起身，汪革也不放。只管斟着大觥相勸，自巳牌至申牌時分，席還不散。

　　郭擇見天色將晚，恐怕他留宿，決意起身，說道：“適郭某所言，出於至誠，並無半字相欺。從與不從，早早裁決，休得兩相擔誤。”汪革帶着半醉，喚郭擇的表字道：“希顏是我故人，敢不吐露心腹。某無辜受謗，不知所由。今即欲入郡參謁，又恐郡守不分皂白，阿附上官，強入人罪。鼠雀貪生，人豈不惜命？今有楮券②四百，聊奉希顏表意，為我轉限兩三個月，我當向臨安借貴要之力，與樞密院討個人情。上面先說得停妥，方敢出頭。希顏念吾平日交情，休得推委。”郭擇本不欲受，只恐汪革心疑生變，乃佯笑道：“平昔相知，自當效力，何勞厚賜？暫時領愛，容他日璧還。”卻待舒手去接那楮券，誰知王觀察王立站在窗外，聽得汪革將楮券送郭擇，自己卻沒甚賄賂。帶着九分九厘醉態，不覺大怒，拍窗大叫道：“好都監！樞密院奉聖旨着本

---

1 無絲有線：即“無私有嫌”的諧音，意思是即使無私弊，也有嫌疑。

2 楮券：宋、金、元時發行的紙幣，多用楮皮紙做成，故稱“楮券”或“楮幣”。

郡取謀反犯人，乃受錢轉限，誰人敢擔這干係？"

原來汪世雄率領壯丁，正伏在壁後。聽得此語，即時躍出，將郭擇一索捆番，罵道："吾父與你何等交情，如何藏匿聖旨文書，吃騙吾父入郡，陷之死地？是何道理？"王立在窗外聽見勢頭不好，早轉身便走。正遇着一條好漢，提着樸刀[1]攔住。那人姓劉名青，綽號"劉千斤"，乃汪革手下第一個心腹家奴，喝道："賊子那裏走！"王立拔出腰刀廝鬥，奪路向前，早被劉青左臂上砍上一刀。王立負痛而奔，劉青緊步趕上。只聽得莊外喊聲大舉，莊客將從人亂砍，盡皆殺死。王立肩胛上又中了一樸刀，情知逃走不脫，便隨刀仆地，妝做僵死。莊客將撓鈎拖出，和眾死屍一堆兒堆向牆邊。汪革當廳坐下，汪世雄押郭擇，當面搜出袖內文書一卷。汪革看了大怒，喝教斬首。郭擇叩頭求饒道："此事非關小人，都因何縣尉妄稟拒捕，以致太守發怒。小人奉上官差委，不得已而來。若得何縣尉面對明白，小人雖死不恨。"汪革道："留下你這驢頭也罷，省得那狗縣尉沒有了證見。"分付權鎖在耳房中。教汪世雄即時往炭山冶坊等處，凡壯丁都要取齊聽令。

卻說炭山都是村農怕事，聞說汪家造反，一個個都向深山中藏躲。只有冶坊中大半是無賴之徒，一呼而集，約有三百餘人。都到莊上，殺牛宰馬，權做賞軍。莊上原有駿馬三匹，日行數百里，價值千金。那馬都有名色，叫做：惺惺騮，小驄驛，番婆子。又平日結識得四個好漢，都是膽勇過人的，那四個：龔四

---

1 樸刀：又寫作撥刀、博刀、膊刀、潑刀等，原為川陝、廣南山民開山種田的農具，兼有狩獵防身之用。《續資治通鑒長編》："民為盜者多持博刀。"

八，董三，董四，錢四二。其時也都來莊上，開懷飲酒，直吃到四更盡，五更初。眾人都醉飽了，汪革紮縛起來，真像個好漢：

頭總旋風髻，身穿白錦袍。
鞜鞋兜腳緊，裹肚繫身牢。
多帶穿楊箭，高擎斬鐵刀。
雄威真罕見，麻地顯英豪。

汪革自騎着番婆子，控馬的用着劉青，又是一個不良善的。怎生模樣？

剛鬚環眼威風凜，八尺長軀一片錦。
千斤鐵臂敢相持，好漢逢他打寒噤。

汪革引着一百人為前鋒。董三、董四、錢四二共引三百人為中軍。汪世雄騎着小驄騍，卻教龔四八騎着惺惺騍相隨，引一百餘人，押着郭都監為後隊。分發已定，連放三個大礮，一齊起身，望宿松進發，要拿何縣尉。正是：

人無害虎心，虎有傷人意。

離城約五里之近，天色大明。只見錢四二跑上前向汪革說道：「要拿一個縣尉，何須驚天動地，只消數人突然而入，縛了他來就是。」汪革道：「此言有理。」就教錢四二押着大隊屯住，單領董三、董四、劉青和二十餘人前行，望見城濠邊一群小兒連臂而歌，歌曰：

> 二六佳人姓汪，偷個船兒過江。
>
> 過江能幾日？一杯熱酒難當。

歌之不已。汪革策馬近前叱之，忽然不見，心下甚疑。

到縣前時，已是早衙時分，只見靜悄悄地，絕無動靜。汪革卻待下馬，只見一個直宿的老門子，從縣裏面唱着哩嗹花兒的走出，被劉青一把拿住回道：“何縣尉在那裏？”老門子答道：“昨日往東村勾攝公事未回。”汪革就教他引路，徑出東門。約行二十餘里，來到一所大廟，喚做福應侯廟，乃是一邑之香火，本邑奉事甚謹，最有靈應。老門子指道：“每常官府下鄉，只在這廟裏歇宿，可以問之。”汪革下馬入廟，廟祝見人馬雄壯，刀仗鮮明，正不知甚人，唬得尿流屁滾，跪地迎接。汪革問他縣尉消息，廟祝道：“昨晚果然在廟安歇，今日五更起馬，不知去向。”汪革方信老門子是實話，將他放了。就在廟裏打了中火①，遣人四下蹤跡縣尉，並無的信。看看捱至申牌時分，汪革心中十分焦燥，教取火來，把這福應侯廟燒做白地，引眾仍回舊路。劉青道：“縣尉雖然不在，卻有妻小在官廨中。若取之為質，何愁縣尉不來。”汪革點頭道是。

行至東門，尚未昏黑，只見城門已閉。卻是王觀察王立不曾真死，負痛逃命入城，將事情一一稟知巡檢。那巡檢唬得面如土色，一面分付閉了城門，防他囉唣；一面申報郡中，說汪革殺人

---

1 打了中火：指吃了點心。

造反，早早發兵剿捕。再說汪革見城門閉了，便欲放火攻門。忽然一陣怪風，從城頭上旋將下來。那風好不利害！吹得人毛骨俱悚，驚得那匹番婆子也直立嘶鳴，倒退幾步。汪革在馬上大叫一聲，直跌下地來。正是：

　　　　未知性命如何，先見四肢不舉。

　　劉青見汪革墜馬，慌忙扶起看時，不言不語，好似中惡模樣，不省人事。劉青只得抱上雕鞍，董三、董四左右防護，劉青控馬而行。轉到南門，卻好汪世雄引着二三十人，帶着火把接應，合為一處。又行二里，汪革方才蘇醒，叫道："怪哉！分明見一神人，身長數丈，頭如車輪，白袍金甲，身坐城堵上，腳垂至地。神兵簇擁，不計其數，旗上明寫'福應侯'三字。那神人舒左腳踢我下馬，想是神道怪我燒毀其廟，所以為禍也。明早引大隊到來，白日裏攻打，看他如何？"汪世雄道："父親還不知道，錢四二恐防累及，已有異心，不知與眾人如何商議了，他先洋洋而去。以後眾人陸續走散，三停中已去了二停。父親不如回到家中再作計較。"汪革聽罷，懊恨不已。

　　行至屯兵之地，見龔四八，所言相同。郭擇還鎖押在彼，汪革一時性起，拔出佩刀，將郭擇劈做兩截。引眾再回麻地坡來，一路上又跑散了許多人。到莊點點人數，止存六十餘人。汪革歎道："吾素有忠義之志，忽為奸人所陷，無由自明。初意欲擒拿縣尉，究問根由，報仇雪恥。因借府庫之資，招徠豪傑，跌宕江淮，驅除這些貪官污吏，使威名蓋世。然後就朝廷恩撫，為國家出力，建萬世之功業。今吾志不就，命也。"對龔四八等道：

“感眾兄弟相從不捨，吾何忍負累！今罪犯必死，此身已不足惜，眾兄弟何不將我綁去送官，自脫其禍？”龔四八等齊聲道：“哥哥說那裏話！我等平日受你看顧大恩，今日患難之際，生死相依，豈有更變！哥哥休將錢四二一例看待。”汪革道：“雖然如此，這麻地坡是個死路，若官兵一到，沒有退步。大抵朝廷之事，虎頭蛇尾。且暫為逃難之計，倘或天天可憐，不絕盡汪門宗祀，此地還是我子孫故業。不然，我汪革魂魄，亦不復到此矣！”言訖，撲簌簌兩行淚下。汪世雄放聲大哭，龔四八等皆泣下，不能仰視。

汪革道：“天明恐有軍馬來到，事不宜遲矣。天荒湖有漁戶可依，權且躲避。”乃盡出金珠，將一半付與董三、董四，教他變姓易名，往臨安行都為賈，佈散流言，說何縣尉迫脅汪革，實無反情。只當公道不平，逢人分析。那一半付與龔四八，教他領了三歲的孫子，潛往吳郡藏匿。“官府只慮我北去通虜，決不疑在近地。事平之後，徑到嚴州遂安縣，尋我哥哥汪師中，必然收留。”乃將三匹名馬分贈三人。龔四八道：“此馬毛色非凡，恐被人識破，不可乘也。”汪革道：“若遺與他人，有損無益。”提起大刀，一刀一匹，三馬盡皆殺死。莊前莊後，放起一把無情火，必必剝剝，燒得烈焰騰天。汪革與龔、董三人，就火光中灑淚分別。世雄妻張氏，見三歲的孩兒去了，大哭一場，自投於火而死。若汪革早聽其言，豈有今日？正是：

> 良藥苦口，忠言逆耳。
> 有智婦人，賽過男子。

汪革傷感不已，然無可奈何了。天色將明，分付莊客，不願跟隨的，聽其自便。引了妻兒老少，和劉青等心腹三十餘人，徑投望江縣天荒湖來，取五隻漁船，分載人口，搖向蘆葦深處藏躲。

話分兩頭。卻說安慶李太守見了宿松縣申文，大驚，忙備文書，各上司處申報。一面行文各縣，招集民兵剿賊。江淮宣撫司劉光祖將事情裝點大了，奏聞朝廷。旨意倒下樞密院，着本處統帥約會各郡軍馬，合力剿捕，毋致蔓延。劉光祖各郡調兵，到者約有四五千之數。已知汪革燒毀房舍，逃入天荒湖內。又調各處船兵水陸並進，又支會平江，一路用兵邀截，以防走逸。那領兵官無非是都監、提轄、縣尉、巡檢之類，素聞汪革驍勇，黨羽甚眾，人有畏怯之心。陸軍只屯住在望江城外，水軍只屯在裏湖港口，搶擄民財，消磨糧餉，那個敢下湖捕賊？

住了二十餘日，湖中並無動靜。有幾個大膽的乘個小撑船，哨探出去，望見蘆葦中煙火不絕，遠遠的鼓聲敲響。不敢近視，依舊撑轉。又過幾日，煙火也沒了，鼓聲也不聞了。水哨裏知軍官，移船出港，篩鑼擂鼓，搖旗吶喊而前，撬入湖中，連打魚的小船都四散躲過，並不見一隻。向蘆葦煙起處搜看時，鬼腳跡也沒一個了。但見幾隻破船上堆卻木屑和草根，煨得船板焦黑。淺渚上有兩三面大鼓，鼓上縛着羊，連羊也餓得半死了。原來鼓聲是羊蹄所擊，煙火乃木屑。汪革從湖入江，已順流東去，正不知幾時了。軍官懼罪，只得將船追去。

行出江口，只見五個漁船，一字兒泊在江邊，船上立着個漢子，有人認得這船是天荒湖內的漁船。攏船去拿那漢子查問時，那漢子噙着眼淚，告訴道："小人姓樊名速，川中人氏。因到此做些小商販，買賣已畢，與一個鄉親同坐一隻大船，三日前來此江口，撞着這五個漁船。船上許多好漢，自稱汪十二爺，要借我大船安頓人口，將這五個小船相換。我不肯時，腰間拔出雪樣的刀來便要殺害，只得讓與他去了。你看這個小船，怎過得川江？累我重複覓船，好不苦也！"船上兩個軍官商量道："眼見得換船的汪十二爺，便是汪革了。他人眾已散，只有兩隻大船，容易算計了，且放心趕去。"

行至采石磯邊，見江面上擺列戰艦無數。卻是太平郡差出軍官，領水軍把截采石，盤詰行船，恐防反賊汪革走逸。打聽的實，兩處軍官相會。安慶軍官說起汪革在湖中逃走入江，劫上兩隻大客船，裝載家小之事："料他必從此過。小將跟尋下來，如何不見？"采石軍官聽說，大驚頓足道："我被這奸賊瞞過了也！前兩日辰牌時分，果有兩隻大客船，船中滿載家校，其人冠帶來謁，自稱姓王名中一，為蜀中參軍，任滿赴行都升補。想來'汪'字半邊是'王'字，'革'字下截是'中一'二字，此人正是汪革。今已過去，不知何往矣！"兩處軍官度道，失了汪革正賊，料瞞不過，只得從實申報上司。上司見汪革蹤跡神出鬼沒，愈加疑慮，請樞密院懸下賞格，畫影圖形，各處張掛。有能擒捕汪革者，給賞一萬貫，官升三級；獲其嫡親家屬一口者，賞三千貫，官升一級。

卻說汪革乘着兩隻客船，徑下太湖。過了數日，聞知官府挨捕緊急，料是藏躲不了，將客船鑿沉湖底，將家小寄頓一個打魚人家，多將金帛相贈，約定一年後來取。卻教劉青跟隨兒子汪世雄，間道往無為州漕司出首，說父親原無反情，特為縣尉何能陷害，見今逃難行都，乞押去追尋，免致興兵調餉。"此乃保全家門之計，不可遲滯。"世雄被父親所逼，只得去了。漕司看了汪世雄首詞，問了備細，差官鎖押到臨安府，挨獲汪革，一面稟知樞密等院衙門去訖。

卻說汪革發脫家小，單單剩得一身，改換衣裝，徑望臨安而走。在城外住了數日，不見兒子世雄消息，想起城北廂官[1]白正，係向年相識，乃夜入北關，叩門求見。白正見是汪革，大驚，便欲走避。汪革扯往說道："兄長勿疑，某此來束手投罪，非相累也。"白正方才心穩，開言問道："官府捕足下甚急，何為來此？"汪革將冤情告訴了一遍："如今願借兄長之力，得詣闕自明，死亦無恨。"白正留汪革住了一宿，次早報知樞密府，遂下於大理院獄中。獄官拷問他家屬何在，及同黨之人姓名。汪革道："妻小都死於火中，只有一子名世雄，一向在外做客，並不知情。莊丁俱是村民，各各逃命去訖，亦不記姓名。"獄官嚴刑拷訊，終不肯說。

卻說白正不願領賞，記功升官，心下十分可憐汪革，一應獄中事體，替他周旋。臨安府聞說反賊汪革投到，把做異事傳播。董三、董四知道了，也來暗地與他使錢。大尹院上官下吏都得了賄賂，汪革稍得寬展。遂於獄中上書，大略云：

> 臣汪革，於某年某月投匭獻策，願倡率兩淮忠義，為國家前驅破虜，恢復中原。臣志在報國如此，豈有貳心？不知何人謗臣為反，又不知所指何

---

1 廂官：亦稱廂吏。宋將京城外劃分為若干廂，置廂官處理民間訴訟。

事？願得其人與臣面質，使臣心跡明白，雖死猶生矣。

天子見其書，乃詔九江府押送程彪、程虎二人到行都，並下大理鞫問。其時無為州漕司文書亦到，汪世雄也來了。那會審一日，好不熱鬧。汪革父子相會，一段悲傷，自不必說。看見對頭，卻是二程兄弟，出自意外，倒吃一驚，方曉得這場是非的來歷。刑官審問時，二程並無他話，只指汪革所寄洪恭之書為據。汪革辨

二程誣陷汪信之

道：「書中所約秋涼踐約，原欲置買太湖縣湖蕩，並非別情。」刑官道：「洪恭已在逃了，有何對證？」汪世雄道：「聞得洪恭見在宣城居住，只拿他來審，便知端的。」刑官一時不能決，權將四人分頭監候，行文寧國府去了。

不一日，本府將洪恭解到。劉青在外面已自買囑解子①，先將程彪、程虎根由備細與洪恭說了。洪恭料得沒事，大着膽進院。遂將寫書推薦二程，約汪革來看湖蕩，及汪家齎發薄了，二

---

1 解子：解差，押解人犯的差役。

人不悅，並贈絹不受之故，始末根由，說了一遍。汪革回書，被程彪、程虎藏匿不付。兩頭懷恨，遂造此謀，誣陷平人，更無別故。

堂上官錄了口詞，向獄中取出汪家父子、二程兄弟面證。程彪、程虎見洪恭說得的實了，無言可答。汪革又將何縣尉停泊中途，詐稱拒捕，以致上司激怒等因，說了一遍。問官再四推鞫無異，又且得了賄賂，有心要周旋其事。當時判出審單，略云：

> 審得犯人一名汪革，頗有俠名，原無反狀。始因二程之私怨，妄解書詞；繼因何尉之詭言，遂開兵釁。察其本謀，實非得已。但不合不行告辨，糾合兇徒，擅殺職官郭擇及土兵數人。情雖可原，罪實難宥。思其束手自投，顯非抗拒。但行兇非止一人，據革自供當時逃散，不記姓名。而郡縣申文，已有劉青名字。合行文本處，訪拿治罪，不可終成漏網。革子世雄，知情與否，亦難懸斷。然觀無為州首詞，與同惡相濟者不侔，似宜准自首例，姑從末減。汪革照律該凌遲處死，仍梟首示眾，決不待時。汪世雄杖脊發配二千里外。程彪、程虎首事妄言，杖脊發配一千里外。俱俟兇黨劉青等到後發遣。洪恭供明釋放。縣尉何能捕賊無才，罷官削籍。

獄具，覆奏天子。聖旨依擬。劉青一聞這個消息，預先漏與獄中，只勸汪革服毒自盡。汪革這一死，正應着宿松城下小兒之歌。他說"二六佳人姓汪"，汪革排行十二也；"偷個船兒過江"，是指劫船之事；"過江能幾日？一杯熱酒難當"，汪革今日將熱酒服毒，果應其言矣。古來說童謠乃天上熒惑星①化成小兒，預言禍福。看起來汪革雖不曾成甚麼大事，卻被官府大驚小怪，起兵調將，騷擾幾處州郡，名動京師，憂及天子，便有童謠預兆，亦非偶然也。

閒話休題。再說汪革死後，大理院官驗過，仍將死屍梟首懸掛國門。劉青先將屍骸藏過，半夜裏偷其頭去蒿葬於臨安北門十里之外。次日私對董三說知其處，然後自投大理院，將一應殺人之事，獨自承認，又自訴偷葬主人之情。大理院官用刑嚴訊，備諸毒苦，要他招出葬屍處，終不肯言。是夜受苦不過，死於獄中。後人有詩贊云：

> 從容就獄申王法，慷慨捐生報主恩。
> 多少朝中食祿者，幾人殉義似劉青？

大理院官見劉青死了，就算個完局。獄中取出汪世雄及程彪、程虎，決斷發配。董三、董四在外已自使了手腳，買囑了行杖的，汪世雄皮膚也不曾傷損。程彪、程虎着實吃了大虧，又兼解子也受了買囑，一路上將他兩個難為。行至中途，程彪先病故了，只將程虎解去，不知下落。那解汪世雄的得了許多銀兩，剛行得三四百里，將他縱放。汪世雄躲在江湖上，使槍棒賣藥為

---

1 熒惑星：即火星。

生，不在話下。

再說董三、董四收拾了本錢，往姑蘇尋着了龔四八，領了小孩子。又往太湖打魚人家，尋了汪家老小，三個人扮作僕者模樣，一路跟隨，直送至嚴州遂安縣汪孚中處。汪孚問知詳細，感傷不已，撥宅安頓。龔、董等都移家附近居住。卻有汪孚衛護，地方上誰敢道個不字。

過了半載，事漸冷了。汪師中遣龔四八、董四二人，往麻地坡查理舊時產業。那邊依舊有人造炭冶鐵。問起緣故，卻是錢四二為主，倡率鄉民做事，就頂了汪革的故業。只有天荒湖漁戶不肯從順。董四大怒，罵道：“這反復不義之賊，恁般享用得好，心下何安？我拚着性命，與汪信之哥哥報仇。”提了樸刀，便要尋錢四二賭命。龔四八止住道：“不可，不可。他既在此做事，鄉民都幫助他的，寡不敵眾，枉惹人笑。不如回覆師中，再作道理。”二人轉至宿松。何期正在郭都監門首經過，有認得董四的，閒着口，對郭都監的家人郭興說道：“這來的矮胖漢，便是汪革的心腹幫手，叫做董學，排行第四。”郭興聽罷，心下想道：“家主之仇，如何不報？”讓一步過去，出其不意，從背心上狠的一拳，將董四抑倒，急叫道：“拿得反賊汪革手下殺人的兇徒在此！”宅裏奔出四五條漢子來，街坊上人一擁都來，唬得龔四八不敢相救，一道煙走了。郭興招引地方將董四背剪綁起，頭髮都撏得乾乾淨淨，一步一棍，解到宿松縣來。此時新縣官尚未到任，何縣尉又壞官去了，卻是典史掌印，不敢自專，轉解到安慶李太守處。李太守因前番汪革反情不實，輕事重報，被上司埋怨了一場，不勝懊悔。今日又說起汪革，頭也疼將起來，反怪地方多事，罵道：“汪革殺人一事，奉聖旨處分了當。郭擇性命已償過了，如何又生事擾害！那典史與他起解①，好不曉事！"囑教將董四放了。郭興和地方人等，一場沒趣而散。董四被郭家打傷，負痛奔回遂安縣去。

卻說龔四八先回，將錢四二佔了炭冶生業，及董四被郭家拿住之事，細說一遍。汪孚度道必然解郡。卻待差人到安慶去替他用錢營幹，忽見董四光着頭奔回，訴說如此如此，若非李太守好意，性命不保。汪孚道："據官府口氣，此事已撇過一邊了。雖然董四哥吃了些虧，也得了個好消息。"

又過幾日，汪孚自引了家童二十餘人，來到麻地坡，尋錢四二與他說話。錢四二聞知汪孚自來，如何敢出頭？帶着妻子，連夜逃走去了，到撇下房屋家計。汪孚道："這不義之物，不可用之。"賞與本地炭戶等，盡他搬運，房屋也都拆去了。汪孚買起木料，燒磚造瓦，另蓋起樓房一所。將汪革先前炭冶之業，一一查清，仍舊汪氏管業。又到天荒湖拘集漁戶，每人賞賜布鈔，以收其心。這七十里天荒湖，仍為汪氏之產。又央人向郡中上下使錢，做汪孚出名，批了執照。汪孚在麻地坡住了十個多月，百事做得停停當當。留下兩個家人掌管，自己回遂安去。

不一日，哲宗皇帝②晏駕，新天子即位，頒下詔書，大赦天下。汪世雄才敢回家，到遂安拜見了伯伯汪師中，抱頭而哭。聞得一家骨肉無恙，母子重逢，小孩兒已長成了，是汪孚取名，叫做汪千一。汪世雄心中一悲一喜。

過了數日，汪世雄稟過伯伯，同董三到臨安走遭，要將父親

---

1 起解：押送犯人。

1 哲宗皇帝：哲宗為北宋皇帝，此與開篇所言故事發生在南宋年間不符，係誤。

骸骨奔歸埋葬。汪孚道："此是大孝之事，我如何阻當？但須早去早回。此間武彊山廣有隙地，風水盡好，我先與你葺理葬事。"汪世雄和董三去了。一路無事，不一日，負骨而回。重備棺木殯殮，擇日安葬。事畢，汪孚向姪兒說道："麻地坡產業雖好，你父親在彼，挫了威風。又地方多有仇家，龔四八和董三、董四多有人認得，你去住不得了。我當初為一句閒話上，觸了你父親，彆口氣走向麻地坡去了，以致弄出許多事來。今日將我的產業盡數讓你，一來是見成事業，二來你父親墳塋在此，也好看管，也教你父親在九泉之下，消了這口怨氣。那麻地坡產業，我自移家往彼居住，不怕誰人奈何得我。"汪世雄拜謝了伯伯。當日汪孚將遂安房產帳目，盡數交付汪世雄明白，童僕也分下一半。自己領了家小，向麻地坡一路而去。

從此遂安與宿松分做二宗，往來不絕。汪世雄憑藉伯伯的財勢，地方無不信服。只為妻張氏赴火身死，終身不娶，專以訓兒為事。後來汪千一中了武舉，直做到親軍指揮使之職，子孫繁盛無比。這段話本叫做《汪信之一死救全家》。後人有詩讚云：

> 烈烈轟轟大丈夫，出門空手立家模。
> 情真義士多幫手，賞薄宵人[1]起異圖。
> 仗劍報仇因迫吏，挺身就獄為全孥。
> 汪孚讓宅真高誼，千古傳名事豈誣？

---

1 宵人：宵，夜晚。盜賊晝伏夜出，故稱宵小，後泛指壞人。

串講

　　南宋汪革，字信之，白手起家創業，為一方豪強。家中槍棍教師程彪、程虎兄弟因謝儀菲薄，心生嫌隙，誣告汪革謀反。縣府未經查實，草率上聞，聖旨下令剿捕。汪革倉促起事，殺死朝廷命官。從者懼禍，逐漸潰散。汪革遣散家人，詣官府自首分辨。以一人之死，挽救全家性命。

評析

　　《汪信之一死救全家》，寫的是真人真事。南宋岳飛的孫子岳珂在《桯史》一書中，對此事記載得比較詳細。馮夢龍基於對汪信之這位能文能武、出名豪俠的同情和惋惜，作了一些改動，例如，岳珂的筆記中有汪信之慕色誘姦手下冶工主管妻子的情節，小說盡行刪去；而筆記中一筆帶過的投匭上書，小說則予以着重強調，以表彰他的忠義愛國之心。

　　小說的主人公汪信之，仗着一把破雨傘白手起家，至安慶宿松地方，"因山作炭，賣炭買鐵"，從冶煉鐵器到控制酒店、漁戶，不多幾年就成為地方富豪。汪信之的興家致富之道，一是由於眼光精準，頭腦精明，善於把握商機，同時亦無中小地主隨份苟安的心態，至事發前夕，還與人商議擴大地產，雄心勃勃地想要拓展事業。作為一個成功的創業者，汪信之為當地人提供了新的就業機會，使得"四方窮民，歸之如市"，再加上其為人仗義輕財，恩威並著，在地方上享有很高聲譽。此外，汪信之非將非相，非官非吏，不過是一位成功的實業家，卻有一片誠摯的愛國情懷。他赴闕上書，表示"願倡率兩淮忠勇，為國家前驅，恢復中原，以報積世之仇"，可惜朝廷沒有主意，對金是戰是和，舉棋不定，致使英雄無用武之地。在岳珂的筆記中，汪信之在上疏中還表示，此舉不要國家經費，願自行襄贊其事。

汪信之被人陷害謀反，說到緣由，實在使人徒喚奈何。程彪、程虎二兄弟投靠財大氣粗的汪家做教習，指望得一場小富貴，碰巧汪信之外出，謝儀送得薄些，便惹起二程的怨望。而洪恭又受到過於吝嗇小氣的妻子的鉗制，使得前來投奔的二程無勞而返。俗語說"貧賤人家百事哀"，我們看洪恭妻子也是個勤苦作家的人，但竟節儉到"水也不捨得一杯與人吃"的程度，沒有人天生是吝嗇的，大度不起來，不過是由於囊中羞澀，沒法子有更多的選擇。而二程並非一開始就有害人之意，程彪對汪世雄的情義倒也心知肚明。連番受挫，憋了一肚子的惡氣，無處發落，才終於激出一場駭人的陰謀。這又是一個無賴子"窮極生計"的故事，銀錢消磨的不僅是人的志氣，還有良心。

如果說至此情節的發展還有些偶然，二程告謀反一事，驚官動府之後，便說不得偶然一字了。正是官員的瀆職和草率，促使事情向無法逆轉的深淵滑落。樞密院獲得密報後，未經查實，就層層下令要求緝捕反賊；代掌宿松縣令權印的尉官何能，連反賊影子都沒見到，就妄報對方拒捕。汪信之故人、都監郭擇，自告奮勇前來勸諭一段，賓主一迎一拒，小說寫得十分緊張。一方面官府以為汪之反跡已實，授意郭隨時緝捕，而汪則希望打通上層關係之後，再行自辨。居間調停的郭擇原出誠心，卻難打動汪氏父子，實在是因為對官府"強入人罪"疑懼過深。當從郭擇身上搜出剿殺令之後，殺人起事就不可避免了，而這又反過來坐實汪家造反的誣告。

汪信之造反弄假成真，既是小人陷害、官府黑暗，也與其性格密切相關。在小說的描寫中，汪信之是一位豪俠，同時也是一位充滿缺點的英雄。我們看小說寫他的氣焰一段："獨霸麻地一鄉，鄉中有事，俱由他武斷。出則佩刀帶劍，騎從如雲，如貴官一般。四方窮民，歸之如市。解衣推食，人人願出死力。又將家財交結附近郡縣官吏，若與他相好的，酒杯來往；若與他作對的，便訪求他過失，輕則遣人訐訟，敗其聲名；重則私令亡命等於沿途劫害，無處蹤跡。"這樣獨霸地方，目無官府，種種非法的黑社會行徑，其兒媳所言的"公公素以豪俠名，積漸為官府所忌"，其實不待人誣告，汪信之恐怕早晚會招致官府打擊。最終釀成的這場悲劇，也可說是汪信之的性格使然。

汪信之殺掉朝廷官兵之後，立即殺牛宰馬，裝備莊客，我們看小說寫他那一身行頭紮縛，有模有樣，普通平民哪來這股豪氣！汪信之做慣了大佬，遇此大事，不覺豪氣頓生，自己先把自己弄得十分激動。然而，汪信之造反的整個過程，就像他所嘲笑的朝廷做事"虎頭蛇尾"一樣，忽焉而興，忽焉而敗，盲動又兼盲目。汪信之對自己的行動，似乎沒有認真思考過，目的也很含糊，他帶着莊丁刀仗鮮明地入城出城，不過是為了討伐縣尉何能一人。誠然，他也曾說過："吾素有忠義之志，忽為奸人所陷，無由自明。初意欲擒拿縣尉，究問根由，報仇雪恥。因借府庫之資，招徠豪傑，跌宕江淮，驅除這些貪官污吏，使威名蓋世。然後就朝廷恩撫，為國家出力，建萬世之功業。"按照汪信之的想法，造反既成事實，只好先把事件的聲勢造大，然後等待朝廷招安，走曲線救國的路線。強人招安的故事，《水滸傳》寫得家喻戶曉，這也確是宋代社會怪現狀之一種，南宋初年，民間即流傳着這樣一句俚語："仕途捷徑無過賊，上將奇謀只是招。"不過，汪信之根本沒有構成威脅，沒有來得及形成與政府進行談判的籌碼。

汪信之的造反隊伍，不是農民軍，也不是忠義軍，提不出任何政治、經濟的造反要求，甚至連具體的軍事打擊目標都不明確。城裏城外衝撞了一天，只燒掉了一座神廟。這支隊伍的成員，都是汪氏產業集團的傭員，其中有感恩相報的死士，也有無賴子，惟恐天下不亂的起哄者。當最初鬧事的熱情退潮，保命的心態佔據上風，還沒等到政府大軍壓境，這支隊伍很快就作鳥獸散了，成了一場"沒撞煞的笑話"。汪信之造反，顯得既衝動又愚笨。對照前文所謂的"四方窮民，歸之如市，解衣推食，人人願出死力"，真是無言的諷刺。

而這次失敗的造反，其唯一成功的地方，就是汪信之在大勢已去之時，沉着調遣。在荒天湖巧計逃出羅網後，他派兒子出首洗脫干係，又令從人保護孫兒藏匿，然後隻身自首，咬牙受住酷刑，不僅保全了家人性命，還保全了義氣相隨的幾十位莊客。汪信之最後的這種努力，得到了作者的熱烈讚賞。因此，在汪信之於獄中服毒自殺之後，小說還花了一大段筆墨來交待汪家後事。一是要突出汪信之的義氣，所以有劉青奮不顧身、盜屍安葬的情節；二是要強調汪信之"挺身就獄為全孥"，所以又有兄長汪孚出面主持，使汪氏家業重振、子孫繁盛的情節。

《汪信之一死救全家》，不僅寫了汪信之一個人的遭遇，還在一定程度上反映了南宋的社會狀況。兩宋長期面臨外國的軍事威脅，在國防上積貧積弱。北宋覆亡，政權南遷，執政者也未能及時總結經驗教訓，主和派長期控制朝政。小說寫江淮宣撫使皇甫倜，為人寬厚，頗得士心，為國家訓練忠義軍，因宰相湯思退忌其威名而被黜。這個湯思退，乃其時臭名昭著的奸相秦檜一黨，史書上說他與主戰派的抗金兵名將張浚不合，"浚以雪恥復仇為志，思退每借保境息民為口實，更勝迭負，思退之計迄行"，辯論中雖各有勝負，還是湯思退佔了上風。朝廷對外政策如此軟弱，對國內事務的控制亦未見高明。汪信之謀反一事，本來子虛烏有，竟因涉案官員的草率而釀成大禍。圍剿荒天湖之時，因懼怕汪信之驍勇，"陸軍只屯住在望江城外，水軍只屯在裏湖港口，搶擄民財，消磨糧餉，那個敢下湖捕賊"，辦事昏庸無能，只知騷擾良民百姓。南宋聲勢最為浩大的一次農民造反，是鍾相楊幺的洞庭湖起義。北宋末年金兵圍困開封時，各地義軍組織起來"勤王"，這些義軍後來被遣散，鍾相楊幺所領的一支隊伍回到洞庭湖地區。活動在這一地區的，不僅有貪官污吏，有地方流寇，有女真兵馬，還有以剿寇為名、行擄掠之實的腐敗的政府軍隊，"官兵盜賊，劫掠一同，城市鄉村，搜索殆徧"，正所謂官逼民反，鍾相楊幺的忠義軍最後只得奮起反抗。汪信之被迫造反，倉促起事，不過是其時社會現實的一個真實寫照。

南宋民謠有所謂"欲得官，殺人放火受招安；欲要富，趕在行在賣酒肉"者，本篇小說的編撰似乎從中受到了暗示和啟發，正話和入話分別對應着此一謠諺。小說的入話部分，取自兩個著名的傳說，宋五嫂魚羹引動的是南宋人對已經消逝在歷史煙塵中的北宋的懷念，于國寶題詞說的是皇帝文采風流，名士文章遇明主。表面看起來，寫的是其時"金邦和好，四郊安靜，偃武修文，與民同樂"，南宋社會一片承平安逸景象，"皇家雨露寬"，不僅讀書士人，烹魚賣酒人家一樣也會"無意中受了朝廷恩澤"。然而實際上，當我們讀完正話，瞭解到一位有才能有志氣的英雄，竟然葬送在一幫無德無能的宵小手中，兩者之間的對比就顯得意味深長了。湛湛青天，照不到覆盆之冤，汪信之文武全才，轟轟烈烈一丈夫，不得際會風雲，命也？時也？運也？

老門生三世報恩①

買隻牛兒學種田，結間茅屋向林泉。

也知老去無多日，且向山中過幾年。

為利為官終幻客，能詩能酒總神仙。

世間萬物俱增價，老去文章不值錢。

這八句詩，乃是達者之言，末句說"老去文章不值錢"，這一句，還有個評論。大抵功名遲速，莫逃乎命，也有早成，也有晚達。早成者未必有成，晚達者未必不達。不可以年少而自恃，不可以年老而自棄。這老少二字，也在年數上，論不得的。假如甘羅十二歲為丞相，十二歲上就死了，這十二歲之年，就是他髮白齒落、背曲腰彎的時候了。後頭日子已短，叫不得少年。又如姜太公八十歲還在渭水釣魚，遇了周文王以後，車載之，拜為師尚父。文王崩，武王立，他又秉鉞為軍師，佐武王伐商，定了周家八百年基業，封於齊國。又教其子丁公治齊，自己留相周朝，直活到一百二十歲方死。你說八十歲一個老漁翁，誰知日後還有許多事業，日子正長哩！這等看將起來，那八十歲上還是他初束髮，剛頂冠②，做新郎，應童子試③的時候，叫不得老年。做人只知眼前貴賤，那知去後的日長日短？見個少年富貴的奉承不暇，多了幾年年紀，蹉跎不遇，就怠慢他，這是短見薄識之輩。譬如農家，也有早穀，也有晚稻，正不知那一種收成得好？不見古人云：

---

1 本篇選自《警世通言》第十八卷。

2 冠：古代男子二十歲行冠禮，表示長大成人。

3 童子試：取得生員（秀才）資格的入學考試，應試者無論年齡均稱童生。

東園桃李花，早發還先萎。

遲遲澗畔松，鬱鬱含晚翠。

　　閒話休提。卻說國朝正統年間，廣西桂林府興安縣有一秀才，複姓鮮于，名同，字大通。八歲時曾舉神童[1]，十一歲遊庠[2]，超增補廩[3]。論他的才學，便是董仲舒、司馬相如也不看在眼裏，真個是胸藏萬卷，筆掃千軍。論他的志氣，便像馮京、商輅，連中三元[4]，也只算他便袋裏東西。真個是足躡風雲，氣沖牛斗。何期才高而數奇，志大而命薄。年年科舉，歲歲觀場，不能得朱衣點額，黃榜標名。[5]到三十歲上，循資該出貢[6]了。他是個有才有志的人，貢途的前程是不屑就的。思量窮秀才家，全虧學中年規這幾兩廩銀，做個讀書本錢。若出了學門，少了這項來路，又去坐監[7]，反費盤纏。況且本省比監裏又好中，算計不通。偶然在朋友前露了此意，那下首該貢的秀才，就來打話，要他讓貢，情願將幾十金酬謝。鮮于同又得了這個利息，自以為得

---

1 舉神童：唐宋時特別設有童子科舉，以考較早慧兒童。明代神童則由官員舉薦，給予讀書或進學的優待條件。

2 庠：古代學校。

3 超增補廩：明代秀才分附生、增生、廩生三種級別。"超增"就是從附生跳過增生而補為廩生。

4 馮京：北宋人。商輅：明朝英宗時人。兩人都連中三元，即解元、會元、狀元。

5 朱衣點額：傳說歐陽修閱考卷時，背後有朱衣人點頭示意，凡他點頭的文章都合格。黃榜：科舉考試的錄取名單，用黃紙書寫公佈。

6 出貢：貢是把人才貢獻給國家的意思。科舉考試人多粥少，不能由正式科目出身的秀才，可以經過選拔，作為貢生向朝廷推薦。明清兩代貢生的名目很多，這裏所寫的是按年資輪推。

7 坐監：入國子監讀書。

計。第一遍是個情，第二遍是個例，人人要貢，個個爭先。

　　鮮于同自三十歲上讓貢起，一連讓了八遍，到四十六歲兀自沉埋於泮水①之中，馳逐於青衿②之隊。也有人笑他的，也有人憐他的，又有人勸他的。那笑他的他也不睬，憐他的他也不受，只有那勸他的，他就勃然發怒起來道："你勸我就貢，止無過道俺年長，不能個科第了。卻不知龍頭屬於老成，梁皓③八十二歲中了狀元，也替天下有骨氣肯讀書的男子爭氣。俺若情願小就時，三十歲上就了，肯用力鑽刺，少不得做個府佐縣正，④昧着心田做去，盡可榮身肥家。只是如今是個科目的世界，假如孔夫子不得科第，誰說他胸中才學？若是三家村一個小孩子，粗粗裏記得幾篇爛舊時文⑤，遇了個盲試官，亂圈亂點，睡夢裏偷得個進士到手。一般有人拜門生，稱老師，譚天說地，誰敢出個題目，將帶紗帽的再考他一考麼？不止於此，做官裏頭還有多少不平處。進士官就是個銅打鐵鑄的，撒漫做去，沒人敢說他不字。科貢官，兢兢業業，捧了卵子過橋，上司還要尋趁他。比及按院複命，參論的但是進士官，憑你敘得極貪極酷，公道看來，拿問也還透頭⑥，說到結末，生怕斷絕了貪酷種子，道：'此一臣者，

---

1 泮水：相傳古代學校前有半圓形的池子，叫泮水。於是稱學校為泮宮，凡考入府、州、縣學為入泮或遊泮。

2 青衿：學生的服裝。借指讀書人，明代特指秀才。

3 梁皓：應為梁灝，北宋人，官翰林學士，四十二歲卒。但民間傳說他在八十二歲中狀元，戲曲有《青袍記》演此故事。

4 府佐：知府的下屬官員。縣正：即縣令。

5 時文：應試的制藝八股文。

6 透頭：出頭，超出常例。

官箴①雖玷，但或念初任，或念年青，尚可望其自新，策其末路，姑照浮躁或不及例降調。'不勾幾年工夫，依舊做起。倘拼得些銀子央要道挽回，不過對調個地方，全然沒事。科貢的官一分不是，就當做十分。晦氣遇着別人有勢有力，沒處下手，隨你清廉賢宰，少不得借重他替進士頂缸。有這許多不平處，所以不中進士，再做不得官。俺寧可老儒終身，死去到閻王面前高聲叫屈，還博個來世出頭。豈可屈身小就，終日受人懊惱，吃順氣丸度日！"遂吟詩一首，詩曰：

> 從來資格困朝紳，只重科名不重人。
> 楚士鳳歌誠恐殆，葉公龍好豈求真。②
> 若還黃榜終無分，寧可青衿老此身。
> 鐵硯磨穿豪傑事，春秋晚遇說平津。

漢時有個平津侯，複姓公孫，名弘，五十歲讀《春秋》，六十歲對策第一，做到丞相封侯。鮮于同後來六十一歲登第，人以為詩讖，此是後話。

卻說鮮于同自吟了這八句詩，其志愈銳。怎奈時運不利，看看五十齊頭，"蘇秦③還是舊蘇秦"，不能勾改換頭面。再過幾年，連小考都不利了。每到科舉年分，第一個攔場告考的就是

---

1 官箴：為官的戒律。
2 楚士鳳歌：典出《論語》，楚國隱士接輿，曾作"鳳兮鳳兮"之歌，諷喻孔子。葉公好龍：典出劉向《新序·雜説》。
3 蘇秦：戰國時東周洛陽人，字季子。他出外求官，落魄而歸，遭到家人的冷落和諷刺。

他，討了多少人的厭賤。到天順六年，鮮于同五十七歲，鬢髮都蒼然了，兀自擠在後生家隊裏，談文講藝，娓娓不倦。那些後生見了他，或以為怪物，望而避之；或以為笑具，就而戲之。這都不在話下。

卻說興安縣知縣，姓蒯名遇時，表字順之，浙江台州府仙居縣人氏。少年科甲，聲價甚高。喜的是談文講藝，商古論今。只是有件毛病，愛少賤老，不肯一視同仁。見了後生英俊，加意獎借；若是年長老成的，視為朽物，口呼"先輩"，甚有戲侮之意。其年鄉試①屆期，宗師行文，命縣裏錄科②。蒯知縣將合縣生員考試，彌封③閱卷，自恃眼力，從公品第，黑暗裏拔了一個第一，心中十分得意，向眾秀才面前誇獎道："本縣拔得個首卷，其文大有吳越中氣脈④，必然連捷，通縣秀才，皆莫能及。"眾人拱手聽命，卻似漢皇築壇拜將，正不知拜那一個有名的豪傑。比及拆號唱名，只見一人應聲而出，從人叢中擠將上來，你道這人如何？

> 矮又矮，胖又胖，鬢鬢黑白各一半。破儒巾，
> 欠時樣，藍衫補孔重重綻。你也瞧，我也看，若還

---

1 鄉試：明清兩代，每三年一次在京城和各省省城舉行的考試，又稱省試。鄉試中式者可參加次年在京城舉行的會試。鄉試時間一般在秋天，所以稱秋試、秋闈。鄉試中式者，稱舉人，第一名稱解元。

2 錄科：鄉試前的資格考試。

3 彌封：密封，封口。

4 吳越中氣脈：明清兩代，江浙為人文淵藪，也是科舉中式人數最多的地區。文章做得好，就可贊之為吳越中氣脈。

冠帶像鬍判①。不枉誇，不枉讚，先輩今朝說嘴慣。休羨他，莫自歎，少不得大家做老漢。不須營，不須干，序齒輪流做領案。

那案首不是別人，正是那五十七歲的怪物、笑具，名叫鮮于同。合堂秀才哄然大笑，都道："鮮于'先輩'，又起用了。"連酅公也自羞得滿面通紅，頓口無言。一時間看錯文字，今日眾人屬目之地，如何番悔！忍着一肚子氣，胡亂將試卷拆完。喜得除了第一名，此下一個個都是少年英俊，還有些嗔中帶喜。是日酅公發放諸生事畢，回衙悶悶不悅，不在話下。

本心擇取少年郎，誰意收將老怪物

卻說鮮于同少年時本是個名士，因淹滯了數年，雖然志不曾灰，卻也是：

澤畔屈原吟獨苦，洛陽季子②面多慚。

---

1 鬍判：陰間判官。鬍，形容臉上多鬚。

2 洛陽季子：即蘇秦。

今日出其不意，考個案首，也自覺有些興頭。到學道考試，未必愛他文字，虧了縣家案首，就搭上一名科舉，喜孜孜去赴省試。眾朋友都在下處看經書，溫後場①。只有鮮于同平昔飽學，終日在街坊上遊玩。旁人看見，都猜道："這位老相公，不知是送兒子孫兒進場的？事外之人，好不悠閒自在。"若曉得他是科舉的秀才，少不得要笑他幾聲。

日居月諸，忽然八月初七日，街坊上大吹大擂，迎試官進貢院②。鮮于同觀看之際，見興安縣蒯公，正徵聘做《禮記》房考官③。鮮于同自想："我與蒯公同經，他考過我案首，必然愛我的文字，今番遇合，十有八九。"誰知蒯公心裏不然，他又是一個見識道："我取個少年門生，他後路悠遠，官也多做幾年，房師也靠得着他。那些老師宿儒，取之無益。"又道："我科考時不合昏了眼，錯取了鮮于'先輩'，在眾人前老大沒趣。今番再取中了他，卻不又是一場笑話！我今閱卷，但是三場做得齊整的，多應是夙學之士，年紀長了，不要取他。只揀嫩嫩的口氣，亂亂的文法，歪歪的四六，怯怯的策論，憒憒的判語，那定是少年初學。雖然學問未充，養他一兩科，年還不長，且脫了鮮于同這件干紀。"算計已定，如法閱卷，取了幾個不整不齊，略略有些筆資④的，大圈大點，呈上主司。主司都批了"中"字。到八

---

1 後場：鄉試、會試各考三場，後兩場考策論、詔表等。

2 貢院：科舉考試貢獻人才的場所。

3 房考官：科舉考試按《五經》（易、書、詩、春秋、禮記）分房，每經房數不等，明代原為十七房，後增至二十房。除主考官外，還有幫助閱卷的同考官。生員被錄取後，尊同考官為房考官，亦稱房師。

4 筆資：意思是文筆好，有才情。

月廿八日，主司同各經房在"至公堂"上拆號填榜。《禮記》房首卷是桂林府興安縣學生，複姓鮮于，名同，習《禮記》，又是那五十七的怪物、笑具僥倖了。蒯公好生驚異。主司見蒯公有不樂之色，問其緣故。蒯公道："那鮮于同年紀已老，恐置之魁列，無以壓服後生，情願把一卷換他。"主司指堂上匾額，道："此堂既名為'至公堂'，豈可以老少而私愛憎乎？自古龍頭屬於老成，也好把天下讀書人的志氣鼓舞一番。"遂不肯更換，判定了第五名正魁[1]。蒯公無可奈何。正是：

> 饒君用盡千般力，命裏安排動不得。
> 本心擇取少年郎，依舊取將老怪物。

蒯公立心不要中鮮于"先輩"，故此只揀不整齊的文字才中。那鮮于同是宿學之士，文字必然整齊，如何反投其機？原來鮮于同為八月初七日看了蒯公入簾[2]，自謂遇合十有八九。回歸寓中多吃了幾杯生酒，壞了脾胃，破腹起來。勉強進場，一頭想文字，一頭洩瀉，瀉得一絲兩氣，草草完篇。二場三場，仍復如此，十分才學，不曾用得一分出來。自謂萬無中式之理，誰知蒯公到不要整齊文字，以此竟佔了個高魁。也是命裏否極泰來，顛之倒之，自然湊巧。那興安縣剛剛只中他一個舉人。當日鹿鳴宴[3]

---

1 第五名正魁：科舉分五經取士，每經以第一名為經魁，每科第一至第五名分別是一經的經魁。

2 入簾：考官進入考場後稱為入簾，為避免請托賄賂，試期之內禁止出入。

3 鹿鳴宴：鄉試放榜第二日，為主考以下各官及考中的舉人舉行的宴會，宴會上有歌《詩經·小雅·鹿鳴》之章、作魁星舞等程式。

罷，眾同年①序齒，他就居了第一。各房考官見了門生，俱各歡喜，惟蒯公悶悶不悅。鮮于同感蒯公兩番知遇之恩，愈加殷勤，蒯公愈加懶散。上京會試②，只照常規，全無作興加厚之意。

明年，鮮于同五十八歲，會試，又下第了。相見蒯公，蒯公更無別語，只勸他選了官罷。鮮于同做了四十餘年秀才，不肯做貢生官，今日才中得一年鄉試，怎肯就舉人職③？回家讀書，愈覺有興。每聞里中秀才會文，他就袖了紙墨筆硯，捱入會中同做。憑眾人耍他，笑他，嗔他，厭他，總不在意。做完了文字，將眾人所作看了一遍，欣然而歸，以此為常。

光陰荏苒，不覺轉眼三年，又當會試之期。鮮于同時年六十有一，年齒雖增，矍鑠如舊。在北京第二遍會試，在寓所得其一夢。夢見中了正魁，會試錄上有名，下面卻填做《詩經》，不是《禮記》。鮮于同本是個宿學之士，那一經不通？他功名心急，夢中之言，不由不信，就改了《詩經》應試。事有湊巧，物有偶然。蒯知縣為官清正，行取到京，欽授禮科給事中之職。其年又進會試經房。蒯公不知鮮于同改經之事，心中想道："我兩遍錯了主意，取了那鮮于'先輩'做了首卷，今番會試，他年紀一發長了。若《禮記》房裏又中了他，這才是終身之玷。我如今不要看《禮記》，改看了《詩經》卷子，那鮮于'先輩'，中與不中，都不干我事。"比及入簾閱卷，遂請看《詩》五房卷。蒯公又想道："天下舉子像鮮于'先輩'的，諒也非止一人，我不中鮮于

---

1 同年：同科考中的人，互稱同年。

2 會試：明清兩代，每三年一次在京城的禮部舉行，時間在春天，所以會試又常稱為春試、春闈、禮試、禮闈。會試第一名稱會元。

3 舉人職：做了舉人也可以選官，和貢生的出路差不多。

同，又中了別的老兒，可不是'躲了雷公，遇了霹靂'！我曉得了，但凡老師宿儒，經旨必然十分透徹，後生家專工四書，經義必然不精。如今到不要取四經①整齊，但是有些筆資的，不妨題旨影響，這定是少年之輩了。"閱卷進呈，等到揭曉，《詩》五房頭卷，列在第十名正魁。拆號看時，卻是桂林府興安縣學生，複姓鮮于，名同，習《詩經》，剛剛又是那六十一歲的怪物、笑具！氣得蒯遇時目睜口呆，如槁木死灰模樣！

　　　　早知富貴生成定，悔卻從前枉用心。

　　蒯公又想道："論起世上同名姓的盡多，只是桂林府興安縣卻沒有兩個鮮于同，但他向來是《禮記》，不知何故又改了《詩經》，好生奇怪？"候其來謁，叩其改經之故。鮮于同將夢中所見，說了一遍。蒯公歎息連聲道："真命進士，真命進士！"自此，蒯公與鮮于同師生之誼，比前反覺厚了一分。殿試②過了，鮮于同考在二甲頭上，得選刑部主事③。人道他晚年一第，又居冷局，替他氣悶，他欣然自如。

　　卻說蒯遇時在禮科衙門直言敢諫，因奏疏裏面觸突了大學士劉吉，被吉尋他罪過，下於詔獄④。那時刑部官員，一個個奉承劉吉，欲將蒯公置之死地。卻好天與其便，鮮于同在本部一力周

---

1 四經：明代科舉，初場試《四書》義三題，經義四題。

2 殿試：由皇帝親自主持的考試，殿試及格才可稱 "進士"。

3 刑部主事：刑部各司郎官下的屬員，官階較低，所以後文稱鮮于同得此職為 "冷局"。

4 詔獄：此指刑部獄。明代所謂詔獄，實際是指錦衣衛獄，直接秉承皇帝旨意，不按法律辦事。

旋看覷，所以蒯公不致吃虧。又替他糾合同年，在各衙門懇求方便，蒯公遂得從輕降處。蒯公自想道：「着意種花花不活，無心栽柳柳成陰。若不中得這個老門生，今日性命也難保。」乃往鮮于「先輩」寓所拜謝。鮮于同道：「門生受恩師三番知遇，今日小小效勞，止可少答科舉而已。天高地厚，未酬萬一。」當日師生二人歡飲而別。自此不論蒯公在家在任，每年必遣人問候，或一次或兩次，雖俸金微薄，表情而已。

　　光陰荏苒，鮮于同只在部中遷轉，不覺六年，應升知府。京中重他才品，敬他老成，吏部立心要尋個好缺推他，鮮于同全不在意。偶然仙居縣有信至，蒯公的公子蒯敬共，與豪戶查家爭墳地疆界，嚷罵了一場。查家走失了個小廝，賴蒯公子打死，將人命事告官。蒯敬共無力對理，一徑逃往雲南父親任所去了。官府疑蒯公子逃匿，人命真情，差人雪片下來提人，家屬也監了幾個，闔門驚懼。鮮于同查得台州正缺知府，乃央人討這地方。吏部知台州原非美缺，既然自己情願，有何不從，即將鮮于同推升台州府知府。

　　鮮于同到任三日，豪家已知新太守是蒯公門生，特討此缺而來，替他解紛，必有偏向之情。先在衙門謠言放刁，鮮于同只推不聞。蒯家家屬訴冤，鮮于同亦佯為不理。密差的當捕人，訪緝查家小廝，務在必獲。約過兩月有餘，那小廝在杭州拿到。鮮于太守當堂審明，的係自逃，與蒯家無干。當將小廝責取查家領狀，蒯氏家屬，即行釋放。期會一日，親往墳所踏看疆界。查家見小廝已出，自知所訟理虛，恐結訟之日必然吃虧。一面央大分上到太守處說方便，一面又央人到蒯家，情願把墳界相讓講和。蒯家事已得白，也不願結冤家。鮮于太守准了和息，將查家薄加罰治，申詳上司，兩家莫不心服。正是：

只愁堂上無明鏡，不怕民間有鬼奸。

　　鮮于太守乃寫書信一通，差人往雲南府回覆房師蒯公。蒯公大喜，想道："'樹荊棘得刺，樹桃李得蔭'，若不曾中得這個老門生，今日身家也難保。"遂寫懇切謝啟一通，遣兒子蒯敬共齎回，到府拜謝。鮮于同道："下官暮年淹蹇，為世所棄，受尊公老師三番知遇，得掇科目，常恐身先溝壑，大德不報。今日恩兄被誣，理當暴白。下官因風吹火，小效區區，止可少酬老師鄉試提拔之德，尚欠情多多也！"因為蒯公子經紀家事，勸他閉戶讀書，自此無話。

　　鮮于同在台州做了三年知府，聲名大振，升在徽寧道做兵憲[1]，累升河南廉使[2]，勤於官職。年至八旬，精力比少年兀自有餘，推升了浙江巡撫。鮮于同想道："我六十一歲登第，且喜儒途淹蹇，仕途到順溜，並不曾有風波。今官至撫台，恩榮極矣。一向清勤自矢，不負朝廷。今日急流勇退，理之當然。但受蒯公三番知遇之恩，報之未盡，此任正在房師地方，或可少效涓埃。"乃擇日起程赴任。一路迎送榮耀，自不必說。不一日，到了浙江省城。此時蒯公也歷任做到大參[3]地位，因病目不能理事，致政[4]在

1 兵憲：即兵備道。
2 廉使：廉訪使的簡稱，為元代職官，掌一省司法，明清稱為提刑按察使。
3 大參：明代布政司下設左右參政。
4 致政：又稱致仕，指官員退休，把政務交還朝廷。

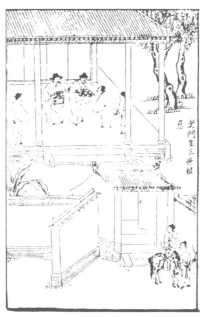

老門生三世報恩

家。聞得鮮于"先輩"又做本省開府①，乃領了十二歲孫兒，親到杭州謁見。蒯公雖是房師，倒小於鮮于公二十餘歲。今日蒯公致政在家，又有了目疾，龍鍾可憐。鮮于公年已八旬，健如壯年，位至開府。可見發達不在於遲早，蒯公歡息了許多。正是：

> 松柏何須羨桃李，請君點檢歲寒枝。

且說鮮于同到任以後，正擬遣人問候蒯公，聞說蒯參政到門，喜不自勝，倒屣而迎，直請到私宅，以師生禮相見。蒯公喚

---

1 開府：建立府署，設置僚屬，用來代稱總督、巡撫等高官。

十二歲孫兒：“見了老公祖。”鮮于公問：“此位是老師何人？”蒯公道：“老夫受公祖活命之恩，犬子昔日難中，又蒙昭雪，此恩直如覆載①。今天幸福星又照吾省。老夫衰病，不久於世，犬子讀書無成，只有此孫，名曰蒯悟，資性頗敏，特攜來相托，求老公祖青目一二。”鮮于公道：“門生年齒，已非仕途人物，正為師恩酬報未盡，所以強顏而來。今日承老師以令孫相托，此乃門生報德之會也。鄙意欲留令孫在敝衙同小孫輩課業，未審老師放心否？”蒯公道：“若蒙老公祖教訓，老夫死亦瞑目！”遂留兩個書童服事蒯悟在都撫②衙內讀書，蒯公自別去了。那蒯悟資性過人，文章日進。就是年之秋，學道按臨，鮮于公力薦神童，進學補廩，依舊留在衙門中勤學。三年之後，學業已成。

鮮于公道：“此子可取科第，我亦可以報老師之恩矣。”乃將俸銀三百兩贈與蒯悟為筆硯之資，親送到台州仙居縣。適值蒯公二日前一病身亡，鮮于公哭奠已畢，問：“老師臨終亦有何言？”蒯敬共道：“先父遺言，自己不幸少年登第，因而愛少賤老，偶爾暗中摸索，得了老公祖大人。後來許多年少的門生，賢愚不等，升沉不一，俱不得其氣力，全虧了老公祖大人一人，始終看覷。我子孫世世不可怠慢老成之士！”鮮于公呵呵大笑道：“下官今日三報師恩，正要天下人曉得扶持了老成人也有用處，不可愛少而賤老也！”說罷，作別回省，草上表章，告老致仕。得旨予告，馳驛還鄉，優悠林下。每日訓課兒孫之暇，同里中父老飲酒賦詩。後八年，長孫鮮于涵鄉榜高魁，赴京會試。恰好仙

---

1 覆載：這裏指天地。語出《漢書·外戚傳下》：“猶被覆載之厚德兮，不廢捐於罪郵。”
2 都撫：明代巡撫例兼都御史或副都御史，故又稱巡撫為都撫。

居縣蒯悟是年中舉，也到京中。兩人三世通家，又是少年同窗，並在一寓讀書。比及會試揭曉，同年進士，兩家互相稱賀。

鮮于同自五十七歲登科，六十一歲登甲，歷仕二十三年，腰金衣紫，錫恩三代。告老回家，又看了孫兒科第，直活到九十七歲，整整的四十年晚運。至今浙江人肯讀書，不到六七十歲還不丟手，往往有晚達者。後人有詩歎云：

> 利名何必苦奔忙，遲早須臾在上蒼。
> 但學蟠桃能結果，三千餘歲未為長。

串講

明朝初年，廣西桂林興安縣鮮于同乃飽學之士，蹭蹬場屋，又不肯循例出貢，至五十七歲仍是秀才。新任知縣蒯遇時少年科第，不喜老成，卻陰差陽錯間幾番取中鮮于同文字。鮮于同中進士選官後，三次報答老師蒯遇時恩德，蒯家祖孫三代受其庇護。

評析

"三言"一百二十篇小說，多據宋元舊本或時人筆記改編，而《老門生三世報恩》，是我們今天所能確知的馮夢龍自撰作品。

馮夢龍乃明末蘇州人氏，《蘇州府志》說他"才情跌宕，詩文麗藻，尤明經學"。當時，馮家兄弟三人夢桂、夢龍、夢熊，均負才學，人稱"吳下三馮"，而以馮夢龍最享盛名。雖然馮夢龍少負捷才，卻科舉不利。一直到崇禎三年五十七歲時，仍然是一介青衿。他在這一年接受選貢，兩年後出任丹徒縣訓導，又兩年升為福建壽寧縣令，貢生的仕路也就到頭了，於是在崇禎十一年卸職歸里。無疑，《老門生三世報恩》這個故事裏有馮夢龍自己的影子，有他自己的人生感慨。

今天我們對於古代的科舉制度已經有了很清醒的認識和很嚴厲的批評。不過，如今已成慣例的以考試選拔人才的制度，與臭名昭著的科舉實有親緣關係。溯源於隋唐的科舉制度，於明清時期達到鼎盛。這個制度，對國家政治建構、學術思想、社會意識、人們的價值觀念，都產生了重大影響。可以說，不瞭解科舉制度，就不能認識隋唐以後的中國社會，就不能瞭解生活在這個社會中的人們的思想。沒有任何人才選拔制度能夠做到絕對的公平，科舉制度在古代中國社會經過了一千三百餘年的歷史，也自有其合理的地方。前人有詩云："惟有糊名公道在，孤寒宜向此中求。"就科舉制度本身而言，其公平競爭、公開考試、公正錄取的原則，實際上造就了一個英雄不問出身，改變命運的機會均等的近代社會，也是文化普及的功臣。同時，讀書人命運的升降沉浮，與此制度緊密相關，愛也好恨也好，這在當時是唯一的出路。這就像鮮于同所說的："如今是個科目的世界，假如孔夫子不得科第，誰說他胸中才學？"科舉制度揀選了一些優秀的人才，也遺漏了一些優秀的人才。清代的著名小說家吳敬梓、蒲松齡都是此中遺珠。吳敬梓的《儒林外史》，寫了其時社會的各色讀書人，目的只有一個，就是批判科舉制度，他認為正是這個制度敗壞了讀書人的文行出處，引誘人們一味鑽刺功名富貴，這個制度是造成整個社會虛偽腐敗風氣的根源。而蒲松齡作《聊齋志異》，借花妖狐魅來抒寫自身孤憤，他的孤憤恐怕大部分都是因科舉制度而起。蒲松齡自十八歲應童子試，連獲縣、府、道三個第一，聲名鵲起之後，便淹蹇終身，屢敗屢戰，直到七十一歲才循例出貢，比鮮于同還要執着，而時運也更為不濟。《聊齋志異》中很多故事就是關於科舉制度的,他不像吳敬梓那樣徹底否定這個制度,只在於揭露其弊端,致力於攻擊考官的心盲目盲,致力於描寫落第士人的辛酸和悲憤。蒲松齡一輩子對科舉考試念念不忘,沉溺其中而缺乏反省。"有志者,事竟成,破釜沉舟,百二秦關終屬楚;苦心人,天不負,臥薪嚐膽,三千越甲可吞吳",這副有名的對聯,就是他為勉勵自己而作的。

可見,《老門生三世報恩》不僅僅是馮夢龍自寓,還有那個時代很多讀書人的影子,它寫出了普遍的人生遭遇,雖然其結局設計得十分美滿,也不過是畫餅充飢,聊以自慰。同時,作為文學文本的《老門生三世報恩》,也從側面為我們提供了一個關於明清時代科舉制度全過程的真實記錄,這對於我們今天來說,有增長見識的效果。

鮮于同是有名的飽學之士,"胸藏萬卷,筆掃千軍",成名很早,但才高數奇,志大命薄,蹉跎到而立之年,還是一名秀才。他又不願意"出貢"。小說寫得很清楚,貢生沒有前途,最多只能做到府佐縣正,不僅地位低下,而且受人歧視,遠不及進士衿貴。就這樣憑着一口志氣,蹉跎到花甲之年,還擠在年輕後生隊伍裏商古論今,任人輕賤。鮮于同命運出現轉機,是因為新任知縣蒯遇時。蒯遇時少年科甲,年輕得志,拾掇功名如拾掇草芥,自然看不起白頭老童生。這就像《儒林外史》所說的:"他果然肚裏通,就該中了去!"在當時,座師、門生、同年,往往因為科舉考試的因緣而結成穩固的利害同盟。蒯遇時一心指望提拔少年人,也是從長計慮,為的是日後在官場上可以相互聲援,彼此照應。但是,命運的安排陰差陽錯,蒯遇時偏偏三次都點中了鮮于同,將他送上青雲之路。小說把這個過程寫得很仔細,情節安排得比較巧合,讓我們看見造化弄人,同時也窺見科舉考試制度中的一些弊端。

科舉考試考的是文章，而判斷文章的高下優劣，隨意性很大，沒有一個客觀標準，古時有俗語“不願文章中式，只願文章中試官”，說的就是這層意思。蒯遇時判卷時為了避開鮮于同，“只揀嫩嫩的口氣，亂亂的文法，歪歪的四六，怯怯的策論，憒憒的判語”。作為試官，以貌取人，初心已經錯了，又兼徇私舞弊，埋沒人才，這樣的考官，其所選拔的人才，是國家精英還是社會蠹碌，不言而喻。難怪鮮于同敢於揚言說：“遇了個盲試官，亂圈亂點，睡夢裏偷得個進士到手，一般有人拜門生，稱老師，譚天說地。誰敢出個題目，將帶紗帽的再考他一考麼？”而《聊齋志異》中的賈奉雉才名冠一時，卻屢屢碰壁，於是“戲於落卷中集其闈冗氾濫，不可告人之句，連綴成文”，竟中經魁。鮮于同與賈奉雉，一個無心，一個有意，雖然是文學誇張，但也離事實不遠。誰都知道，偶然性事故出現機率最高的場合，不是考試，就是體育比賽，這都是一錘子定音的買賣行當。

小說的後半部分，寫鮮于同如何報答蒯遇時提拔之恩。所謂“三世報恩”，是指鮮于同的報恩廣被蒯家上下三代人，包括洗脫蒯遇時的冤屈、解救蒯遇時之子蒯敬共的牢獄之災、在蒯遇時過世之後，扶助其孫蒯悟高中進士。這一段報恩，也寫得很理想主義。官官相護，是因為利益勾連，一損俱損，一榮俱榮，明末政局的黑暗與混亂，多來自官場的黨同伐異。而小說寫鮮于同是一個清官，聲譽極高，他的報恩方式十分正當，沒有甚麼不乾淨、觸犯律法的地方。

“報”的主題，在“三言”中屢見不鮮。馮夢龍的小說中，有古代小說慣見的“天報”，也就是“舉頭三尺有神明”，無論為善為惡，作好作歹，“加減乘除，上有蒼穹”。此外，還另有一種“人報”，這種人情的報應、報答，是馮夢龍特別推崇的一些人類品質，如真誠待人、誠信不欺等等，像改編自歷史故事的《吳保安棄家贖友》、《范巨卿雞黍生死交》，這兩篇小說的主題都是寫朋友之間的生死相許。在前一個故事中，吳保安與郭仲翔素昧平生，吳聽說郭為人仗義，就寫信要求幫助，郭也立即伸出援手，薦舉吳一個職位，而吳保安還未就職時就發生了戰爭。吳懷着對郭的感念，奔走十年，拋家棄子，從蠻荒之地贖回郭。在後一個故事中，張劭在赴京應舉途中，偶遇生病的范巨卿，張照顧范直至其痊癒，二人約定來年相會。范因事務纏身，錯過時日，於是自刎，以魂魄赴約。《施潤澤灘闕遇友》和《呂大郎還金完骨肉》則是寫商人的交往。絲綢商人施潤澤拾得六兩銀子，在路邊一直得到失主，後來他養蠶缺桑，那位丟失銀子的朱恩又及時幫助了他。呂大郎也是拾金不昧，最後得到善報，骨肉團圓。至於《桂員外途窮懺悔》，則寫了一個反面事例，桂富五經商失敗，走投無路被朋友收留，後來他忘恩負義，使朋友的遺屬陷入困境，結果遭致報應。

《老門生三世報恩》的主旨，重點不是批評科舉制度，也不是講究施恩必報、朋友義氣，而是"要天下人曉得扶持了老成人也有用處，不可愛少而賤老也"，也就是敬重老成人的意思。這個主旨，與馮夢龍自身的遭遇密切相關。據說，馮夢龍是在五十歲左右時寫作這篇小說的，那時他正在孜孜不倦地應付科舉考試。馮夢龍成名很早，"早歲才華眾所驚"，但長期困頓場屋，生活陷入窘境，曾有"絕糧"之虞，也許也飽受了世人的冷眼笑話。入話部分的長篇議論，告誡世人說："做人只知眼前貴賤，那知去後的日長日短？見個少年富貴的奉承不暇，多了幾年年紀，蹉跎不遇，就怠慢他，這是短見薄識之輩。"很明顯，這些議論，既是為了激發自己的鬥志，也是對包圍自己的那些勢利的人情世態的一種答辯。馮夢龍傳達的資訊是，他對自己的才情充滿自信，他需要的僅僅是像鮮于同那樣的時運。《老門生三世報恩》的姊妹篇《鈍秀才一朝交泰》寫的也是一個時運問題。小說的主人公馬德少負盛名，大家都以為他必然前途無量，爭相趨奉，不料他的時運不佳，不僅窮困潦倒，而且"所到之處，必有災殃"，所有的朋友都逐漸露出勢利面目，只有他的未婚妻設法資助他，最後終於否極泰來，高官厚祿，衣錦還鄉。馮夢龍自稱寫這個故事，是為了使那些時運不濟的人們能夠"硬挺着頭頸過日，以待來時，不要先墜了志氣"。這兩篇小說，既是典型的勵志文學，也是他的夫子自道。

當然，實際的情形則是，馮夢龍在五十七歲時，接受了"出貢"這一命運。我們已經知道，小說中的鮮于同是在五十七歲上開始得到命運的眷顧。五十七歲，恐怕對於馮夢龍來說具有特別的意義，也許正像小說中寫到的那樣，是一種"讖"，是馮夢龍為自己所預設的最後一道關檻。馮夢龍自己在五十七歲時沒有像鮮于同那樣見到幸運之神，於是終於膽消心灰，放棄了努力，只留下了這篇記錄着他夢想的虛構小說。

趙太祖千里送京娘①

兔走烏飛疾若馳，百年世事總依稀。

累朝富貴三更夢，歷代君王一局棋。

禹定九州湯受業，秦吞六國漢登基。

百年光景無多日，晝夜追歡還是遲。

　　話說趙宋末年，河東石室山中有個隱士，不言姓名，自稱石老人。有人認得的，說他原是有才的豪傑，因遭胡元之亂，曾詣軍門獻策不聽，自起義兵，恢復了幾個州縣。後來見時勢日蹙，知大事已去，乃微服潛遁，隱於此山中。指山為姓，農圃自給，恥言仕進。或與談論古今興廢之事，娓娓不倦。

　　一日，近山有老少二儒，閒步石室，與隱士相遇。偶談漢、唐、宋三朝創業之事，隱士問："宋朝何者勝於漢、唐？"一士云："修文偃武。"一士云："歷朝不誅戮大臣。"隱士大笑道："二公之言，皆非通論，漢好征伐四夷，儒者雖言其黷武，然蠻夷畏懼，稱為強漢，魏武猶借其餘威以服匈奴。唐初府兵②最盛，後變為藩鎮③，雖跋扈不臣，而犬牙相制，終藉其力。宋自澶淵和虜④，憚於用兵，其後以歲幣為常，以拒敵為諱，金元繼起，遂至亡國：此則偃武修文之弊耳。不戮大臣雖是忠厚之典，

1 本篇選自《警世通言》第二十一卷。

2 府兵：唐代兵制，府兵平時務農，農閒操練，出征時自備武器和資糧，定期輪流拱衛京師，戍守邊境。

3 藩鎮：唐代節度使掌管一個地區的軍政大權，形成地方割據，稱藩鎮。

4 澶淵和虜：宋真宗景德元年（1004），遼大舉南侵，宰相寇準在澶淵（今河南濮陽）打敗遼軍，宋遼訂立和約。宋雖勝，但根據和約，仍須每年輸遼歲幣銀十萬兩，絹二十萬匹。

然奸雄誤國，一概姑容，使小人進有非望之福，退無不測之禍，終宋之世，朝政壞於奸相之手。乃致末年時窮勢敗，函侂胄於虜庭，[1]刺似道於廁下，[2]不亦晚乎！以是為勝於漢、唐，豈其然哉？"二儒道："據先生之意，以何為勝？"隱士道："他事雖不及漢、唐，惟不貪女色最勝。"二儒道："何以見之？"隱士道："漢高溺愛於戚姬，[3]唐宗亂倫於弟婦，[4]呂氏、武氏幾危社稷，飛燕、太真[5]並汙宮闈。宋代雖有盤樂之主，絕無漁色之君，所以高、曹、向、孟，[6]閨德獨擅其美，此則遠過於漢、唐者矣。"二儒嘆服而去。正是：

要知古往今來理，須問高明遠見人。

方才說宋朝諸帝不貪女色，全是太祖皇帝貽謀之善，不但是為君以後，早朝宴罷，寵倖希疏。自他未曾發跡變泰的時節，也就是個鐵錚錚的好漢，直道而行，一邪不染。則看他《千里送京

---

1 函侂胄於虜庭：南宋寧宗時宰相韓侂胄，力主抗金，開禧二年（1206）兵敗。大宋國砍下他的首級，用函匣裝送金國求和。

2 刺似道於廁下：南宋理宗時宰相賈似道，隱匿軍情，坐視元軍圍困襄陽數年。後被革職放逐，至福建漳州木棉庵，被押送人鄭虎臣處死在廁所中。

3 漢高溺愛於戚姬：漢高祖劉邦寵愛戚夫人，欲立其子為太子。劉邦死後，呂太后臨朝，殺害戚氏，迫害劉氏宗族。

4 唐宗亂倫於弟婦：唐太宗李世民曾納他兄弟李元吉的妻子，他的兒子高宗李治又策立武則天為皇后，武氏本是太宗的才人，後臨朝秉政，改國號為周。

5 飛燕、太真：飛燕即趙飛燕，為漢成帝所寵倖。太真，即唐玄宗寵妃楊貴妃。

6 高、曹、向、孟：按順序應為曹、高、向、孟，分別是北宋仁宗、英宗、神宗、哲宗的皇后，這四位皇后都曾以皇太后的身份垂簾聽政。

娘》這節故事便知。正是：

> 說時義氣凌千古，話到英風透九霄。
> 八百軍州真帝主，一條杆棒顯雄豪。

且說五代亂離，有詩四句：

> 朱李石劉郭，梁唐晉漢周。
> 都來十五帝，擾亂五十秋。

　　這五代都是偏霸，未能混一。其時土宇割裂，民無定主。到後周雖是五代之末，兀自有五國三鎮。那五國？周郭威，北漢劉崇，南唐李璟，蜀孟昶，南漢劉晟。那三鎮？吳越錢佐，荊南高保融，湖南周行逢。雖說五國三鎮，那周朝承梁、唐、晉、漢之後，號為正統。趙太祖趙匡胤曾仕周為殿前都點檢①。後因陳橋兵變②，代周為帝，混一宇內，國號大宋。當初未曾發跡變泰的時節，因他父親趙洪殷，曾仕漢為岳州防御使，人都稱匡胤為趙公子，又稱為趙大郎。生得面如噀血，目若曙星，力敵萬人，氣吞四海。專好結交天下豪傑，任俠任氣，路見不平，拔刀相助，是個管閒事的祖宗，撞沒頭禍的太歲。先在汴京城打了御勾欄，鬧了御花園，觸犯了漢末帝，逃難天涯。到關西護橋殺了董達，

---

1 殿前都點檢：掌管禁衛親軍的首領。

2 陳橋兵變：後周顯德七年（960）年，契丹南侵，趙匡胤奉命北上防禦，行至陳橋驛（今開封東北），將士給他穿上黃袍，擁立他稱帝，改國號為宋。

得了名馬赤麒麟。黃州除了宋虎，朔州三棒打死了李子英，滅了潞州王李漢超一家。[1]來到太原地面，遇了叔父趙景清。時景清在清油觀出家，就留趙公子在觀中居住。誰知染病，一臥三月。比及病癒，景清朝夕相陪，要他將息身體，不放他出外閒遊。

一日景清有事出門，分付公子道："侄兒耐心靜坐片時，病如小癒，切勿行動！"景清去了，公子那裏坐得住，想道："便不到街坊遊蕩，這本觀中閒步一回，又且何妨。"公子將房門拽上，繞殿遊觀。先登了三清寶殿，行遍東西兩廊、七十二司，又看了東嶽廟，轉到嘉寧殿上遊玩，歎息一聲。真個是：

金爐不動千年火，玉盞長明萬載燈。

行過多景樓玉皇閣，一處處殿宇崔嵬，制度宏敞。公子喝采不迭，果然好個清油觀，觀之不足，玩之有餘。轉到酆都地府冷靜所在，卻見小小一殿，正對那子孫宮相近，上寫着"降魔寶殿"，殿門深閉。

公子前後觀看了一回，正欲轉身，忽聞有哭泣之聲，乃是婦女聲音。公子側耳而聽，其聲出於殿內。公子道："蹊蹺作怪！這裏是出家人住處，緣何藏匿婦人在此？其中必有不明之事。且去問道童討取鑰匙，開這殿來，看個明白，也好放心。"回身到房中，喚道童討降魔殿上鑰匙。道童道："這鑰匙師父自家收管，其中有機密大事，不許閒人開看。"公子想道："莫信直中

1 趙匡胤此段事蹟，可參看綜合了宋元明小說、戲曲傳說故事的清代章回小說《飛龍全傳》。

直，須防人不仁！原來俺叔父不是個好人，三回五次只教俺靜坐，莫出外閒行，原來幹這勾當。出家人成甚規矩？俺今日便去打開殿門，怕怎的！」

方欲移步，只見趙景清回來。公子含怒相迎，口中也不叫叔父，氣忿忿地問道：「你老人家在此出家，幹得好事？」景清出其不意，便道：「我不曾做甚事。」公子道：「降魔殿內鎖的是甚麼人？」景清方才省得，便搖手道：「賢姪莫管閒事！」公子急得暴躁如雷，大聲叫道：「出家人清淨無為，紅塵不染，為何殿內鎖着個婦女在內哭哭啼啼？必是非禮不法之事！你老人家也要放出良心，是一是二，說得明白，還有個商量。休要欺三瞞四，我趙某不是與你和光同塵的！」景清見他言詞峻厲，便道：「賢姪，你錯怪愚叔了！」公子道：「怪不怪是小事，且說殿內可是婦人？」景清道：「正是。」公子道：「可又來。」景清曉得公子性躁，還未敢明言，用緩詞答應道：「雖是婦人，卻不干本觀道眾之事。」公子道：「你是個一觀之主，就是別人做出歹事寄頓在殿內，少不得你知情。」景清道：「賢姪息怒，此女乃是兩個有名響馬不知那裏擄來，一月之前寄於此處，託吾等替他好生看守，若有差遲，寸草不留。因是賢姪病未痊，不曾對你說得。」公子道：「響馬在那裏？」景清道：「暫往那裏去了。」公子不信道：「豈有此理！快與我打開殿門，喚女子出來，俺自審問他詳細。」說罷，綽了渾鐵齊眉短棒，往前先走。

景清知他性如烈火，不好遮攔。慌忙取了鑰匙，隨後趕到降魔殿前。景清在外邊開鎖，那女子在殿中聽得鎖響，只道是強人來到，愈加啼哭。公子也不謙讓，才等門開，一腳跨進。那女子躲在神道背後唬做一團。公子近前放下齊眉短棒，看那女子，果然生得標致：

> 眉掃春山，眸橫秋水。含愁含恨，猶如西子捧心；欲泣欲啼，宛似楊妃剪髮。[1]琵琶聲不響，是個未出塞的明妃；胡笳調若成，分明強和番的蔡女。[2]天生一種風流態，便是丹青畫不真。

公子撫慰道：“小娘子，俺不比姦淫之徒，你休得驚慌。且說家居何處？誰人引誘到此？倘有不平，俺趙某與你解救則個。”那女子方才舉袖拭淚，深深道個萬福。公子還禮。女子先問：“尊官高姓？”景清代答道：“此乃汴京趙公子。”女子道：“公子聽稟！”未曾說得一兩句，早已撲簌簌流下淚來。

原來那女子也姓趙，小字京娘，是蒲州解良縣小祥村居住，年方一十七歲。因隨父親來陽曲縣還北嶽香願，路遇兩個響馬強人：一個叫做滿天飛張廣兒，一個叫做着地滾周進。見京娘顏色，饒了他父親性命，擄掠到山神廟中。張周二強人爭要成親，不肯相讓。議論了兩三日，二人恐壞了義氣，將這京娘寄頓於清油觀降魔殿內，分付道士小心供給看守；再去別處訪求個美貌女子，擄掠而來，湊成一對，然後同日成親，為壓寨夫人。那強人去了一月，至今未回。道士懼怕他，只得替他看守。

京娘敘出緣由，趙公子方才向景清道：“適才甚是粗鹵，險

---

1 西子捧心：傳說美女西施患有心病，時常捧心斂眉。楊妃剪髮：楊貴妃一時失寵，被遣出宮，她剪下青絲一縷，托高力士送給唐明皇。

2 明妃：即王昭君，漢元帝的妃子，被迫到匈奴和親。蔡女：即蔡文姬，在漢末的動亂中被匈奴擄去，據說作有《胡笳十八拍》。

些衝撞了叔父。既然京娘是良家室女，無端被強人所擄，俺今日不救，更待何人？」又向京娘道：「小娘子休要悲傷，萬事有趙某在此，管教你重回故土，再見爹娘。」京娘道：「雖承公子美意，釋放奴家出於虎口。奈家鄉千里之遙，奴家孤身女流，怎生跋涉？」公子道：「救人須救徹，俺不遠千里親自送你回去。」京娘拜謝道：「若蒙如此，便是重生父母。」

景清道：「賢姪，此事斷然不可。那強人勢大，官司禁捕他不得。你今日救了小娘子，典守者難辭其責。再來問我要人，教我如何對付？須當連累於我！」公子笑道：「大膽天下去得，小心寸步難行。俺趙某一生見義必為，萬夫不懼。那響馬雖狠，敢比得潞州王麼？他須也有兩個耳朵，曉得俺趙某名字。既然你們出家人怕事，俺留個記號在此，你們好回覆那響馬。」說罷，輪起渾鐵齊眉棒，橫着身子，向那殿上朱紅槅子，狠的打一下，「櫪拉」一聲，把菱花窗櫺都打下來。再復一下，把那四扇槅子打個東倒西歪。唬得京娘戰戰兢兢，遠遠的躲在一邊。景清面如土色，口中只叫：「罪過！」公子道：「強人若再來時，只說趙某打開殿門搶去了，冤各有頭，債各有主。要來尋俺時，教他打蒲州一路來。」景清道：「此去蒲州千里之遙，路上盜賊生發，獨馬單身，尚且難走，況有小娘子牽絆？凡事宜三思而行！」公子笑道：「漢末三國時，關雲長獨行千里，五關斬六將，護着兩位皇嫂，直到古城與劉皇叔相會，這才是大丈夫所為。今日一位小娘子救他不得，趙某還做甚麼人？此去倘然冤家狹路相逢，教他雙雙受死。」景清道：「然雖如此，還有一說。古者男女坐不同席，食不共器。賢姪千里相送小娘子，雖則美意，出於義氣，傍人怎知就裏？見你少男少女一路同行，嫌疑之際，被人談論，可不為好成歉，反為一世英雄之玷？」公子呵呵大笑道：「叔父莫怪我說，你們出家人慣妝架子，裏外不一。俺們做好漢的，只要自己血心上打得過，人言都不計較。」景清見他主意已決，問道：「賢侄幾時起程？」公子道：「明早便行。」景清道：「只怕賢侄身子還不健旺。」公子道：「不妨事。」景清教道童治酒送行。公子於席上對京娘道：「小娘子，方才叔父說一路嫌疑之際，恐生議論。俺藉此席面，與小娘子結為兄妹。俺姓趙，小娘子也姓趙，五百年合是一家，從此兄妹相稱便了。」京娘道：「公子貴人，奴家怎敢扳高？」景清道：「既要同行，如此最好。」呼道童取過拜氈，京娘請恩人在上：「受小妹子一拜。」公子在傍還禮。京娘又拜了景清，呼為伯伯。景清在席上敘起侄兒許多英雄了得，京娘歡喜不盡。是夜直飲至更餘，景清讓自己臥房與京娘睡，自己與公子在外廂同宿。

五更雞唱，景清起身安排早飯，又備些乾糧牛脯，為路中之用。公子轎了赤麒麟，將行李紮縛停當，囑付京娘：「妹子，只可村妝打扮，不可冶容炫服，惹是招非。」早飯已畢，公子扮作客人，京娘扮作村姑，一般的戴個雪帽，齊眉遮了。兄妹二人作別景清。景清送出房門，忽然想起一事道：「賢侄，今日去不成，還要計較。」不知景清說出甚話來？正是：

鵲得羽毛方遠舉，虎無牙爪不成行。

景清道：「一馬不能騎兩人，這小娘子弓鞋襪小，怎跟得上？可不擔誤了程途？從容覓一輛車兒同去卻不好？」公子道：「此事算之久矣。有個車輛又費照顧，將此馬讓與妹子騎坐，俺

趙太祖千里送京娘

誓願千里步行，相隨不憚。"京娘道："小妹有累恩人遠送，愧非男子，不能執鞭墜鐙，豈敢反佔尊騎？決難從命！"公子道："你是女流之輩，必要腳力。趙某腳又不小，步行正合其宜。"京娘再四推辭，公子不允，只得上馬。公子挎了腰刀，手執渾鐵杆棒，隨後向景清一揖而別。景清道："賢姪路上小心，恐怕遇了兩個響馬，須要用心提防。下手斬絕些，莫帶累我觀中之人。"公子道："不妨，不妨。"說罷，把馬尾一拍，喝聲："快走。"那馬拍騰騰便跑，公子放下腳步，緊緊相隨。

於路免不得飢餐渴飲，夜住曉行。不一日行至汾州介休縣地方。這赤麒麟原是千里龍駒馬，追風逐電，自清油觀至汾州不過三百里之程，不勾名馬半日馳驟。一則公子步行恐奔赴不及，二則京娘女流不慣馳騁，所以控轡緩緩而行。兼之路上賊寇生發，須要慢起早歇，每日止行一百餘里。

公子是日行到一個土岡之下，地名黃茅店。當初原有村落，因世亂人荒，都逃散了，還存得個小小店兒。日色將晡①，前途曠野，公子對京娘道：「此處安歇，明日早行罷。」京娘道：「但憑尊意。」店小二接了包裹，京娘下馬，去了雪帽。小二一眼瞧見，舌頭吐出三寸，縮不進去。心下想道：「如何有這般好女子！」小二牽馬繫在屋後，公子請京娘進店房坐下。小二哥走來踮着呆看。公子問道：「小二哥有甚話說？」小二道：「這位小娘子，是客官甚麼人？」公子道：「是俺妹子。」小二道：「客官，不是小人多口，千山萬水，路途間不該帶此美貌佳人同走！」公子道：「為何？」小二道：「離此十五里之地，叫做介山，地曠人稀，都是綠林中好漢出沒之處。倘若強人知道，只好白白裹送與他做壓寨夫人，還要貼他個利市。」公子大怒罵道：「賊狗大膽，敢虛言恐嚇客人！」照小二面門一拳打去。小二口吐鮮血，手掩着臉，向外急走去了。店家娘就在廚下發話。京娘道：「恩兄忒性躁了些。」公子道：「這廝言語不知進退，怕不是良善之人！先教他曉得俺些手段。」京娘道：「既在此借宿，惡不得他。」公子道：「怕他則甚？」京娘便到廚下與店家娘相見，將好言好語穩貼了他半晌，店家娘方才息怒，打點動火做飯。

京娘歸房，房中尚有餘光，還未點燈。公子正坐，與京娘講話，只見外面一個人入來，到房門口探頭探腦。公子大喝道：

---

1 晡：申時，即午後三點至五點。

“甚麼人敢來瞧俺腳色①？”那人道：“小人自來尋小二哥閒話，與客官無干。”說罷，到廚房下，與店家娘卿卿噥噥的講了一會方去。公子看在眼裏，早有三分疑心。燈火已到，店小二只是不回。店家娘將飯送到房裏，兄妹二人吃了晚飯，公子教京娘掩上房門先寢。自家只推水火②，帶了刀棒繞屋而行。約莫二更時分，只聽得赤麒麟在後邊草屋下有嘶喊踢跳之聲。此時十月下旬，月光初起，公子悄步上前觀看，一個漢子被馬踢倒在地。見有人來，務能的掙闥起來就跑。公子知是盜馬之賊。追趕了一程，不覺數里，轉過溜水橋邊，不見了那漢子。只見對橋一間小屋，裏面燈燭輝煌。公子疑那漢子躲匿在內，步進看時，見一個白鬚老者，端坐於土床之上，在那裏誦經。怎生模樣？

　　眼如迷霧，鬚若凝霜，眉如柳絮之飄，面有桃
　花之色。若非天上金星，必是山中社長。

　　那老者見公子進門，慌忙起身施禮。公子答揖，問道：“長者所誦何經？”老者道：“《天皇救苦經》。”公子道：“誦他有甚好處？”老者道：“老漢見天下分崩，要保佑太平天子早出，掃蕩煙塵，救民於塗炭。”公子聽得此言，暗合其機，心中也歡喜。公子又問道：“此地賊寇頗多，長者可知他的行藏麼？”老者道：“貴人莫非是同一位騎馬女子，下在坡下茅店裏的？”公子道：“然也。”老者道：“幸遇老夫，險些兒驚了貴人。”公

---

1 腳色：這裏指動靜、身份。

2 水火：大小便。

子問其緣故。老者請公子上坐，自己傍邊相陪，從容告訴道："這介山新生兩個強人，聚集嘍囉，打家劫舍，擾害汾潞地方。一個叫做滿天飛張廣兒，一個叫做着地滾周進。半月之間不知那裏搶了一個女子，二人爭娶未決，寄頓他方，待再尋得一個來，各成婚配。這裏一路店家，都是那強人分付過的，但訪得有美貌佳人，疾忙報他，重重有賞。晚上貴人到時，那小二便去報與周進知道，先差野火兒姚旺來探望虛實，說道：'不但女子貌美，兼且騎一匹駿馬，單身客人，不足為懼。'有個千里腳陳名，第一善走，一日能行三百里。賊人差他先來盜馬，眾寇在前面赤松林下屯紮。等待貴人五更經過，便要搶劫。貴人須要防備。"公子道："原來如此，長者何以知之？"老者道："老漢久居於此，動息都知，見賊人切不可說出老漢來。"公子謝道："承教了。"綽棒起身，依光走回，店門兀自半開，公子挨身而入。

卻說店小二為接應陳名盜馬，回到家中，正在房裏與老婆說話。老婆暖酒與他吃，見公子進門，閃在燈背後去了。公子心生一計，便叫京娘問店家討酒吃。店家娘取了一把空壺，在房門口酒缸內舀酒。公子出其不意，將鐵棒照腦後一下，打倒在地，酒壺也撇在一邊。小二聽得老婆叫苦，也取樸刀趕出房來。怎當公子以逸待勞，手起棍落，也打翻了。再復兩棍，都結果了性命。京娘大驚，急救不及。問其打死二人之故。公子將老者所言，敘了一遍。京娘嚇得面如土色道："如此途路難行，怎生是好？"公子道："好歹有趙某在此，賢妹放心。"公子撐了大門，就廚下暖起酒來，飲個半醉，上了馬料，將鑾鈴①塞口，使其無聲。

---

1 鑾鈴：馬的鈴鐺。

紮縛包裹停當，將兩個屍首拖在廚下柴堆上，放起火來。前後門都放了一把火。看火勢盛了，然後引京娘上馬而行。

此時東方漸白，經過溜水橋邊，欲再尋老者問路，不見了誦經之室，但見土牆砌的三尺高，一個小小廟兒。廟中社公①坐於傍邊。方知夜間所見，乃社公引導。公子想道：「他呼我為貴人，又見我不敢正坐，我必非常人也。他日倘然發跡，當加封號。」公子催馬前進，約行了數里，望見一座松林，如火雲相似。公子叫聲：「賢妹慢行，前面想是赤松林了。」言猶未畢，草荒中鑽出一個人來，手執鋼叉，望公子便搠。公子會者不忙，將鐵棒架住。那漢且鬥且走，只要引公子到林中去。激得公子怒起，雙手舉棒，喝聲：「着！」將半個天靈蓋劈下。那漢便是野火兒姚旺。公子叫京娘約馬暫住：「俺到前面林子裏結果了那夥毛賊，和你同行。」京娘道：「恩兄仔細！」公子放步前行。正是：

　　　聖天子百靈助順，大將軍八面威風。

那赤松林下着地滾周進屯住四五十嘍囉，聽得林子外腳步響，只道是姚旺伏路報信，手提長槍，鑽將出來，正迎着公子。公子知是強人，並不打話，舉棒便打。周進挺槍來敵。約鬥上二十餘合，林子內嘍囉知周進遇敵，篩起鑼一齊上前，團團圍住。公子道：「有本事的都來！」公子一條鐵棒，如金龍罩體，玉蟒纏身，迎着棒似秋葉翻風，近着身如落花墜地。打得三分四散，

---

1 社公：土地神。

七零八落。周進膽寒起來，槍法亂了，被公子一棒打倒。眾嘍囉發聲喊，都落荒亂跑。公子再復一棒，結果了周進。回步已不見了京娘。急往四下抓尋，那京娘已被五六個嘍囉，簇擁過赤松林了。公子急忙趕上，大喝一聲：「賊徒那裏走？」眾嘍囉見公子追來，棄了京娘，四散去了，公子道：「賢妹受驚了！」京娘道：「適才嘍囉內有兩個人，曾跟

迎着棒似秋葉翻風，近着身如落花墜地

隨響馬到清油觀，原認得我。方才說：『周大王與客人交手，料這客人鬥大王不過，我們先送你在張大王那邊去。』」公子道：「周進這廝，已被俺剿除了，只不知張廣兒在於何處？」京娘道：「只願你不相遇更好。」公子催馬快行。

約行四十餘里，到一個市鎮。公子腹中飢餓，帶住轡頭，欲要扶京娘下馬上店。只見幾個店家都忙亂亂的安排炊爨，全不來招架行客。公子心疑，因帶有京娘，怕得生事，牽馬過了店門，只見家家閉戶。到盡頭處，一個小小人家，也關着門。公子心下奇怪，去敲門時，沒人答應。轉身到屋後，將馬拴在樹上，輕輕的去敲他後門。裏面一個老婆婆，開門出來看了一看，意中甚是惶懼。公子慌忙跨進門內，與婆婆作揖道：「婆婆休訝。俺是過路客人，帶有女眷，要借婆婆家中火，吃了飯就走的。」婆婆撚

神撅鬼的叫："噤聲。"京娘亦進門相見，婆婆便將門閉了。公子問道："那邊店裏安排酒會，迎接甚麼官府？"婆婆搖手道："客人休管閒事。"公子道："有甚閒事，直恁利害？俺這遠方客人，煩婆婆說明則個！"婆婆道："今日滿天飛大王在此經過，這鄉村斂錢備飯，買靜求安。老身有個兒子，也被店中叫去相幫了。"公子聽說，思想："原來如此。一不做二不休，索性與他個乾淨，絕了清油觀的禍根罷。"公子道："婆婆，這是俺妹子，為還南嶽①香願到此，怕逢了強徒，受他驚恐。有煩婆婆家藏匿片時，等這大王過去之後方行，自當厚謝。"婆婆道："好位小娘子，權躲不妨事，只客官不要出頭惹事！"公子道："俺男子漢自會躲閃，且到路傍打聽消息則個。"婆婆道："仔細！有見成饅饅，燒口熱水，等你來吃。飯卻不方便。"

公子提棒仍出後門，欲待乘馬前去迎他一步，忽然想道："俺在清油觀中說出了'千里步行'，今日為懼怕強賊乘馬，不算好漢。"遂大踏步奔出路頭。心生一計，復身到店家，大聲聲的叫道："大王即刻到了，洒家是打前站的，你下馬飯完也未？"店家道："都完了。"公子道："先擺一席與洒家吃。"眾人積威之下，誰敢辨其真假？還要他在大王面前方便，大魚大肉，熱酒熱飯，只顧搬將出來。公子放量大嚼，吃到九分九，外面沸傳："大王到了，快擺香案。"公子不慌不忙，取了護身龍，出外看時，只見十餘對槍刀棍棒，擺在前導，到了店門，一齊跪下。

那滿天飛張廣兒騎着高頭駿馬，千里腳陳名執鞭緊隨。背後

---

1 應為"北嶽"之誤。

又有三五十嘍囉，十來乘車輛簇擁。你道一般兩個大王，為何張廣兒恁般齊整？那強人出入聚散，原無定規，況且聞說單身客人，也不在其意了，所以周進未免輕敵。這張廣兒分路在外行劫，因千里腳陳名報導："二大王已拿得有美貌女子，請他到介山相會。"所以整齊隊伍而來，行村過鎮，壯觀威儀。公子隱身北牆之側，看得真切，等待馬頭相近，大喊一聲道："強賊看棒！"從人叢中躍出，如一隻老鷹半空飛下。說時遲，那時快，那馬驚駭，望前一跳。這裏棒勢去得重，打折了馬的一隻前蹄。那馬負疼就倒，張廣兒身鬆，早跳下馬。背後陳名持棍來迎，早被公子一棒打番。張廣兒舞動雙刀，來鬥公子。公子騰步到空闊處，與強人放對。鬥上十餘合，張廣兒一刀砍來，公子棍起，中其手指。廣兒右手失刀，左手便覺沒勢，回步便走。公子喝道："你綽號滿天飛，今日不怕你飛上天去！"趕進一步，舉棒望腦後劈下，打做個肉飥。可憐兩個有名的強人，雙雙死於一日之內。正是：

　　　三魂渺渺"滿天飛"，七魄悠悠"着地滾"。

　　眾嘍囉卻待要走，公子大叫道："俺是汴京趙大郎，自與賊人張廣兒、周進有仇。今日都已剿除了，並不干眾人之事。"眾嘍囉棄了槍刀，一齊拜倒在地，道："俺們從不見將軍恁般英雄，情願伏侍將軍為寨主。"公子呵呵大笑道："朝中世爵，俺尚不希罕，豈肯做落草之事！"公子看見眾嘍囉中，陳名亦在其內，叫出問道："昨夜來盜馬的就是你麼？"陳名叩頭服罪。公子道："且跟我來，賞你一餐飯。"眾人都跟到店中。公子分付店家：“俺今日與你地方除了二害。這些都是良民，方才所備飯食，都着他飽餐，俺自有發放。其管待張廣兒一席留着，俺有用處。”店主人不敢不依。

眾人吃罷，公子叫陳名道：“聞你日行三百里，有用之才，如何失身於賊人？俺今日有用你之處，你肯依否？”陳名道：“將軍若有所委，不避水火。”公子道：“俺在汴京，為打了御花園，又鬧了御勾欄，逃難在此。煩你到汴京打聽事體如何？半月之內，可在太原府清油觀趙知觀①處等候我，不可失信！”公子借筆硯寫了叔父趙景清家書，把與陳名。將賊人車輛財帛，打開分作三分。一分散與市鎮人家，償其向來騷擾之費。就將打死賊人屍首及槍刀等項，着眾人自去解官請賞。其一分眾嘍囉分去為衣食之資，各自還鄉生理。其一分又剖為兩分，一半賞與陳名為路費，一半寄與清油觀修理降魔殿門窗。公子分派已畢，眾心都伏，各各感恩。公子叫店主人將酒席一桌，抬到婆婆家裏。婆婆的兒子也都來了，與公子及京娘相見。向婆婆說知除害之事，各各歡喜。公子向京娘道：“愚兄一路不曾做得個主人，今日借花獻佛，與賢妹壓驚把盞。”京娘千恩萬謝，自不必說。

是夜，公子自取囊中銀十兩送與婆婆，就宿於婆婆家裏。京娘想起公子之恩：“當初紅拂②一妓女，尚能自擇英雄；莫說受恩之下，愧無所報，就是我終身之事，捨了這個豪傑，更託何人？欲要自薦，又羞開口；欲待不說，他直性漢子，那知奴家一

---

1 知觀：主持道觀事務的觀主，也用來尊稱道士。

2 紅拂：唐杜光庭《虯髯客傳》：隋末李靖謁見越國公楊素，楊素侍女紅拂侍立在旁，慧眼識英雄，深夜私奔李靖。後輔助李靖效忠李世民，功封衛國公。

片真心？”左思右想，一夜不睡。不覺五更雞唱，公子起身轡馬要走。京娘悶悶不悅，心生一計，於路只推腹痛難忍，幾遍要解。要公子扶他上馬，又扶他下馬。一上一下，將身偎貼公子，挽頸勾肩，萬般旖旎。夜宿又嫌寒道熱，央公子減被添裳，軟香溫玉，豈無動情之處。公子生性剛直，盡心伏侍，全然不以為怪。

又行了三四日，過曲沃地方，離蒲州三百餘里，其夜宿於荒村。京娘口中不語，心下躊躇：如今將次到家了，只管害羞不說，挫此機會，一到家中，此事便索罷休，悔之何及！黃昏以後，四宇無聲，微燈明滅，京娘兀自未睡，在燈前長歎流淚。公子道：“賢妹因何不樂？”京娘道：“小妹有句心腹之言，說來又怕唐突，恩人莫怪！”公子道：“兄妹之間，有何嫌疑？盡說無妨！”京娘道：“小妹深閨嬌女，從未出門。只因隨父進香，誤陷於賊人之手，鎖禁清油觀中，還虧賊人去了，苟延數日之命，得見恩人。倘若賊人相犯，妾寧受刀斧，有死不從。今日蒙恩人拔離苦海，千里步行相送，又為妾報仇，絕其後患。此恩如重生父母，無可報答。倘蒙不嫌貌醜，願備鋪床疊被之數，使妾少盡報效之萬一。不知恩人允否？”公子大笑道：“賢妹差矣！俺與你萍水相逢，出身相救，實出惻隱之心，非貪美麗之貌。況彼此同姓，難以為婚，兄妹相稱，豈可及亂？俺是個坐懷不亂的柳下惠，你豈可學縱慾敗禮的吳孟子！①休得狂言，惹人笑話。”

---

1 柳下惠：春秋時魯國大夫，本名展獲，字子禽，因食邑柳下，謚為“惠”，故稱為柳下惠。傳說他與一女子共坐一夜，不涉淫亂。吳孟子：春秋時魯昭公的妻子，與魯昭公同為周公旦的後代，都是姬姓，同姓通婚為非禮。

京娘羞慚滿面，半晌無語，重又開言道："恩人休怪妾多言，妾非淫汙苟賤之輩，只為弱體餘生，盡出恩人所賜，此身之外，別無報答。不敢望與恩人婚配，得為妾婢，伏侍恩人一日，死亦瞑目。"公子勃然大怒道："趙某是頂天立地的男子，一生正直，並無邪佞。你把我看做施恩望報的小輩，假公濟私的好人，是何道理？你若邪心不息，俺即今撒開雙手，不管閒事，怪不得我有始無終了。"公子此時聲色俱厲。京娘深深下拜道："今日方見恩人心事，賽過柳下惠、魯男子①。愚妹是女流之輩，坐井觀天，望乞恩人恕罪則個！"公子方才息怒，道："賢妹，非是俺膠柱鼓瑟，本為義氣上千里步行相送。今日若就私情，與那兩個響馬何異？把從前一片真心化為假意，惹天下豪傑們笑話。"京娘道："恩兄高見，妾今生不能補報大德，死當銜環結草②。"兩人說話，直到天明，正是：

落花有意隨流水，流水無情戀落花。

自此京娘愈加嚴敬公子，公子亦愈加憐憫京娘。一路無話，看看來到蒲州。京娘雖住在小祥村，卻不認得。公子問路而行。京娘在馬上望見故鄉光景，好生傷感。

---

1 魯男子：相傳古代魯國有一男子，鄰居寡婦屋壞於風雨，向他借宿，他閉戶不納。

2 銜環結草："銜環"，見《續齊諧記》，東漢楊寶救了一隻黃雀，後夢見黃衣童子以四枚白玉環相酬謝。"結草"，見《左傳·宣公十五年》，春秋時晉國大夫魏顆，在父親死後，沒有遵從父親遺命將其寵妾殉葬，而是任其改嫁，後來在與秦國的戰爭中，寵妾的亡父結草將秦將絆倒，使魏顆獲勝。

卻說小祥村趙員外，自從失了京娘，將及兩月有餘，老夫妻每日思想啼哭。忽然莊客來報，京娘騎馬回來，後面有一紅臉大漢，手執杆棒跟隨。趙員外道："不好了，響馬來討妝奩了！"媽媽道："難道響馬只有一人？且教兒子趙文去看個明白。"趙文道："虎口裏那有回來肉？妹子被響馬劫去，豈有送轉之理？必是容貌相像的，不是妹子。"道猶未了，京娘已進中堂，爹媽見了女兒，相抱而哭。哭罷，問其得回之故。京娘將賊人鎖禁清油觀中，幸遇趙公子路見不平，開門救出，認為兄妹，千里步行相送，並途中連誅二寇大略，敘了一遍。"今恩人見在，不可怠慢。"趙員外慌忙出堂，見了趙公子拜謝道："若非恩人英雄了得，吾女必陷於賊人之手，父子不得重逢矣！"遂令媽媽同京娘拜謝，又喚兒子趙文來見了恩人。莊上宰豬設宴，款待公子。

　　趙文私下與父親商議道："好事不出門，惡事傳千里。妹子被強人劫去，家門不幸。今日跟這紅臉漢子回來，人無利己，誰肯早起？必然這漢子與妹子有情，千里送來，豈無緣故？妹子經了許多風波，又有誰人聘他？不如招贅那漢子在門，兩全其美，省得傍人議論。"趙公是個隨風倒舵沒主意的老兒，聽了兒子說話，便教媽媽喚京娘來問他道："你與那公子千里相隨，一定把身子許過他了。如今你哥哥對爹說，要招贅與你為夫，你意下如何？"京娘道："公子正直無私，與孩兒結為兄妹，如嫡親相似，並無調戲之言。今日望爹媽留他在家，管待他十日半月，少盡其心，此事不可題起。"媽媽將女兒言語述與趙公，趙公不以為然。

　　少間筵席完備，趙公請公子坐於上席，自己老夫婦下席相陪，趙文在左席，京娘右席。酒至數巡，趙公開言道："老漢一言相告：小女餘生，皆出恩人所賜，老漢闔門感德，無以為報。幸小女尚未許人，意欲獻與恩人，為箕帚之妾，伏乞勿拒。”公子聽得這話，一盆烈火從心頭掇起，大罵道：“老匹夫！俺為義氣而來，反把此言來污辱我。俺若貪女色時，路上也就成親了，何必千里相送！你這般不識好歹的，枉費俺一片熱心。”說罷，將桌子掀翻，望門外一直便走。趙公夫婦唬得戰戰兢兢。趙文見公子粗魯，也不敢上前。只有京娘心下十分不安，急走去扯住公子衣裾，勸道：“恩人息怒！且看愚妹之面。”公子那裏肯依，一手擺脫了京娘，奔至柳樹下，解了赤麒麟，躍上鞍轡，如飛而去。

　　京娘哭倒在地，爹媽勸轉回房，把兒子趙文埋怨了一場。趙文又羞又惱，也走出門去了。趙文的老婆聽得爹媽為小姑上埋怨了丈夫，好生不喜，強作相勸，將冷語來奚落京娘道：“姑姑，雖然離別是苦事，那漢子千里相隨，恝然而去，也是個薄情的。他若是有仁義的人，就應了這頭親事了。姑姑青年美貌，怕沒有好姻緣相配，休得愁煩則個！”氣得京娘淚流不絕，頓口無言。心下自想道：“因奴命蹇時乖，遭逢強暴，幸遇英雄相救，指望托以終身。誰知事既不諧，反涉瓜李之嫌[1]。今日父母哥嫂亦不能相諒，何況他人？不能報恩人之德，反累恩人的清名，為好成歉，皆奴之罪。似此薄命，不如死於清油觀中，省了許多是非，到得乾淨，如今悔之無及。千死萬死，左右一死，也表奴貞節的心跡。”捱至夜深，爹媽睡熟，京娘取筆題詩四句於壁上，撮土

---

1 瓜李之嫌：瓜田不納履，李下不整冠，意思是在瓜田裏不提鞋，李樹下不整理冠帽，以避免嫌疑。

為香，望空拜了公子四拜，將白羅汗巾，懸樑自縊而死。

　　　　可憐閨秀千金女，化作南柯一夢①人。

　　天明老夫婦起身，不見女兒出房，到房中看時，見女兒縊在樑間。吃了一驚，兩口兒放聲大哭，看壁上有詩云：

　　　　天付紅顏不遇時，受人凌辱被人欺。
　　　　今宵一死酬公子，彼此清名天地知。

　　趙媽媽解下女兒，兒子媳婦都來了。趙公玩其詩意，方知女兒冰清玉潔，把兒子痛罵一頓。免不得買棺成殮，擇地安葬，不在話下。

　　再說趙公子乘着千里赤麒麟，連夜走至太原，與趙知觀相會，千里腳陳名已到了三日。說漢後主已死，郭令公禪位，改國號曰周，招納天下豪傑。公子大喜，住了數日，別了趙知觀，同陳名還歸汴京，應募為小校。從此隨世宗南征北討，累功至殿前都點檢。後受周禪為宋太祖。陳名相從有功，亦官至節度使之職。太祖即位以後，滅了北漢。追念京娘昔日兄妹之情，遣人到蒲州解良縣尋訪消息。使命錄得四句詩回報，太祖甚是嗟歎，敕封為貞義夫人，立祠於小祥村。那黃茅店溜水橋社公，敕封太原都土地，命有司擇地建廟，至今香火不絕。這段話，題做"趙公

1 南柯一夢：唐李公佐《南柯太守傳》，淳于棼醉倒在大槐樹下，恍惚中來到大槐安國，被招為駙馬，官至南柯太守，享盡榮華富貴。醒來不過一夢，原來槐樹下有個蟻穴。

子大鬧清油觀，千里送京娘”，後人有詩讚云：

> 不戀私情不畏強，獨行千里送京娘。
> 漢唐呂武紛多事，誰及英雄趙大郎！

串講

　　宋太祖趙匡胤未發跡變泰之時，即是一條路見不平、拔刀相助的好漢。趙匡胤在清油觀中解救出被強盜擄掠的民女趙京娘，他與京娘結為兄妹，千里步行，護送京娘還鄉，於途剿滅強盜，為地方除害。京娘心生愛慕，願以身相許，被趙匡胤嚴詞拒絕。回鄉後，趙父重提此話，趙匡胤拂袖而去。京娘為表清白，自縊身亡。

評析

　　南宋職業說話分四家，講說樸刀杆棒發跡變泰之事，是其中重要的內容。所謂“發跡變泰”，指一個人由卑微而得志顯達。當事者固然揚眉吐氣，高攀夤緣者也落得雞犬升天。我們看《喻世明言》第十五卷的《史弘肇龍虎君臣會》，五代時史弘肇落魄途窮，為閻氏窺破行藏：“昨夜後門叫有賊，跳入蕭牆來。我和奶子點蠟燭去照，只見一隻大白蟲，蹲在地上，我定睛再看時，卻是史大漢。我看見他這異相，必竟是個發跡的人，我如今情願嫁他。”閻氏的慧眼識英雄，不過是看準了這個績優股，典型的機會主義，俗氣雖俗氣，倒不見矯飾扭捏，順水推舟而已。唐末五代，中原大亂，群雄逐鹿，時世造英雄，平人發跡變泰、飛黃騰達的故事不勝枚舉。宋興於五代之後，對這段激動人心的歷史記憶猶新，說話人津津樂道，市民們也愛聽，自

己身上不可能發生的事，也樂
得寄託於故事。

　　有關宋太祖發跡變泰的故
事，在民間流傳很廣。宋代說
話中有《飛龍記》，元代雜劇有
《趙匡胤打董達》、《趙太祖龍
虎風雲會》，清乾隆間吳璿更
博採眾說，編成六十回長篇章
回小說《飛龍全傳》。今天思想
起來，宋人將太祖趙匡胤開國
故事，歸入"樸刀杆棒發跡變
泰"一類，按照行走江湖的民
間俠義英雄形象來塑造他，好

《喻世明言》卷十五《史弘肇龍虎君臣會》插圖

像有些大不敬。其實，宋人倒還真的佩服他們的這位英雄皇帝。史書
中的宋太祖，"容貌雄偉，器度豁如，識者知其非常人。學騎射，輒
出人上"，武藝確出人上。而且，在中國歷朝歷代開國之君中，秦皇
漢武、唐宗明祖，雖然都是馬上征逐，戎馬倥傯，卻只有宋太祖是職
業軍人，"其發號施令，名藩大將，俯首聽命"，到陳橋兵變、黃袍
加身之時，依然是現役的高級將領。《水滸傳》楔子第一段，開端即
略述宋太祖趙匡胤起於五代，掃清寰宇，蕩靜中原。所謂"一條杆棒
等身齊，打四百座軍州都姓趙"，可見宋太祖杆棒打天下的傳說，並
非空穴來風。在明代"使棍之家三十有一"的名目中，也赫然列着"趙
太祖騰蛇棍"。由於棍術是嵩山少林寺最負盛名的功夫，而宋太祖不
僅駕臨過少林寺，還曾調遣將領輪駐於此，以取少林武術之長，因此
傳說宋太祖乃少林俗家弟子，甚至還有人相信宋太祖為棍法開山祖

師，嵩山少林寺三十六路棍法即為其所留。

《趙太祖千里送京娘》這篇小說，就是有關這樣一位極富民間好漢色彩皇帝的前傳。良家婦女京娘被強盜擄掠，幸遇趙匡胤解救。他立意要步行，千里護送京娘還鄉，而且對此有明確的自我期許，榜樣則是千里走單騎，過五關斬六將，護送皇嫂的三國時人關羽。小說中的趙匡胤直道而行，一邪不染，"是個鐵錚錚的好漢"，即使用我們今天的價值觀來衡量，他也是一條相當令人滿意的好漢，品格上基本沒有瑕疵，可與《水滸傳》中的魯智深相提並論。魯智深有一句名言："殺人須見血，救人須救徹。" 這句話我們也從趙匡胤口中再一次聽到。魯智深和金翠蓮父女素不相識，就敢三拳打死為霸一方的鎮關西。趙匡胤與京娘萍水相逢，以惻隱之心、不平之氣，出手相救，"為義氣上千里步行相送"。小霸王周通強娶劉太公女兒，又是魯智深挺身而出，不僅教訓周通，還要周通"折箭為誓"，答應永不騷擾。趙匡胤心思同樣縝密，先是毀掉清油觀設施，造成強奪假象，不連累道觀中人；護送京娘途中，又順手解決強人，為地方除掉禍患；視嘍囉為良民，分資遣散回鄉，不濫殺一人，立心仁厚。做事有頭有尾，有始有終，幫助別人沒有任何功利目的，鋤強扶弱，疾惡如仇，既有同情心，又有正義感，正所謂真丈夫行徑，一片熱血直噴將出來。

小說中的趙匡胤，十分愛惜自己的好漢名頭，言必行，行必果，一諾千金。說過要步行千里相送，就再不肯乘馬；因為是救美，所以就要刻意避嫌。這個頂天立地的男子漢，不願乘人之危，"把從前一片真心化為假意，惹天下豪傑們笑話"。他一路上對京娘問寒問暖，殷勤伏侍，流水雖無情，落花卻有意，未免使京娘動情："莫說受恩之下，愧無所報，就是我終身之事，捨了這個豪傑，更託何人？"我們看小說寫京娘自薦的委婉低回，趙匡胤拒絕的直性無私，栩栩如生。雖然他說過："俺們做好漢的，只要自己血心上打得過，人言都不計較。"輿論卻不能不計較，儘管二人表明心跡，京娘平安返家，還是為流言中傷，只得一死，讓人嗟歎。趙匡胤的膠柱鼓瑟、京娘的遭遇，實際上還是引起了相當多讀者的同情，所以宋元間戲曲有所謂《京娘怨》者，揣摩京娘心事，要代京娘立言抒情。而清代李玉更作傳奇《風雲會》，寫趙匡胤尚未發跡之時，與鄭恩結義為兄弟，京娘則一變而為宋初以"一部《論語》治天下"的名相趙普之妹。戲曲保留了千里送京娘的情節，卻將京娘拉出生天，嫁與鄭恩為妻，替她設計出一個美滿結局。

馮夢龍編撰"三言"，這一百二十個故事的思想傾向常常矛盾互攻。既說"少男少女，情色相當"，鼓勵追求愛情幸福，以"男女之真情，發名教之偽藥"，剛轉身又可以毫無為難之態地換上另一副面孔，告誡讀者"若論破國亡家者，儘是貪花戀色人"，視紅顏為禍水，當然還是老生常談，酸腐氣撲面而來。這篇小說的中心思想，在開端即已揭明。在歷數漢唐諸帝沉溺女色，誤國害民之後，以為"宋朝諸帝不貪女色，全是太祖皇帝貽謀之善"。宋代太后臨朝秉政的情況比較普遍，但未構成女患，確是事實。不過，將此一現象歸結為宋太祖不貪女色，典則子孫，確實是小說家的奇論，聞所未聞。宋朝何事勝於漢唐？被石室山隱士所批評的那兩條：修文偃武、不戮大臣，其實倒真是宋代之特色。

尊道崇文乃宋代基本國策，興文教、抑武事，直接來自中唐後藩鎮割據、擁兵自重、尾大不掉的歷史教訓。登基之後的趙匡胤，把朝廷正殿命名為"文德殿"，聲明文物之邦為建國目標，還誓言"不得殺士大夫及上書言事人"，將此語鐫碑立於太廟，垂示後代。這造就了宋代成熟的文官政治，濃厚的書卷氣瀰漫朝野。然而與文化上高度繁榮形成極端對比的，便是兩宋軍事上的積貧積弱。兩宋的版圖，與它在中國歷史上的重要性不成比例，它慣用布帛歲幣換來和平，雖然有損國家的形象，卻也減少了人民的犧牲。不過，宋時君臣雖無雄謀遠略，猶切切以經武為心，翻看《宋史·兵志》即可知，沒有哪個朝代像宋代那樣講究行軍佈陣之法，三國諸葛亮的八陣圖、唐李靖的六花陣，在君臣之間得到熱烈的討論，而御制《攻守圖》、《行軍環珠》、《武經總要》、《神武秘略》、《風角集占》、《四路戰守約束》等兵書也直接頒諸行武。治軍之道，如此文質彬彬，不能不說是起自介胄的宋太祖貽謀之善，他說過："朕欲武臣盡讀書以通治道。"在遼、金以及西夏的輪番衝擊之下，宋還能相與維持至三百餘年而後亡，實是崇文右學之效。

為政以德，是傳統儒家的政治理念。小說《飛龍全傳》即認為宋代三百年鴻業，"歷國忒般長久，這也是因他神武不殺，仁義居心"。這在有名的"杯酒釋兵權"事件中也可得到印證。宋太祖要石守信等人交出兵權，就直率地說："人生如白駒過隙，所以好富貴者，不過欲各積金錢，厚自娛樂，使子孫無貧乏耳。卿等何不釋去兵權，出守大藩，擇好便田宅市之，為子孫立永久不可動之業，多置歌兒舞女，日夕飲酒相歡，以終天年，朕且與卿等約為婚姻，君臣之間兩無猜疑，上下相安，不亦善乎？"動之以情，曉之以理，輕易就解除了開國功臣們的潛在威脅，使得宋代成為歷史上唯一一個沒有"飛鳥盡，良弓藏"，兔死狗烹，屠殺功臣的朝代。而宋太祖受禪代周，是兵不血刃，和平演變，同時後周皇室的孤兒寡母均受善待。征南唐之時，據說他還親自叮囑曹彬："城陷之日，慎勿殺戮。"

評述宋太祖的為人與為政，是歷史學家之事，而民間的感情傾向則是直接的、樸素的。《趙太祖千里送京娘》是一篇關於皇帝的故事，也是一篇關於好漢的故事，既有歷史的依據，也代表民眾的理想。史書上稱宋太祖"孝友節儉，質任自然，不事矯飾"，其實甭管是不是皇帝，這些品質都是可敬佩的。

白娘子永鎮雷峰塔 ①

山外青山樓外樓，西湖歌舞幾時休？
　　暖風薰得遊人醉，直把杭州作汴州。

　　話說西湖景致，山水鮮明。晉朝咸和年間，山水大發，沟湧流入西門。忽然水內有牛一頭見，渾身金色。後水退，其牛隨行至北山，不知去向。哄動杭州市上之人，皆以為顯化，所以建立一寺，名曰金牛寺。西門，即今之湧金門，立一座廟，號金華將軍。當時有一番僧，法名渾壽羅，到此武林郡雲遊，玩其山景，道：“靈鷲山前小峰一座，忽然不見，原來飛到此處。”當時人皆不信。僧言：“我記得靈鷲山前峰嶺，喚做靈鷲嶺。這山洞裏有個白猿，看我呼出為驗。”果然呼出白猿來。山前有一亭，今喚做冷泉亭。又有一座孤山，生在西湖中。先曾有林和靖②先生在此山隱居，使人搬挑泥石，砌成一條走路，東接斷橋，西接棲霞嶺，因此喚作孤山路。又唐時有刺史白樂天，築一條路，南至翠屏山，北至棲霞嶺，喚做白公堤，不時被山水沖倒，不只一番，用官錢修理。後宋時，蘇東坡來做太守，因見有這兩條路被水沖壞，就買木石，起人夫，築得堅固。六橋上朱紅欄杆，堤上栽種桃柳，到春景融和，端的十分好景，堪描入畫。後人因此只喚做蘇公堤。又孤山路畔，起造兩條石橋，分開水勢，東邊喚做斷橋，西邊喚做西寧橋。真乃：

　　隱隱山藏三百寺，依稀雲鎖二高峰。

---

1 本篇選自《警世通言》第二十八卷。
2 林和靖：即北宋林逋，杭州人，終身不娶，種梅養鶴，稱“梅妻鶴子”，隱居西湖孤山。

說話的，只說西湖美景，仙人古跡。俺今日且說一個俊俏後生，只因遊玩西湖，遇着兩個婦人，直惹得幾處州城，鬧動了花街柳巷。有分教才人①把筆，編成一本風流話本。單說那子弟，姓甚名誰？遇着甚般樣的婦人？惹出甚般樣事？有詩為證：

　　　　清明時節雨紛紛，路上行人欲斷魂。
　　　　借問酒家何處有，牧童遙指杏花村。

　　話說宋高宗南渡，紹興年間，杭州臨安府過軍橋黑珠巷內，有一個宦家，姓李名仁，見做南廊閣子庫募事官②，又與邵太尉管錢糧。家中妻子有一個兄弟許宣，排行小乙。他爹曾開生藥店，自幼父母雙亡，卻在表叔李將仕③家生藥舖做主管，年方二十二歲。那生藥店開在官巷口。

　　忽一日，許宣在舖內做買賣，只見一個和尚來到門首，打個問訊道：“貧僧是保叔塔④寺內僧，前日已送饅頭並卷子在宅上。今清明節近，追修祖宗，望小乙官到寺燒香，勿誤！”許宣道：“小子準來。”和尚相別去了。許宣至晚歸姐夫家去。原來許宣無有老小，只在姐姐家住，當晚與姐姐說：“今日保叔塔和尚來請燒箞子⑤，明日要薦祖宗，走一遭了來。”次日早起，買

1　才人：宋時説話人的行業機構稱書會，會中擅長編撰話本或戲劇的伎藝人稱才人。

2　南廊閣子庫：從小説的具體描寫來看，似指宋代的左藏南庫，為軍需倉庫。募事官：
　管庫的小吏。

3　將仕：即將仕郎，宋代文職最低的官階。當時商人不能科舉出身，往往以此頭銜來提
　高自己的社會地位。後作商人泛稱。

4　保叔塔：在西湖寶石山頂。一説是吳越王錢俶所造。

5　箞子：裝紙馬、冥錠等的草簍。

了紙馬、蠟燭、經幡、錢垛一應等項，吃了飯，換了新鞋襪衣服，把篋子錢馬，使條袱子包了，徑到官巷口李將仕家來。李將仕見了，問許宣何處去。許宣道："我今日要去保叔塔燒篋子，追薦祖宗，乞叔叔容暇一日。"李將仕道："你去便回。"

許宣離了舖中，入壽安坊、花市街，過井亭橋，往清河街後錢塘門，行石函橋，過放生碑，徑到保叔塔寺。尋見送饅頭的和尚，懺悔過疏頭①，燒了篋子，到佛殿上看眾僧唸經。吃齋罷，別了和尚，離寺迤邐閒走，過西寧橋、孤山路、四聖觀，來看林和靖墳，到六一泉閒走。不期雲生西北，霧鎖東南，落下微微細雨，漸大起來。正是清明時節，少不得天公應時，催花雨下，那陣雨下得綿綿不絕。許宣見腳下濕，脫下了新鞋襪，走出四聖觀來尋船，不見一隻。正沒擺佈處，只見一個老兒，搖着一隻船過來。許宣暗喜，認時正是張阿公。叫道："張阿公，搭我則個！"老兒聽得叫，認時，原來是許小乙，將船搖近岸來，道："小乙官，着了雨，不知要何處上岸？"許宣道："湧金門上岸。"這老兒扶許宣下船，離了岸，搖近豐樂樓來。

搖不上十數丈水面，只見岸上有人叫道："公公，搭船則個！"許宣看時，是一個婦人，頭戴孝頭髻，烏雲畔插着些素釵梳，穿一領白絹衫兒，下穿一條細麻布裙。這婦人肩下一個丫鬟，身上穿着青衣服，頭上一雙角髻，戴兩條大紅頭鬚，插着兩件首飾，手中捧着一個包兒要搭船。那老張對小乙官道："因風吹火，用力不多，一發搭了他去。"許宣道："你便叫他下來。"老兒見說，將船傍了岸邊。

---

1 疏頭：和尚頌經時焚化的祝詞。

那婦人同丫鬟下船，見了許宣，起一點朱唇，露兩行碎玉，深深道一個萬福。許宣慌忙起身答禮。那娘子和丫鬟艙中坐定了。娘子把秋波頻轉，瞧着許宣。許宣平生是個老實之人，見了此等如花似玉的美婦人，傍邊又是個俊俏美女樣的丫鬟，也不免動念。那婦人道："不敢動問官人，高姓尊諱？"許宣答道："在下姓許名宣，排行第一。"婦

隱隱山藏三百寺，依稀雲鎖二高峰

人道："宅上何處？"許宣道："寒舍住在過軍橋黑珠兒巷，生藥舖內做買賣。"那娘子問了一回，許宣尋思道："我也問他一問。"起身道："不敢拜問娘子高姓？潭府何處？"那婦人答道："奴家是白三班白殿直之妹[1]，嫁了張官人，不幸亡過了，見葬在這雷嶺。為因清明節近，今日帶了丫鬟，往墳上祭掃了方回，不想值雨。若不是搭得官人便船，實是狼狽。"又閒講了一回，迤邐船搖近岸。只見那婦人道："奴家一時心忙，不曾帶得盤纏在身邊，萬望官人處借些船錢還了，並不有負。"許宣道："娘子

1 三班：宋初以供奉官、左右班殿直為三班，後亦以東西供奉、左右侍禁、承旨為三班。
　殿直：皇帝的侍從武官，侍值殿廷。

自便，不妨，些須船錢不必計較。」還罷船錢，那雨越不住。許宣挽了上岸。那婦人道：「奴家只在箭橋雙茶坊巷口。若不棄時，可到寒舍拜茶，納還船錢。」許宣道：「小事何消掛懷。天色晚了，改日拜望。」說罷，婦人共丫鬟自去。

許宣入湧金門，從人家屋簷下到三橋街，見一個生藥舖，正是李將仕兄弟的店。許宣走到舖前，正見小將仕在門前。小將仕道：「小乙哥晚了，那裏去？」許宣道：「便是去保叔塔燒篦子，着了雨，望借一把傘則個！」將仕見說，叫道：「老陳把傘來，與小乙官去。」不多時，老陳將一把雨傘撐開道：「小乙官，這傘是清湖八字橋老實舒家做的。八十四骨，紫竹柄的好傘，不曾有一些兒破，將去休壞了！仔細，仔細！」許宣道：「不必分付。」接了傘，謝了將仕，出羊壩頭來。到後市街巷口，只聽得有人叫道：「小乙官人。」許宣回頭看時，只見沈公井巷口小茶坊簷下，立着一個婦人，認得正是搭船的白娘子。許宣道：「娘子如何在此？」白娘子道：「便是雨不得住，鞋兒都踏濕了，教青青回家，取傘和腳下。又見晚下來。望官人搭幾步則個！」許宣和白娘子合傘到壩頭道：「娘子到那裏去？」白娘子道：「過橋投箭橋去。」許宣道：「小娘子，小人自往過軍橋去，路又近了。不若娘子把傘將去，明日小人自來取。」白娘子道：「卻是不當，感謝官人厚意！」

許宣沿人家屋簷下冒雨回來，只見姐夫家當直王安，拿着釘靴雨傘來接不着，卻好歸來。到家內吃了飯。當夜思量那婦人，翻來覆去睡不着。夢中共日間見的一般，情意相濃，不想金雞叫一聲，卻是南柯一夢。正是：

心猿意馬馳千里，浪蝶狂蜂鬧五更。

　　到得天明，起來梳洗罷，吃了飯到舖中，心忙意亂，做些買賣也沒心想。到午時後，思量道：「不說一謊，如何得這傘來還人？」當時許宣見老將仕坐在櫃上，向將仕說道：「姐夫叫許宣歸早些，要送人情，請暇半日。」將仕道：「去了，明日早些來！」許宣唱個喏，徑來箭橋雙茶坊巷口，尋問白娘子家裏。問了半日，沒一個認得。正躊躇間，只見白娘子家丫鬟青青，從東邊走來。許宣道：「姐姐，你家何處住？討傘則個。」青青道：「官人隨我來。」許宣跟定青青，走不多路，道：「只這裏便是。」

清代木刻《借傘成親》

許宣看時，見一所樓房，門前兩扇大門，中間四扇看街①槅子眼，當中掛頂細密朱紅簾子，四下排着十二把黑漆交椅，掛四幅名人山水古畫。對門乃是秀王②府牆。那丫頭轉入簾子內道："官人請入裏面坐。"許宣隨步入到裏面，那青青低低悄悄叫道："娘子，許小乙官人在此。"白娘子裏面應道："請官人進裏面拜茶。"許宣心下遲疑。青青三回五次，催許宣進去。許宣轉到裏面，只見四扇暗槅子窗，揭起青布幕，一個坐起。桌上放一盆虎鬚菖蒲，兩邊也掛四幅美人，中間掛一幅神像，桌上放一個古銅香爐花瓶。那小娘子向前深深的道一個萬福，道："夜來多蒙小乙官人應付周全，識荊③之初，甚是感激不淺！"許宣道："些微何足掛齒！"白娘子道："少坐拜茶。"茶罷，又道："片時薄酒三杯，表意而已。"許宣方欲推辭，青青已自把菜蔬果品流水排將出來。許宣道："感謝娘子置酒，不當厚擾。"飲至數杯，許宣起身道："今日天色將晚，路遠，小子告回。"娘子道："官人的傘，舍親昨夜轉借去了，再飲幾杯，着人取來。"許宣道："日晚，小子要回。"娘子道："再飲一杯。"許宣道："飲饌好了，多感，多感！"白娘子道："既是官人要回，這傘相煩明日來取則個。"許宣只得相辭了回家。

---

1 看街：當時臨街房屋的大門兩旁各有幾扇長窗，從窗櫺中可以看見街景和門外的高臺階，故稱此種窗戶為看街，也寫作"看階"。

2 秀王：南宋第二位皇帝宋孝宗趙昚的本生父親趙子偁，死後追封為"秀安僖王"。南宋高宗趙構無子，另擇支系趙昚入繼帝位。

3 識荊：初次見面。典出李白《與韓荊州書》："白聞天下士相聚而言曰：'生不用封萬戶侯，但願一識韓荊州。'何令人之景慕一至於此耶。"韓荊州，即唐代的荊州長史韓朝宗。

至次日，又來店中做些買賣，又推個事故，卻來白娘子家取傘。娘子見來，又備三杯相款。許宣道："娘子還了小子的傘罷，不必多擾。"那娘子道："既安排了，略飲一杯。"許宣只得坐下。那白娘子篩一杯酒，遞與許宣，啟櫻桃口，露榴子牙，嬌滴滴聲音，帶着滿面春風，告道："小官人在上，真人面前說不得假話。奴家亡了丈夫，想必和官人有宿世姻緣，一見便蒙錯愛。正是你有心，我有意。煩小乙官人尋一個媒證，與你共成百年姻眷，不枉天生一對，卻不是好！"

　　許宣聽那婦人說罷，自己尋思："真個好一段姻緣。若取得這個渾家，也不枉了。我自十分肯了，只是一件不諧：思量我日間在李將仕家做主管，夜間在姐夫家安歇，雖有些少東西，只好辦身上衣服，如何得錢來娶老小？"自沉吟不答。只見白娘子道："官人何故不回言語？"許宣道："多感過愛，實不相瞞，只為身邊窘迫，不敢從命！"娘子道："這個容易！我囊中自有餘財，不必掛念。"便叫青青道："你去取一錠白銀下來。"只見青青手扶欄杆，腳踏胡梯①，取下一個包兒來，遞與白娘子。娘子道："小乙官人，這東西將去使用，少欠時再來取。"親手遞與許宣。許宣接得包兒，打開看時，卻是五十兩雪花銀子。藏於袖中，起身告回，青青把傘來還了許宣。許宣接得相別，一徑回家，把銀子藏了。當夜無話。

　　明日起來，離家到官巷口，把傘還了李將仕。許宣將些碎銀子買了一隻肥好燒鵝，鮮魚精肉、嫩雞果品之類提回家來，又買了一樽酒，分付養娘丫鬟安排整下。那日卻好姐夫李募事在家。

---

1 胡梯：即扶梯。

飲饌俱已完備，來請姐夫和姐姐吃酒。李募事卻見許宣請他，到吃了一驚，道：“今日做甚麼子壞鈔？日常不曾見酒盞兒面，今朝作怪！”三人依次坐定飲酒。酒至數杯，李募事道：“尊舅，沒事教你壞鈔做甚麼？”許宣道：“多謝姐夫，切莫笑話，輕微何足掛齒。感謝姐夫姐姐管僱多時。一客不煩二主人，許宣如今年紀長成，恐慮後無人養育，不是了處。今有一頭親事在此說起，望姐夫姐姐與許宣主張，結果了一生終身，也好。”姐夫姐姐聽得說罷，肚內暗自尋思道：“許宣日常一毛不拔，今日壞得些錢鈔，便要我替他討老小？”夫妻二人，你我相看，只不回話。吃酒了，許宣自做買賣。

過了三兩日，許宣尋思道：“姐姐如何不說起？”忽一日，見姐姐問道：“曾向姐夫商量也不曾？”姐姐道：“不曾。”許宣道：“如何不曾商量？”姐姐道：“這個事不比別樣的事，倉卒不得。又見姐夫這幾日面色心焦，我怕他煩惱，不敢問他。”許宣道：“姐姐你如何不上緊？這個有甚難處，你只怕我教姐夫出錢，故此不理。”許宣便起身到臥房中開箱，取出白娘子的銀來，把與姐姐道：“不必推故。只要姐夫做主。”姐姐道：“吾弟多時在叔叔家中做主管，積趲得這些私房，可知道要娶老婆。你且去，我安在此。”

卻說李募事歸來，姐姐道：“丈夫，可知小舅要娶老婆，原來自趲得些私房，如今教我倒換些零碎使用。我們只得與他完就這親事則個。”李募事聽得，說道：“原來如此，得他積得些私房也好。拿來我看。”做妻的連忙將出銀子遞與丈夫。李募事接在手中，番來覆去，看了上面鑿的字號，大叫一聲：“苦！不好了，全家是死！”那妻吃了一驚，問道：“丈夫，有甚麼利害之事？”李募事道：“數日前邵太尉庫內封記鎖押俱不動，又無地穴得入，平空不見了五十錠大銀。見今着落臨安府提捉賊人，十分緊急，沒有頭路得獲，累害了多少人。出榜緝捕，寫着字號錠數，有人捉獲賊人銀子者，賞銀五十兩；知而不首，及窩藏賊人者，除正犯外，全家發邊遠充軍。這銀子與榜上字號不差，正是邵太尉庫內銀子。即今捉捕十分緊急，正是火到身邊，顧不得親眷，自可去撥。明日事露，實難分說。不管他偷的借的，寧可苦他，不要累我。只得將銀子出首，免了一家之害。”老婆見說了，合口不得，目睜口呆。當時拿了這錠銀子，徑到臨安府出首。

那大尹聞知這話，一夜不睡。次日，火速差緝捕使臣何立。何立帶了夥伴，並一班眼明手快的公人，徑到官巷口李家生藥店，提捉正賊許宣。到得櫃邊，發聲喊，把許宣一條繩子綁縛了，一聲鑼，一聲鼓，解上臨安府來。正值韓大尹升廳，押過許宣當廳跪下，喝聲：“打！”許宣道：“告相公不必用刑，不知許宣有何罪？”大尹焦躁道：“真贓正賊，有何理說，還說無罪？邵太尉府中不動封鎖，不見了一號大銀五十錠。見有李募事出首，一定這四十九錠也在你處。想不動封皮，不見了銀子，你也是個妖人！不要打？”喝教：“拿些穢血①來！”許宣方知是這事，大叫道：“不是妖人，待我分說！”大尹道：“且住，你且說這銀子從何而來？”許宣將借傘討傘的上項事，一一細說一遍。大尹道：“白娘子是甚麼樣人？見住何處？”許宣道：“憑

---

1 穢血：迷信者以為穢血可以破除妖術。邵太尉庫銀封鎖未動，不翼而飛，所以疑心許宣為妖人。

他說，是白三班白殿直的親妹子，如今見住箭橋邊，雙茶坊巷口，秀王牆對黑樓子高坡兒內住。"那大尹隨即便叫緝捕使臣何立，押領許宣，去雙茶坊巷口捉拿本婦前來。

何立等領了鈞旨，一陣做公的徑到雙茶坊巷口秀王府牆對黑樓子前看時：門前四扇看階，中間兩扇大門，門外避藉陛①，坡前卻是垃圾，一條竹子橫夾着。何立等見了這個模樣，到都呆了。當時就叫捉了鄰人，上首是做花的丘大，下首是做皮匠的孫公。那孫公擺忙的吃他一驚，小腸氣發，跌倒在地。眾鄰舍都走來道："這裏不曾有甚麼白娘子。這屋不五六年前有一個毛巡檢，闔家時病死了。青天白日，常有鬼出來買東西，無人敢在裏頭住。幾日前，有個瘋子立在門前唱喏。"何立教眾人解下橫門竹竿，裏面冷清清地，起一陣風，卷出一道腥氣來。眾人都吃了一驚，倒退幾步。許宣看了，則聲不得，一似呆的。做公的數中，有一個能膽大，排行第二，姓王，專好酒吃，都叫他做好酒王二。王二道："都跟我來！"發聲喊，一齊哄將入去，看時板壁、坐起、桌橙都有。來到胡梯邊，教王二前行，眾人跟着，一齊上樓。樓上灰塵三寸厚。眾人到房門前，推開房門一望，床上掛着一張帳子，箱籠都有。只見一個如花似玉穿着白的美貌娘子，坐在床上。眾人看了，不敢向前。眾人道："不知娘子是神是鬼？我等奉臨安大尹鈞旨，喚你去與許宣執證公事。"那娘子端然不動。好酒王二道："眾人都不敢向前，怎的是了？你可將一壇酒來，與我吃了，做我不着，捉他去見大尹。"眾人連忙叫兩三個下去提一壇酒來與王二吃。王二開了壇口，將一壇酒吃盡

---

1 避藉陛：高臺階。

了，道：“做我不着！”將那空壇望着帳子內打將去。不打萬事皆休，才然打去，只聽得一聲響，卻是青天裏打一個霹靂，眾人都驚倒了！起來看時，床上不見了那娘子，只見明晃晃一堆銀子。眾人向前看了道：“好了。”計數四十九錠。眾人道：“我們將銀子去見大尹也罷。”扛了銀子，都到臨安府。

何立將前事稟覆了大尹。大尹道：“定是妖怪了。也罷，鄰人無罪寧家。”差人送五十錠銀子與邵大尉處，開個緣由，一一稟覆過了。許宣照“不應得為而為之事理”重者，決杖免刺，配牢城營做工，滿日疏放，牢城營乃蘇州府管下。①李募事因出首許宣，心上不安，將邵太尉給賞的五十兩銀子盡數付與小舅作為盤費。李將仕與書二封，一封與押司范院長，一封與吉利橋下開客店的王主人。許宣痛哭一場，拜別姐夫姐姐，帶上行枷，兩個防送人押着，離了杭州到東新橋，下了航船。

不一日，來到蘇州。先把書去見了范院長並王主人。王主人與他官府上下使了錢，打發兩個公人去蘇州府，下了公文，交割了犯人，討了回文，防送人自回。范院長、王主人保領許宣不入牢中，就在王主人門前樓上歇了。許宣心中愁悶，壁上題詩一首：

> 獨上高樓望故鄉，愁看斜日照紗窗。
> 平生自是真誠士，誰料相逢妖媚娘。

---

1 刺：宋代囚犯須在臉上刺字。牢城營：宋代囚禁流配罪犯的場所。這句話的意思是說，許宣按照“不應得為而為之事理”一條從重處理，行了杖刑，不過免於刺字，發配到牢城營做工。

白白不知歸甚處？青青那識在何方？

拋離骨肉來蘇地，思想家中寸斷腸！

　　有話即長，無話即短，不覺光陰似箭，日月如梭，又在王主人家住了半年之上。忽遇九月下旬，那王主人正在門首閒立，看街上人來人往。只見遠遠一乘轎子，傍邊一個丫鬟跟着，道："借問一聲，此間不是王主人家麼？"王主人連忙起身道："此間便是。你尋誰人？"丫鬟道："我尋臨安府來的許小乙官人。"主人道："你等一等，我便叫他出來。"這乘轎子便歇在門前。王主人便入去，叫道："小乙哥，有人尋你。"許宣聽得，急走出來，同主人到門前看時，正是青青跟着，轎子裏坐着白娘子。許宣見了，連聲叫道："死冤家！自被你盜了官庫銀子，帶累我吃了多少苦，有屈無伸。如今到此地位，又趕來做甚麼？可羞死人！"那白娘子道："小乙官人不要怪我，今番特來與你分辯這件事。我且到主人家裏面與你說。"白娘子叫青青取了包裹下轎。許宣道："你是鬼怪，不許入來！"擋住了門不放他。那白娘子與主人深深道了個萬福，道："奴家不相瞞，主人在上，我怎的是鬼怪？衣裳有縫，對日有影。不幸先夫去世，教我如此被人欺負。做下的事，是先夫日前所為，非干我事。如今怕你怨暢我，特地來分說明白了，我去也甘心。"主人道："且教娘子人來坐了說。"那娘子道："我和你到裏面對主人家的媽媽說。"門前看的人，自都散了。

　　許宣入到裏面，對主人家並媽媽道："我為他偷了官銀子事，如此如此，因此教我吃場官司。如今又趕到此，有何理說？"白娘子道："先夫留下銀子，我好意把你，我也不知怎的來的？"許宣道："如何做公的捉你之時，門前都是垃圾，就帳子裏一響，不見了你？"白娘子道："我聽得人說你為這銀子捉了去，我怕你說出我來，捉我到官，妝幌子①羞人不好看。我無奈何，只得走去華藏寺前姨娘家躲了。使人擔垃圾堆在門前，把銀子安在床上，央鄰舍與我說謊。"許宣道："你卻走了去，教我吃官事！"白娘子道："我將銀子安在床上，只指望要好，那裏曉得有許多事情？我見你配在這裏，我便帶了些盤纏，搭船到這裏尋你。如今分說都明白了，我去也。敢是我和你前生沒有夫妻之分！"那王主人道："娘子許多路來到這裏，難道就去？且在此間住幾日，卻理會。"青青道："既是主人家再三勸解，娘子且住兩日，當初也曾許嫁小乙官人。"白娘子隨口便道："羞殺人，終不成奴家沒人要？只為分別是非而來。"王主人道："既然當初許嫁小乙哥，卻又回去？且留娘子在此。"打發了轎子，不在話下。

過了數日，白娘子先自奉承好了主人的媽媽。那媽媽勸主人與許宣說合，選定十一月十一日成親，共百年偕老。光陰一瞬，早到吉日良時。白娘子取出銀兩，央王主人辦備喜筵，二人拜堂結親。酒席散後，共入紗廚。白娘子放出迷人聲態，顛鸞倒鳳，百媚千嬌，喜得許宣如遇神仙，只恨相見之晚。正好歡娛，不覺金雞三唱，東方漸白。正是：

歡娛嫌夜短，寂寞恨更長。

---

1 妝幌子：出乖露醜的意思。

自此日為始，夫妻二人如魚似水，終日在王主人家快樂昏迷纏定。日往月來，又早半年光景。時臨春氣融和，花開如錦，車馬往來，街坊熱鬧。許宣問主人家道：“今日如何人人出去閒遊，如此喧嚷？”主人道：“今日是二月半，男子婦人，都去看臥佛，你也好去承天寺裏閒走一遭。”許宣見說，道：“我和妻子說一聲，也去看一看。”許宣上樓來，和白娘子說：“今日二月半，男子婦人都去看臥佛，我也看一看就來。有人尋說話，回說不在家，不可出來見人。”白娘子道：“有甚好看，只在家中卻不好？看他做甚麼？”許宣道：“我去閒耍一遭就回。不妨。”

　　許宣離了店內，有幾個相識，同走到寺裏看臥佛，繞廊下各處殿上觀看了一遭。方出寺來，見一個先生，穿着道袍，頭戴逍遙巾，腰繫黃絲縧，腳着熟麻鞋，坐在寺前賣藥，散施符水。許宣立定了看。那先生道：“貧道是終南山道士，到處雲遊，散施符水，救人病患災厄，有事的向前來。”那先生在人叢中看見許宣頭上一道黑氣，必有妖怪纏他，叫道：“你近來有一妖怪纏你，其害非輕！我與你二道靈符，救你性命。一道符三更燒，一道放在自頭髮內。”許宣接了符，納頭便拜，肚內道：“我也八九分疑惑那婦人是妖怪，真個是實。”謝了先生，徑回店中。

　　至晚，白娘子與青青睡着了，許宣起來道：“料有三更了！”將一道符放在自頭髮內，正欲將一道符燒化，只見白娘子歎一口氣道：“小乙哥和我許多時夫妻，尚兀自不把我親熱，卻信別人言語，半夜三更，燒符來壓鎮我！你且把符來燒看！”就奪過符來，一時燒化，全無動靜。白娘子道：“卻如何？說我是妖怪！”許宣道：“不干我事。臥佛寺前一雲遊先生，知你是妖怪。”白娘子道：“明日同你去看他一看，如何模樣的先生。”

次日，白娘子清早起來，梳妝罷，戴了釵環，穿上素淨衣服，分付青青看管樓上。夫妻二人，來到臥佛寺前。只見一簇人，團團圍着那先生，在那裏散符水。只見白娘子睜一雙妖眼，到先生面前，喝一聲：“你好無禮！出家人枉在我丈夫面前說我是一個妖怪，書符來捉我！”那先生回言：“我行的是五雷天心正法，凡有妖怪，吃了我的符，他即變出真形來。”那白娘子道：“眾人在此，你且書符來我吃看！”那先生書一道符，遞與白娘子。白娘子接過符來，便吞下去。眾人都看，沒些動靜。眾人道：“這等一個婦人，如何說是妖怪？”眾人把那先生齊罵。那先生罵得口睜眼呆，半晌無言，惶恐滿面。白娘子道：“眾位官人在此，他捉我不得。我自小學得個戲術，且把先生試來與眾人看。”只見白娘子口內喃喃的，不知唸些甚麼，把那先生卻似有人擒的一般，縮做一堆，懸空而起。眾人看了齊吃一驚。許宣呆了。娘子道：“若不是眾位面上，把這先生吊他一年。”白娘子噴口氣，只見那先生依然放下，只恨爹娘少生兩翼，飛也似走了。眾人都散了。夫妻依舊回來，不在話下。日逐盤纏，都是白娘子將出來用度。正是夫唱婦隨，朝歡暮樂。

不覺光陰似箭，又是四月初八日，釋迦佛生辰。只見街市上人抬着柏亭浴佛①，家家佈施。許宣對王主人道：“此間與杭州一般。”只見鄰舍邊一個小的，叫做鐵頭，道：“小乙官人，今日承天寺裏做佛會，你去看一看。”許宣轉身到裏面，對白娘子說了。白娘子道：“甚麼好看，休去！”許宣道：“去走一遭，散悶則個。”娘子道：“你要去，身上衣服舊了不好看，我打扮

---

1 浴佛：陰曆四月初八為佛祖釋迦牟尼生日，寺廟用名香浸水，洗浴佛像。

你去。"叫青青取新鮮時樣衣服來。許宣着得不長不短，一似像體裁的：戴一頂黑漆頭巾，腦後一雙白玉環，穿一領青羅道袍，腳着一雙皂靴，手中拿一把細巧百褶描金美人珊瑚墜上樣春羅扇，打扮得上下齊整。那娘子分付一聲，如鶯聲巧囀，道："丈夫早早回來，切勿教奴記掛！"

許宣叫了鐵頭相伴，徑到承天寺來看佛會。人人喝采，好個官人。只聽得有人說道："昨夜周將仕典當庫內，不見了四五千貫金珠細軟物件。見今開單告官挨查，沒捉人處。"許宣聽得，不解其意，自同鐵頭在寺。其日燒香官人子弟男女人等往往來來，十分熱鬧。許宣道："娘子教我早回，去罷。"轉身人叢中，不見了鐵頭，獨自個走出寺門來。只見五六個人似公人打扮，腰裏掛着牌兒。數中一個看了許宣，對眾人道："此人身上穿的，手中拿的，好似那話兒。"數中一個認得許宣的道："小乙官，扇子借我一看。"許宣不知是計，將扇遞與公人。那公人道："你們看這扇子墜，與單上開的一般！"眾人喝聲："拿了！"就把許宣一索子綁了，好似：

數隻皂雕追紫燕，一群餓虎咬羊羔。

許宣道："眾人休要錯了，我是無罪之人。"眾公人道："是不是，且去府前周將仕家分解！他店中失去五千貫金珠細軟、白玉纏環、細巧百褶扇、珊瑚墜子，你還說無罪？真贓正賊，有何分說！實是大膽漢子，把我們公人作等閒看成。見今頭上、身上、腳上，都是他家物件，公然出外，全無忌憚！"許宣方才呆了，半晌不則聲。許宣道："原來如此。不妨，不妨，自有人偷得。"眾人道:"你自去蘇州府廳上分說。"

次日大尹升廳,押過許宣見了。大尹審問:"盜了周將仕庫內金珠寶物在於何處?從實供來,免受刑法拷打。"許宣道:"稟上相公做主,小人穿的衣服物件皆是妻子白娘子的,不知從何而來,望相公明鏡詳辨則個!"大尹喝道:"你妻子今在何處?"許宣道:"見在吉利橋下王主人樓上。"大尹即差緝捕使臣袁子明押了許宣火速捉來。差人袁子明來到王主人店中,主人吃了一驚,連忙問道:"做甚麼?"許宣道:"白娘子在樓上麼?"主人道:"你同鐵頭早去承天寺裏,去不多時,白娘子對我說道:'丈夫去寺中閒耍,教我同青青照管樓上;此時不見回來,我與青青去寺前尋他去也,望乞主人替我照管。'出門去了,到晚不見回來。我只道與你去望親戚,到今日不見回來。"眾公人要王主人尋白娘子,前前後後遍尋不見。袁子明將主人捉了,見大尹回話。大尹道:"白娘子在何處?"王主人細細稟覆了,道:"白娘子是妖怪。"大尹一一問了,道:"且把許宣監了!"王主人使用了些錢,保出在外,伺候歸結。且說周將仕正在對門茶坊內閒坐,只見家人報導:"金珠等物都有了,在庫閣頭空箱子內。"周將仕聽了,慌忙回家看時,果然有了,只不見了頭巾、縧環、扇子並扇墜。周將仕道:"明是屈了許宣,平白地害了一個人,不好。"暗地裏到與該房[1]說了,把許宣只問個小罪名。

卻說邵太尉使李募事到蘇州幹事,來王主人家歇。主人家把

---

1 該房:明代州縣衙役分三班六房。三班屬差役類,指快、壯、皂;六房屬書辦類,指吏、戶、禮、兵、刑、工。該房,指的是刑房。

許宣來到這裏，又吃官事，一一從頭說了一遍。李募事尋思道：「看自家面上親眷，如何看做落？」只得與他央人情，上下使錢。一日，大尹把許宣一一供招明白，都做在白娘子身上，只做「不合不出首妖怪」等事，杖一百，配三百六十里，押發鎮江府牢城營做工。李募事道：「鎮江去便不妨，我有一個結拜的叔叔，姓李名克用，在針子橋下開生藥店。我寫一封書，你可去投託他。」許宣只得問姐夫借了些盤纏，拜謝了王主人並姐夫，就買酒飯與兩個公人吃，收拾行李起程。王主人並姐夫送了一程，各自回去了。

且說許宣在路，飢食渴飲，夜住曉行，不則一日，來到鎮江。先尋李克用家，來到針子橋生藥舖內。只見主管正在門前賣生藥，老將仕從裏面走出來。兩個公人同許宣慌忙唱個喏道：「小人是杭州李募事家中人，有書在此。」主管接了，遞與老將仕。老將仕拆開看了道：「你便是許宣？」許宣道：「小人便是。」李克用教三人吃了飯，分付當直的同到府中，下了公文，使用了錢，保領回家。防送人討了回文，自歸蘇州去了。

許宣與當直一同到家中，拜謝了克用，參見了老安人[1]。克用見李募事書，說道：「許宣原是生藥店中主管。」因此留他在店中做買賣，夜間教他去五條巷賣豆腐的王公樓上歇。克用見許宣藥店中十分精細，心中歡喜。原來藥舖中有兩個主管，一個張主管，一個趙主管。趙主管一生老實本分。張主管一生克剝奸詐，倚着自老了，欺侮後輩。見又添了許宣，心中不悅，恐怕退

---

1 安人：朝廷命婦封贈的名號。宋時朝奉郎以上官員的妻子封為安人。

了他；反生奸計，要嫉妒他。忽一日，李克用來店中閒看，問："新來的做買賣如何？"張主管聽了，心中道："中我機謀了！"應道："好便好了，只有一件……"克用道："有甚麼一件？"老張道："他大主買賣肯做，小主兒就打發去了，因此人說他不好。我幾次勸他，不肯依我。"老員外說："這個容易，我自分付他便了，不怕他不依。"趙主管在傍聽得此言，私對張主管說道："我們都要和氣。許宣新來，我和你照管他才是。有不是寧可當面講，如何背後去說他？他得知了，只道我們嫉妒。"老張道："你們後生家，曉得甚麼！"天已晚了，各回下處。趙主管來許宣下處道："張主管在員外面前嫉妒你，你如今要愈加用心，大主小主兒買賣，一般樣做。"許宣道："多承指教。我和你去閒酌一杯。"二人同到店中，左右坐下。酒保將要飯果碟擺下，二人吃了幾杯。趙主管說："老員外最性直，受不得觸。你便依隨他生性，耐心做買賣。"許宣道："多謝老兄厚愛，謝之不盡。"又飲了兩杯，天色晚了。趙主管道："晚了路黑難行，改日再會。"許宣還了酒錢，各自散了。

許宣覺道有杯酒醉了，恐怕衝撞了人，從屋簷下回去。正走之間，只見一家樓上推開窗，將熨斗撥灰下來，都傾在許宣頭上。立住腳，便罵道："誰家潑男女，不生眼睛，好沒道理！"只見一個婦人，慌忙走下來道："官人休要罵，是奴家不是，一時失誤了，休怪！"許宣半醉，抬頭一看，兩眼相觀，正是白娘子。許宣怒從心上起，惡向膽邊生，無明火焰騰騰高起三千丈，掩納不住，便罵道："你這賊賤妖精，連累得我好苦！吃了兩場官事！"恨小非君子，無毒不丈夫。正是：

踏破鐵鞋無覓處，得來全不費工夫。

　　許宣道："你如今又到這裏，卻不是妖怪？"趕將入去，把白娘子一把拿住道："你要官休私休！"白娘子陪着笑面道："丈夫，一夜夫妻百日恩，和你說來事長。你聽我說：當初這衣服，都是我先夫留下的。我與你恩愛深重，教你穿在身上，恩將仇報，反成吳、越①？"許宣道："那日我回來尋你，如何不見了？主人都說你同青青來寺前看我，因何又在此間？"白娘子道："我到寺前，聽得說你被捉了去，教青青打聽不着，只道你脫身走了。怕來捉我，教青青連忙討了一隻船，到建康府娘舅家去，昨日才到這裏。我也道連累你兩場官事，還有何面目見你！你怪我也無用了。情意相投，做了夫妻，如今好端端難道走開了？我與你情似泰山，恩同東海，誓同生死，可看日常夫妻之面，取我到下處，和你百年偕老，卻不是好！"許宣被白娘子一騙，回嗔作喜，沉吟了半晌，被色迷了心膽，留連之意，不回下處，就在白娘子樓上歇了。

　　次日，來上河五條巷王公樓家，對王公說："我的妻子同丫鬟從蘇州來到這裏。"一一說了，道："我如今搬回來一處過活。"王公道："此乃好事，如何用說。"當日把白娘子同青青搬來王公樓上。次日，點茶請鄰舍。第三日，鄰舍又與許宣接風。酒筵散了，鄰舍各自回去，不在話下。第四日，許宣早起梳洗已罷，對白娘子說："我去拜謝東西鄰舍，去做買賣去也；你同青青只在樓上照管，切勿出門！"分付已了，自到

1 吳、越：春秋時吳越兩國世代為仇，互相攻伐。比喻仇敵。

店中做買賣，早去晚回。不覺光陰迅速，日月如梭，又過一月。

忽一日，許宣與白娘子商量，去見主人李員外媽媽家眷。白娘子道："你在他家做主管，去參見了他，也好日常走動。"到次日，僱了轎子，徑進裏面請白娘子上了轎，叫王公挑了盒兒，丫鬟青青跟隨，一齊來到李員外家。下了轎子，進到裏面，請員外出來。李克用連忙來見，白娘子深深道個萬福，拜了兩拜，媽媽也拜了兩拜，內眷都參見了。原來李克用年紀雖然高大，卻專一好色，見了白娘子有傾國之姿，正是：

三魂不附體，七魄在他身。

那員外目不轉睛，看白娘子。當時安排酒飯管待。媽媽對員外道："好個伶俐的娘子！十分容貌，溫柔和氣，本分老成。"員外道："便是杭州娘子生得俊俏。"飲酒罷了，白娘子相謝自回。李克用心中思想："如何得這婦人共宿一宵？"眉頭一簇，計上心來，道："六月十三是我壽誕之日，不要慌，教這婦人着我一個道兒。"

不覺烏飛兔走，才過端午，又是六月初間。那員外道："媽媽，十三日是我壽誕，可做一個筵席，請親眷朋友閒耍一日，也是一生的快樂。"當日親眷鄰友主管人等，都下了請帖。次日，家家戶戶都送燭面手帕物件來。十三日都來赴筵，吃了一日。次日是女眷們來賀壽，也有廿來個。且說白娘子也來，十分打扮，上着青織金衫兒，下穿大紅紗裙，戴一頭百巧珠翠金銀首飾。帶了青青，都到裏面拜了生日，參見了老安人。東閣下排着筵席。

原來李克用吃蝨子留後腿①的人，因見白娘子容貌，設此一計，大排筵席。各各傳杯弄盞。酒至半酣，卻起身脫衣淨手。李員外原來預先分付腹心養娘道："若是白娘子登東②，他要進去，你可另引他到後面僻靜房內去。"李員外設計已定，先自躲在後面。正是：

　　　　不勞鑽穴逾牆事，穩做偷香竊玉人。

　　只見白娘子真個要去淨手，養娘便引他到後面一間僻淨房內去，養娘自回。那員外心中淫亂，捉身不住，不敢便走進去，卻在門縫裏張。不張萬事皆休，則一張那員外大吃一驚，回身便走，來到後邊，望後倒了：

　　　　不知一命如何，先覺四肢不舉！

　　那員外眼中不見如花似玉體態，只見房中蟠着一條吊桶來粗大白蛇，兩眼一似燈盞，放出金光來。驚得半死，回身便走，一絆一跤。眾養娘扶起看時，面青口白。主管慌忙用安魂定魄丹服了，方才醒來。老安人與眾人都來看了，道："你為何大驚小怪做甚麼？"李員外不說其事，說道："我今日起得早了，連日又辛苦了些，頭風病發，暈倒了。"扶去房裏睡了。眾親眷再入席飲了幾杯，酒筵散罷，眾人作謝回家。

---

1 吃蝨子留後腿：比喻為人吝嗇、小氣。

2 登東：上廁所。古代常把廁所建在東面，稱東圊。

白娘子回到家中思想，恐怕明日李員外在舖中對許宣說出本相來，便生一條計，一頭脫衣服，一頭歎氣。許宣道："今日出去吃酒，因何回來歎氣？"白娘子道："丈夫，說不得！李員外原來假做生日，其心不善。因見我起身登東，他躲在裏面，欲要奸騙我，扯裙扯褲，來調戲我。欲待叫起來，眾人都在那裏，怕妝幌子。被我一推倒地，他怕羞沒意思，假說暈倒了。這惶恐那裏出氣！"許宣道："既不曾奸騙你，他是我主人家，出於無奈，只得忍了。這遭休去便了。"白娘子道："你不與我做主，還要做人？"許宣道："先前多承姐夫寫書，教我投奔他家。虧他不阻，收留在家做主管，如今教我怎的好？"白娘子道："男子漢！我被他這般欺負，你還去他家做主管？"許宣道："你教我何處去安身？做何生理？"白娘子道："做人家主管，也是下賤之事，不如自開一個生藥舖。"許宣道："虧你說，只是那討本錢？"白娘子道："你放心，這個容易。我明日把些銀子，你先去賃了間房子卻又說話。"

且說"今是古，古是今"，各處有這般出熱①的。間壁有一個人，姓蔣名和，一生出熱好事。次日，許宣問白娘子討了些銀子，教蔣和去鎮江渡口馬頭上，賃了一間房子，買下一付生藥廚櫃，陸續收買生藥。十月前後，俱已完備，選日開張藥店，不去做主管。那李員外也自知惶恐，不去叫他。

許宣自開店來，不匡買賣一日興一日，普得厚利。正在門前賣生藥，只見一個和尚將着一個募緣簿子道："小僧是金山寺和尚，如今七月初七日是英烈龍王生日，伏望官人到寺燒香，佈施

---

1 出熱：好管閒事。

些香錢。"許宣道:"不必寫名。我有一塊好降香①,捨與你拿去燒罷。"即便開櫃取出,遞與和尚。和尚接了道:"是日望官人來燒香!"打一個問訊去了。白娘子看見道:"你這殺才,把這一塊好香與那賊禿去換酒肉吃!"許宣道:"我一片誠心捨與他,花費了也是他的罪過。"

不覺又是七月初七日,許宣正開得店,只見街上鬧熱,人來人往。幫閒的蔣和道:"小乙官前日佈施了香,今日何不去寺內閒走一遭?"許宣道:"我收拾了,略待略待,和你同去。"蔣和道:"小人當得相伴。"許宣連忙收拾了,進去對白娘子道:"我去金山寺燒香,你可照管家裏則個。"白娘子道:"無事不登三寶殿,去做甚麼?"許宣道:"一者不曾認得金山寺,要去看一看;二者前日佈施了,要去燒香。"白娘子道:"你既要去,我也擋你不得,也要依我三件事。"許宣道:"那三件?"白娘子道:"一件,不要去方丈內去;二件,不要與和尚說話;三件,去了就回,來得遲,我便來尋你也。"許宣道:"這個何妨,都依得。"當時換了新鮮衣服鞋襪,袖了香盒,同蔣和徑到江邊,搭了船,投金山寺來。先到龍王堂燒了香,繞寺閒走了一遍,同眾人信步來到方丈門前。許宣猛省道:"妻子分付我休要進方丈內去。"立住了腳,不進去。蔣和道:"不妨事,他自在家中,回去只說不曾去便了。"說罷,走入去,看了一回,便出來。

且說方丈當中座上,坐着一個有德行的和尚,眉清目秀,圓頂方袍,看了模樣,確是真僧。一見許宣走過,便叫侍者:"快

---

1 降香:又名降真香,一種上等的香木。

叫那後生進來。"侍者看了一回,人千人萬,亂滾滾的,又不認得他,回說:"不知他走那邊去了?"和尚見說,持了禪杖,自出方丈來,前後尋不見,復身出寺來看,只見眾人都在那裏等風浪靜了落船。那風浪越大了,道:"去不得。"正看之間,只見江心裏一隻船飛也似來得快。許宣對蔣和道:"這般大風浪過不得渡,那隻船如何到來得快!"正說之間,船已將近。看時,一個穿白的婦人,一個穿青的女子來到岸邊。仔細一認,正是白娘子和青青兩個。許宣這一驚非小。白娘子來到岸邊,叫道:"你如何不歸?快來上船!"許宣卻欲上船,只聽得有人在背後喝道:"業畜在此做甚麼?"許宣回頭看時,人說道:"法海禪師來了!"禪師道:"業畜,敢再來無禮,殘害生靈!老僧為你特來。"白娘子見了和尚,搖開船,和青青把船一翻,兩個都翻下水底去了。許宣回身看着和尚便拜:"告尊師,救弟子一條草命!"禪師道:"你如何遇着這婦人?"許宣把前項事情從頭說了一遍。禪師聽罷,道:"這婦人正是妖怪,汝可速回杭州去,如再來纏汝,可到湖南淨慈寺裏來尋我。"有詩四句:

> 本是妖精變婦人,西湖岸上賣嬌聲。
> 汝因不識遭他計,有難湖南見老僧。

　　許宣拜謝了法海禪師,同蔣和下了渡船,過了江,上岸歸家。白娘子同青青都不見了,方才信是妖精。到晚來,教蔣和相伴過夜,心中昏悶,一夜不睡。次日早起,叫蔣和看着家裏,卻來到針子橋李克用家,把前項事情告訴了一遍。李克用道:"我生日之時,他登東,我撞將去,不期見了這妖怪,驚得我死去;

我又不敢與你說這話。既然如此，你且搬來我這裏住着，別作道理。"許宣作謝了李員外，依舊搬到他家。不覺住過兩月有餘。

忽一日立在門前，只見地方總甲分付排門人等，俱要香花燈燭，迎接朝廷恩赦。原來是宋高宗策立孝宗，降赦通行天下，只除人命大事，其餘小事，盡行赦放回家。許宣遇赦，歡喜不勝，吟詩一首，詩云：

> 感謝吾皇降赦文，網開三面許更新。
> 死時不作他邦鬼，生日還為舊土人。
> 不幸逢妖愁更甚，何期遇宥罪除根。
> 歸家滿把香焚起，拜謝乾坤再造恩。

許宣吟詩已畢，央李員外衙門上下打點使用了錢，見了大尹，給引[1]還鄉。拜謝東鄰西舍，李員外媽媽闔家大小，二位主管，俱拜別了。央幫閒的蔣和買些土物帶回杭州。

來到家中，見了姐夫姐姐，拜了四拜。李募事見了許宣，焦躁道："你好生欺負人！我兩遭寫書教你投托人，你在李員外家娶了老小，不直得寄封書來教我知道，直恁的無仁無義！"許宣說："我不曾娶妻小。"姐夫道："見今兩日前，有一個婦人帶着一個丫鬟，道是你的妻子。說你七月初七日去金山寺燒香，不見回來，那裏不尋到。直到如今，打聽得你回杭州，同丫鬟先到這裏等你兩日了。"教人叫出那婦人和丫鬟見了許宣。許宣看見，果是白娘子、青青。許宣見了，目睜口呆，吃了一驚，不在

---

1 引：路引，通行證。

姐夫姐姐面前說這話本，只得任他埋怨了一場。李募事教許宣共白娘子去一間房內去安身。許宣見晚了，怕這白娘子，心中慌了，不敢向前，朝着白娘子跪在地下道："不知你是何神何鬼，可饒我的性命！"白娘子道："小乙哥，是何道理？我和你許多時夫妻，又不曾虧負你，如何說這等沒力氣的話。"許宣道："自從和你相識之後，帶累我吃了兩場官司。我到鎮江府，你又來尋我。前日金山寺燒香，歸得遲了，你和青青又直趕來。見了禪師，便跳下江裏去了。我只道你死了，不想你又先到此。望乞可憐見，饒我則個！"白娘子圓睜怪眼道："小乙官，我也只是為好，誰想到成怨本！我與你平生夫婦，共枕同衾，許多恩愛，如今卻信別人閒言語，教我夫妻不睦。我如今實對你說，若聽我言語喜喜歡歡，萬事皆休；若生外心，教你滿城皆為血水，人人手攀洪浪，腳踏渾波，皆死於非命。"驚得許宣戰戰兢兢，半晌無言可答，不敢走近前去。青青勸道："官人，娘子愛你杭州人生得好，又喜你恩情深重。聽我說，與娘子和睦了，休要疑慮。"許宣吃兩個纏不過，叫道："卻是苦耶！"只見姐姐在天井裏乘涼，聽得叫苦，連忙來到房前，只道他兩個兒廝鬧，拖了許宣出來。白娘子關上房門自睡。

　　許宣把前因後事，一一對姐姐告訴了一遍。卻好姐夫乘涼歸房，姐姐道："他兩口兒廝鬧了，如今不知睡了也未，你且去張一張了來。"李募事走到房前看時，裏頭黑了，半亮不亮，將舌頭舐破紙窗。不張萬事皆休，一張時，見一條吊桶來大的蟒蛇，睡在床上，伸頭在天窗內乘涼，鱗甲內放出白光來，照得房內如同白日。吃了一驚，回身便走。來到房中，不說其事，道："睡了，不見則聲。"許宣躲在姐姐房中，不敢出頭，姐夫也不問他。過了一夜。

次日，李募事叫許宣出去，到僻靜處問道："你妻子從何娶來？實實的對我說，不要瞞我！自昨夜親眼看見他是一條大白蛇，我怕你姐姐害怕，不說出來。"許宣把從頭事，一一對姐夫說了一遍。李募事道："既是這等，白馬廟前一個呼蛇戴先生，如法捉得蛇，我同你去接他。"二人取路來到白馬廟前，只見戴先生正立在門口。二人道："先生拜揖。"先生道："有何見諭？"許宣道："家中有一條大蟒蛇，相煩一捉則個！"先生道："宅上何處？"許宣道："過軍將橋黑珠兒巷內李募事家便是。"取出一兩銀子道："先生收了銀子，待捉得蛇另又相謝。"先生收了道："二位先回，小子便來。"李募事與許宣自回。

那先生裝了一瓶雄黃藥水，一直來到黑珠兒巷門，問李募事家。人指道："前面那樓子內便是。"先生來到門前，揭起簾子，咳嗽一聲，並無一個人出來。敲了半晌門，只見一個小娘子出來問道："尋誰家？"先生道："此是李募事家麼？"小娘子道："便是。"先生道："說宅上有一條大蛇，卻才二位官人來請小子捉蛇。"小娘子道："我

心正自然邪不擾，身端怎有惡來欺

家那有大蛇？你差了。"先生道："官人先與我一兩銀子，說捉了蛇後，有重謝。"白娘子道："沒有，休信他們哄你。"先生道："如何作耍？"白娘子三回五次發落不去，焦躁起來，道："你真個會捉蛇？只怕你捉他不得！"戴先生道："我祖宗七八代呼蛇捉蛇，量道一條蛇有何難捉！"娘子道："你說捉得，只怕你見了要走！"先生道："不走，不走！如走，罰一錠白銀。"娘子道："隨我來。"到天井內，那娘子轉個彎，走進去了。那先生手中提着瓶兒，立在空地上，不多時，只見颳起一陣冷風，風過處，只見一條吊桶來大的蟒蛇，速射將來，正是：

人無害虎心，虎有傷人意。

且說那戴先生吃了一驚，望後便倒，雄黃罐兒也打破了。那條大蛇張開血紅大口，露出雪白齒，來咬先生。先生慌忙爬起來，只恨爹娘少生兩腳，一口氣跑過橋來，正撞着李募事與許宣。許宣道："如何？"那先生道："好教二位得知……"把前項事，從頭說了一遍，取出那一兩銀子付還李募事道："若不生這雙腳，連性命都沒了。二位自去照顧別人。"急急的去了。許宣道："姐夫，如今怎麼處？"李募事道："眼見實是妖怪了。如今赤山埠前張成家欠我一千貫錢，你去那裏靜處，討一間房兒住下。那怪物不見了你，自然去了。"許宣無計可奈，只得應承。同姐夫到家時，靜悄悄的沒些動靜。李募事寫了書帖，和票子做一封，教許宣往赤山埠去。

只見白娘子叫許宣到房中道："你好大膽，又叫甚麼捉蛇的來！你若和我好意，佛眼相看；若不好時，帶累一城百姓受苦，都死於非命！"許宣聽得，心寒膽戰，不敢則聲。將了票子，悶悶不已。來到赤山埠前，尋着了張成。隨即袖中取票時，不見了，只叫得苦。慌忙轉步，一路尋回來時，那裏見！正悶之間，來到淨慈寺前，忽地裏想起那金山寺長老法海禪師曾分付來："倘若那妖怪再來杭州纏你，可來淨慈寺內來尋我。" 如今不尋，更待何時？急入寺中，問監寺道："動問和尚，法海禪師曾來上剎也未？"那和尚道："不曾到來。"許宣聽得說不在，越悶，折身便回，來長橋塊下，自言自語道："時衰鬼弄人，我要性命何用？"看着一湖清水，卻待要跳！正是：

閻王判你三更到，定不容人到四更。

許宣正欲跳水，只聽得背後有人叫道："男子漢何故輕生？死了一萬口，只當五千雙，有事何不問我！"許宣回頭看時，正是法海禪師，背馱衣鉢，手提禪杖，原來真個才到。也是不該命盡，再遲一碗飯時，性命也休了。許宣見了禪師，納頭便拜，道："救弟子一命則個！"禪師道："這業畜在何處？"許宣把上項事一一訴了，道："如今又直到這裏，求尊師救度一命。"禪師於袖中取出一個鉢盂，遞與許宣道："你若到家，不可教婦人得知，悄悄的將此物劈頭一罩，切勿手輕，緊緊的按住，不可心慌。你便回去。"

且說許宣拜謝了禪師回家。只見白娘子正坐在那裏，口內喃喃的罵道："不知甚人挑撥我丈夫和我做冤家，打聽出來，和他理會！"正是有心等了沒心的，許宣張得他眼慢，背後悄悄的，望白娘子頭上一罩，用盡平生氣力納住。不見了女子之形，隨着缽盂慢慢的按下，不敢手鬆，緊緊的按住。只聽得缽盂內道：
"和你數載夫妻，好沒一些兒人情！略放一放！"許宣正沒了結
處，報導："有一個和尚，說道：'要收妖怪。'"許宣聽得，連
忙教李募事請禪師進來。來到裏面，許宣道："救弟子則個！"
不知禪師口裏唸的甚麼。唸畢，輕輕的揭起缽盂，只見白娘子縮
做七八寸長，如傀儡人像，雙眸緊閉，做一堆兒，伏在地下。禪
師喝道："是何業畜妖怪，怎敢纏人？可說備細！"白娘子答
道："禪師，我是一條大蟒蛇。因為風雨大作，來到西湖上安
身，同青青一處。不想遇着許宣，春心蕩漾，按納不住，一時冒
犯天條，卻不曾殺生害命。望禪師慈悲則個！"禪師又問："青
青是何怪？"白娘子道："青青是西湖內第三橋下潭內千年成氣
的青魚。一時遇着，拖他為伴。他不曾得一日歡娛，並望禪師憐
憫！"禪師道："念你千年修煉，免你一死，可現本相！"白娘
子不肯。禪師勃然大怒，口中念念有詞，大喝道："揭諦①何
在？快與我擒青魚怪來，和白蛇現形，聽吾發落！"須臾，庭前
起一陣狂風。風過處，只聞得豁剌一聲響，半空中墜下一個青
魚，有一丈多長，向地撥剌的連跳幾跳，縮做尺餘長一個小青
魚。看那白娘子時，也復了原形，變了三尺長一條白蛇，兀自昂
頭看着許宣。禪師將二物置於缽盂之內，扯下褊衫②一幅，封了
缽盂口。拿到雷峰寺前，將缽盂放在地下，令人搬磚運石，砌成
一塔。後來許宣化緣，砌成了七層寶塔，千年萬載，白蛇和青魚

---

1 揭諦：佛教的護法神。

2 褊衫：褊同偏，即袈裟，披在身上，偏袒右臂，故名。

不能出世。且說禪師押鎮了，留偈①四句：

西湖水乾，江潮不起。雷峰塔倒，白蛇出世。

法海禪師言偈畢，又題詩八句以勸後人：

奉勸世人休愛色，愛色之人被色迷。
心正自然邪不擾，身端怎有惡來欺？
但看許宣因愛色，帶累官司惹是非。
不是老僧來救護，白蛇吞了不留些。

法海禪師吟罷，各人自散。惟有許宣情願出家，禮拜禪師為師，就雷峰塔披剃為僧。修行數年，一夕坐化去了。眾僧買龕燒化，造一座骨塔，千年不朽。臨去世時，亦有詩八句，留以警世，詩曰：

祖師度我出紅塵，鐵樹開花始見春。
化化輪迴重化化，生生轉變再生生。
欲知有色還無色，須識無形卻有形。
色即是空空即色，空空色色要分明。

---

1 偈：佛經中的頌詞，通常以四句為一偈。

串講

　　南宋時，許宣在西湖畔偶遇寡婦白娘子，二人一見鍾情。白娘子拿出銀兩，欲許宣籌辦婚事。此銀乃官府失竊庫銀，許宣因此被流放到蘇州。白娘子尾隨而來，二人行了婚禮。許宣出觀廟會，白娘子讓他裝扮一新，所用又是贓物，被官差識破，許宣再次被流放到鎮江。白娘子追蹤而至，二人和好如初。許宣僱主李將仕垂涎白娘子美色，白娘子現出原形，原來是一條大白蛇。李將仕不敢聲張，卻有淨慈寺法海和尚出面警告許宣，白娘子逃逸。新皇帝即位，天下大赦，許宣返回杭州，白娘子已先在此等候。許宣恐怖已極，欲投水自盡，得法海援救，降伏白娘子及其丫鬟青魚怪，鎮之於雷峰塔下。許宣識得色空，出家修行。

評析

　　成語中有所謂"蛇蠍心腸"，多用來指狠毒婦人。而蛇精害人這一意象，從修辭變成形象化的故事，則可以《太平廣記》中所載唐代李黃傳說為代表。隴西士人李黃在長安夜遇白衣娘子，歡好三日，歸遂不起，"但覺被底身漸消盡，揭被而視，空注水而已，唯有頭存"。這個恐怖的蛇妖故事，在宋明兩代流傳更廣。宋代話本小說《西湖三塔記》，即寫奚宣贊遇烏鴉、獺、白蛇三怪，專掠人間男子，又兼喜新厭舊，新人甫至，舊人即被剜心下酒。三怪後為奚真人降伏，鎮於三個石塔之下。所謂奚宣贊，與本篇小說的許宣，以及後來的許仙，均可看出訛音演變的痕跡。而明代傳說，恐怖的成分亦十分濃厚，雷峰塔中的青魚白蛇之妖，居民聞之色變，據說嘉靖時倭寇入侵，因疑塔中有妖，還特意縱火焚塔。明末崇禎時大旱，西湖水乾，塔頂煙焰熏天，居民奔走相告："白蛇出矣！"互相驚懼，民間擾攘。

《白娘子永鎮雷峰塔》
產生在這樣的一個時代背
景，與今天我們已經耳熟
能詳的白蛇故事大有不
同，也就不難理解了。我
們今天所知的白蛇故事，
大致本於清人方培成的戲
曲《雷峰塔傳奇》和彈詞《義
妖傳》，白蛇報恩、斷橋相
會、盜仙草、水漫金山等
情節都增飾於此時，對白
蛇的同情和讚美成了壓倒
性傾向，法海則變成了好

清代木刻《盜仙草》

管閒事的惡頭陀，愛憎完全顛倒過來，成為可與梁山泊與祝英台這個
經典的中國愛情故事相媲美的民間傳說。

在明代尚妖氣有餘、人性未足的白娘子形象，何以到了清代就一
變而為有情有義、博人同情的"義妖"呢？應該說，《白娘子永鎮雷
峰塔》這篇小說在白蛇故事的演變過程中處於比較關鍵的環節。小說
的主旨不過是老生常談，所謂"色即是空，空即是色"，許宣為色所
誘，不僅兩次官司纏身，還被警告會"白蛇吞了不留些"。然而，小
說的客觀描寫，也在一定程度上留下了後人向他種維度發展白娘子形
象的空間。

白娘子與許宣的故事，開始於春雨紛紛的清明時節，發生在詩酒
風流的西子湖畔。在所有的愛情故事中，一見鍾情最不可思議，卻最
有力量。這一場邂逅，給雙方留下了深刻印象。許宣輾轉難眠，寤寐

思服，白娘子則以還船錢、借雨傘等藉口，主動接近意中情郎。在許宣拜訪之際，又主動提出婚姻大事，還要許宣"尋一個媒證"，這表明她是想以人的身份和他結婚，偕老百年。中國古代的小說和戲劇，戀愛故事往往速成速配，在男女沒有社交的時代，這就是最便利的方式。白娘子的方式則大異其趣，這個妖怪是真誠地希望把彼此的感情建立在世間法的基礎上。想想《西遊記》中的女妖，見了唐僧不是想捉回去吃肉，就是思想立刻成親，白娘子不可不謂妖精中的異類。

許宣兩次官司纏身都由白娘子偷盜官私財物而起，作者的本意，大概一是要借此暗示白娘子的妖怪身份，一是想說明"日逐盤纏，都是白娘子將出來用度"，在情節編撰上卻破綻百出，難愜人意。用官差的話來說："實是大膽漢子，把我們公人作等閒看成。見今頭上、身上、腳上，都是他家物件，公然出外，全無忌憚！"雖然白娘子好心辦壞事，愛夫變成害夫，幼稚得令人莫名其妙，然而，從杭州到蘇州，從蘇州到鎮江，又從鎮江到杭州，許宣足跡所到，風塵未掃，白娘子便追蹤而至。三次尋夫，委曲求全，還不過是因為："情意相投，做了夫妻，如今好端端難道走開了？"當然，白娘子的苦苦糾纏，小說本身將之理解為蛇性纏人，是一種恐怖的誘惑力量，也是一種氾濫的淫慾，使許宣欲罷不能。

老子所說的柔弱勝剛強，在古代小說中表現得十分明顯，這是一個有趣的現象，也說明這種故事的特殊魅力。"三言"諸多故事中的女子，都有不畏生死、穿山蹈海、不能與君絕的大氣概。《崔待詔生死冤家》中的秀秀能幹、潑辣，她主動強迫膽小的崔寧隨自己私奔，被抓獲後敢於承擔責任，死而為鬼也要拉住崔寧同往地府。《鬧樊樓多情周勝仙》中的周勝仙傾慕范二郎，主動自媒"我是不曾嫁的女兒"，面臨父母擇婿另嫁的壓力，寧死不從。死而復生，第一念就是

《醒世恆言》卷十四《鬧樊樓多情周勝仙》插圖

尋找二郎。與這些可敬女子敢愛敢恨性格形成鮮明對比的，往往就是男子漢的平庸和軟弱。只須看許宣兩次未待官府動刑，就首先供出白娘子來。從來都是癡情女子負心漢，令人浩歎。

　　許宣與白娘子的愛情婚姻生活質量，小說沒有正面描寫。倒是小青對許宣說過："娘子愛你杭州人生得好，又喜你恩情深重。"夫妻間的感情，想必是卿卿我我，濃情蜜意。加之白娘子"十分容貌，溫柔和氣，本分老成"，有弄銀子的本事，許宣從打工到自做藥舖老闆，日子過得欣欣向榮。民間所謂的"幫夫運"，許宣是撞着了頭彩。然而，白娘子與許宣能否繼續他們的幸福生活，其實又是懸在許宣一人身上。許宣與同事飲酒微醉，怕衝撞了人，順着屋簷往家走，這是他性格中的善良和氣，還有謹小慎微。在家庭生活中，許宣更像是被寵愛呵護着的大孩子，連出門遊玩都忘不了請示夫人。小說寫夫妻二人鎮江重逢："許宣被白娘子一騙，回嗔作喜，沉吟了半晌，被色迷了心膽，留連之意，不回下處，就在白娘子樓上歇了。"夫妻和睦固然欣慰，卻也清楚說明許宣耳根子軟，風略吹草便偃，處事毫無主見的氣質。成也蕭何，敗也蕭何，白娘子被鎮雷峰塔的悲慘結局，在這個故事裏，法海的作用遠不及許宣大。許宣永遠搖擺在對白娘子的愛與怕、恩與仇之間，終是恐懼壓倒了眷戀，可氣的不是"真僧"法海好管閒事，令人絕望的倒是許宣絕情絕義，甚至恩將仇報。

白娘子乃蛇妖，卻是令人敬佩的蛇妖。我們看年過半百的李將仕，被他嚇得半死，禁不住拍手稱快。再看呼蛇戴先生不自量力，雄赳赳氣昂昂地來捉蛇，直笑到肚痛。到了不留神被許宣按入缽盂中，起初亦不肯現出原形。為甚麼？一個如花似玉的美婦人，怎肯以醜怪面目暴露於愛人前？後來法海施法，白娘子復了原形，"變了三尺長一條白蛇，兀自昂頭看着許宣"，這樣執着的感情，這樣死心塌地、沒有甚麼理由的喜歡，沒有甚麼條件的喜歡，竟給了這樣一個沒有情義的呆漢子，其間的慘烈，多麼令人不忍。白娘子毫無過失，誠然，她恐嚇過許仙："若生外心，教你滿城皆為血水，人人手攀洪浪，腳踏渾波，皆死於非命。"實際上卻不曾傷生害命。法海說"吞了不留些"，實在是惡意誹謗。而白娘子在自身難保之際，還忘不了替與她相伴的青青告饒，因為"他不曾得一日歡娛"。這樣良善的女子，與其說她是妖氣，還不如說許宣和法海沒有人氣。

1924年9月，破破爛爛地掩映在湖光山色之間的西湖雷峰塔，終於倒坍了。一個月後，魯迅先生做了一篇解氣的文章《論雷峰塔的倒掉》，說："試到吳越的山間海濱，探聽民意去。凡有田夫野老，蠶婦村氓，除了幾個腦髓裏有點貴恙的之外，可有誰不為白娘娘抱不平，不怪法海太多事的？和尚本該只管自己唸經，白蛇自迷許仙，許仙自娶妖怪，和別人有甚麼相干呢？他偏要放下經卷，橫來招是搬非，大約是懷着嫉妒罷，——那簡直是一定的。"民間所說的："寧拆一座廟，不拆一門親。"傳說中的法海，最後終於躲到蟹殼之中，真真是活該。

白娘子在明代故事中的遭遇，還有一句話，只因她是妖不是人。她說："小乙官，我也只是為好，誰想到成怨本！我與你平生夫婦，共枕同衾許多恩愛，如今卻信別人閒言語，教我夫妻不睦。"她到最後都沒明白在那個時代，人妖之間的界限鴻溝，就算是真心真情也不能填平。《白娘子永鎮雷峰塔》改編自古老傳說，不自覺地沿襲了尤物媚人、妖魅惑心的思想。然而，傳統中"只羨鴛鴦不羨仙"的胸襟，也豎立了另一種信念：天地人神，唯人為大，人間諸慾，唯愛為大。連神仙都羨慕人間鴛鴦，也不難理解為何妖怪對滾滾紅塵動情了。到了清代，我們就可以看到《聊齋志異》的種種花妖狐魅，一個個前赴後繼涉足人間，要品嘗那人間歡娛。這樣的描寫，也顯示了我們這個民族的性格，即是對人世間的生活、對生而為人逐漸充滿了自信，對善良、對真愛逐漸有了一種沒有界限的豁達的理解力。

杜十娘怒沉百寶箱①

掃蕩殘胡立帝畿，龍翔鳳舞勢崔嵬。

左環滄海天一帶，右擁太行山萬圍。

戈戟九邊雄絕塞，衣冠萬國仰垂衣。

太平人樂華胥世，永永金甌共日輝。

這首詩，單誇我朝燕京建都之盛。說起燕都的形勢，北倚雄關，南壓區夏，真乃金城天府，萬年不拔之基。當先洪武爺掃蕩胡塵，定鼎金陵，是為南京。到永樂爺從北平起兵靖難[2]，遷於燕都，是為北京。只因這一遷，把個苦寒地面變作花錦世界。自永樂爺九傳至於萬曆爺，此乃我朝第十一代的天子。這位天子，聰明神武，德福兼全，十歲登基，在位四十八年，削平了三處寇亂。那三處？日本關白平秀吉，西夏哱承恩，播州楊應龍。[3]平秀吉侵犯朝鮮，哱承恩、楊應龍是土官[4]謀叛，先後削平。遠夷莫不畏服，爭來朝貢。真個是：

一人有慶民安樂，四海無虞國太平。

1 本篇選自《警世通言》第三十二卷。

2 靖難：永樂皇帝為明成祖朱棣，朱元璋的第四個兒子，初封燕王，鎮守北平。建文元年（1399）以"靖難"為名義，四年後起兵攻破南京，從侄子建文皇帝朱允炆手中奪得帝位，改年號為永樂。

3 關白平秀吉：關白為職官，相當於宰相。平秀吉，又叫豐臣秀吉，萬曆時他發兵侵犯朝鮮，被明朝援兵擊敗。西夏哱承恩：寧夏副總兵，萬曆二十年（1592）叛亂，震動全陝，歷時五個月。播州楊應龍：四川播州（今貴州遵義）宣慰使，萬曆二十五年（1597）叛亂，三年後被貴州總兵李化龍平定。這三次戰役，歷史上稱萬曆三大征。

4 土官：也稱土司，元、明、清時設立，以少數民族充任地區首領的世襲官職。

話中單表萬曆二十年間，日本國關白作亂，侵犯朝鮮。朝鮮國王上表告急，天朝發兵，泛海往救。有戶部官奏准：目今兵興之際，糧餉未充，暫開納粟入監之例。原來納粟入監的，有幾般便宜：好讀書，好科舉，好中，結末來又有個小小前程結果。以此宦家公子、富室子弟，到不願做秀才，都去援例做太學生。自開了這例，兩京①太學生各添至千人之外。內中有一人，姓李名甲，字干先，浙江紹興府人氏。父親李佈政所生三兒，惟甲居長，自幼讀書在庠，未得登科，援例入於北雍②。因在京坐監，與同鄉柳遇春監生同遊教坊司③院內，與一個名姬相遇。那名姬姓杜名媺，排行第十，院中都稱為杜十娘，生得：

　　　　渾身雅豔，遍體嬌香，兩彎眉畫遠山青，一對眼明秋水潤。臉如蓮萼，分明卓氏文君；唇似櫻桃，何減白家樊素④。可憐一片無瑕玉，誤落風塵花柳中。

　　那杜十娘自十三歲破瓜⑤，今一十九歲，七年之內，不知歷過了多少公子王孫。一個個情迷意蕩，破家蕩產而不惜。院中傳出四句口號來，道是：

1　兩京：北京和南京，明代南京稱“留都”。

2　北雍：古稱太學為“雍”，北雍即北京的國子監。

3　教坊司：古代的音樂歌舞機關。盛唐時教坊主歌舞，梨園主樂。後泛指妓院。

4　白家樊素：唐白居易詩有“櫻桃樊素口，楊柳小蠻腰”之句，樊素、小蠻都是白的姬妾。

5　破瓜：破身。“瓜”可分解為二、八兩字，故詩文中習慣稱女子十六歲為破瓜之年。

坐中若有杜十娘，斗筲①之量飲千觴。

院中若識杜老媺，千家粉面都如鬼。

　　卻說李公子風流年少，未逢美色，自遇了杜十娘，喜出望
外，把花柳情懷，一擔兒挑在他身上。那公子俊俏龐兒，溫存性
兒，又是撒漫的手兒，幫襯的勤兒，與十娘一雙兩好，情投意
合。十娘因見鴇兒貪財無義，久有從良之志，又見李公子忠厚志
誠，甚有心向他。奈李公子懼怕老爺，不敢應承。雖則如此，兩
下情好愈密，朝歡暮樂，終日相守，如夫婦一般。海誓山盟，各
無他志。真個：

　　　恩深似海恩無底，義重如山義更高。

　　再說杜媽媽，女兒被李公子佔住，別的富家巨室，聞名上
門，求一見而不可得。初時李公子撒漫用錢，大差大使，媽媽脅
肩諂笑，奉承不暇。日往月來，不覺一年有餘，李公子囊篋漸漸
空虛，手不應心，媽媽也就怠慢了。老佈政在家聞知兒子嫖院，
幾遍寫字來喚他回去。他迷戀十娘顏色，終日延捱。後來聞知老
爺在家發怒，越不敢回。古人云："以利相交者，利盡而疏。"
那杜十娘與李公子真情相好，見他手頭愈短，心頭愈熱。媽媽也
幾遍教女兒打發李甲出院，見女兒不統口，又幾遍將言語觸突李
公子，要激怒他起身。公子性本溫克，詞氣愈和。媽媽沒奈何，

---

1 斗筲：斗和筲都是很小的容器，比喻淺才短。

日逐只將十娘叱罵道："我們行戶①人家，吃客穿客，前門送舊，後門迎新，門庭鬧如火，錢帛堆成垛。自從那李甲在此，混帳一年有餘，莫說新客，連舊主顧都斷了。分明接了個鍾馗②老，連小鬼也沒得上門，弄得老娘一家人家，有氣無煙，成甚麼模樣！"

杜十娘被罵，耐性不住，便回答道："那李公子不是空手上門的，也曾費過大錢來。"媽媽道："彼一時，此一時，你只教他今日費些小錢兒，把與老娘辦些柴米，養你兩口也好。別人家養的女兒便是搖錢樹，千生萬活。偏我家晦氣，養了個退財白虎③！開了大門七件事，般般都在老身心上。到替你這小賤人白白養着窮漢，教我衣食從何處來？你對那窮漢說，有本事出幾兩銀子與我，到得你跟了他去，我別討個丫頭過活卻不好？"十娘道："媽媽，這話是真是假？"媽媽曉得李甲囊無一錢，衣衫都典盡了，料他沒處設法，便應道："老娘從不說謊，當真哩。"十娘道："娘，你要他許多銀子？"媽媽道："若是別人，千把銀子也討了。可憐那窮漢出不起，只要他三百兩，我自去討一個粉頭代替。只一件，須是三日內交付與我，左手交銀，右手交人。若三日沒有銀時，老身也不管三七二十一，公子不公子，一

---

1 行戶：妓院的隱語。

2 鍾馗：傳說中專門捉鬼的鬼王。傳說鍾馗乃唐時進士，考中狀元，不料皇帝嫌其面目醜陋，將他趕出宮廷，鍾馗當場觸殿階身亡。唐明皇因小鬼作祟，重病不癒，後來夢見一個頭頂破帽子的大鬼，自稱鍾馗，一下子捉住小鬼吃掉了。明皇霍然痊癒，召大畫家吳道子繪影圖形，懸於門楣，以鎮妖驅邪，鍾馗便成為頭號打鬼門神。

3 退財白虎：白虎是凶神，退財白虎就是指消耗錢財的凶神。

料得窮儒囊底竭，故將財禮難嬌娘

頓孤拐①，打那光棍出去。那時莫怪老身！"十娘道："公子雖
在客邊乏鈔，諒三百金還措辦得來。只是三日忒近，限他十日便
好。"媽媽想道："這窮漢一雙赤手，便限他一百日，他那裏來
銀子？沒有銀子，便鐵皮包臉，料也無顏上門。那時重整家風，
嬤兒也沒得話講。"答應道："看你面，便寬到十日。第十日沒
有銀子，不干老娘之事。"十娘道："若十日內無銀，他也無
顏再見了。只怕有了三百兩銀子，媽媽又翻悔起來。"媽媽道：
"老身年五十一歲了，又奉十齋②，怎敢說謊？不信時與你拍掌為
定。若翻悔時，做豬做狗！"

---

1 孤拐：腳踝骨。

2 十齋：佛教信徒每月有十天持齋素食，並禁止殺生。

從來海水斗難量，可笑虔婆意不良。

料定窮儒囊底竭，故將財禮難嬌娘。

　　是夜，十娘與公子在枕邊，議及終身之事。公子道：“我非無此心。但教坊落籍①，其費甚多，非千金不可。我囊空如洗，如之奈何！”十娘道：“妾已與媽媽議定只要三百金，但須十日內措辦。郎君游資雖罄，然都中豈無親友可以借貸？倘得如數，妾身遂為君之所有，省受虔婆之氣。”公子道：“親友中為我留戀行院②，都不相顧。明日只做束裝起身，各家告辭，就開口假貸路費，湊聚將來，或可滿得此數。”起身梳洗，別了十娘出門。十娘道：“用心作速，專聽佳音。”公子道：“不須分付。”

　　公子出了院門，來到三親四友處，假說起身告別，眾人到也歡喜。後來敘到路費欠缺，意欲借貸。常言道：“說着錢，便無緣。”親友們就不招架。他們也見得是，道李公子是風流浪子，迷戀煙花，年許不歸，父親都為他氣壞在家。他今日抖然要回，未知真假，倘或說騙盤纏到手，又去還脂粉錢，父親知道，將好意翻成惡意，始終只是一怪，不如辭了乾淨。便回道：“目今正值空乏，不能相濟，慚愧，慚愧！”人人如此，個個皆然，並沒有個慷慨丈夫，肯統口許他一十二十兩。李公子一連奔走了三日，分毫無獲，又不敢回決十娘，權且含糊答應。到第四日又沒想頭，就羞回院中。平日間有了杜家，連下處也沒有了，今日就無處投宿，只得往同鄉柳監生寓所借歇。

---

1 落籍：從教坊的簿籍中除名。明時妓女編為樂籍，從良後除名。

2 行院：這裏指妓院，亦可用以指妓女。

柳遇春見公子愁容可掬，問其來歷。公子將杜十娘願嫁之情，備細說了。遇春搖首道：“未必，未必。那杜媺曲中①第一名姬，要從良時，怕沒有十斛明珠，千金聘禮。那鴇兒如何只要三百兩？想鴇兒怪你無錢使用，白白佔住他的女兒，設計打發你出門。那婦人與你相處已久，又礙卻面皮，不好明言。明知你手內空虛，故意將三百兩賣個人情，限你十日；若十日沒有，你也不好上門。便上門時，他會說你笑你，落得一場褻瀆，自然安身不牢，此乃煙花逐客之計。足下三思，休被其惑。據弟愚意，不如早早開交為上。”公子聽說，半晌無言，心中疑惑不定。遇春又道：“足下莫要錯了主意。你若真個還鄉，不多幾兩盤費，還有人搭救；若是要三百兩時，莫說十日，就是十個月也難。如今的世情，那肯顧緩急二字的！那煙花也算定你沒處告債，故意設法難你。”公子道：“仁兄所見良是。”口裏雖如此說，心中割捨不下。依舊又往外邊東央西告，只是夜裏不進院門了。

　　公子在柳監生寓中，一連住了三日，共是六日了。杜十娘連日不見公子進院，十分着緊，就教小廝四兒街上去尋。四兒尋到大街，恰好遇見公子。四兒叫道：“李姐夫，娘在家裏望你。”公子自覺無顏，回復道：“今日不得功夫，明日來罷。”四兒奉了十娘之命，一把扯住，死也不放，道：“娘叫咱尋你，是必同去走一遭。”李公子心上也牽掛着表子，沒奈何，只得隨四兒進院，見了十娘，嘿嘿無言。十娘問道：“所謀之事如何？”公子眼中流下淚來。十娘道：“莫非人情淡薄，不能足三百之數麼？”公子含淚而言，道出二句：“不信上山擒虎易，果然開口

――――――――――――――

1 曲中：唐宋時妓女居住的地方稱坊曲。

告人難。一連奔走六日，並無銖兩，一雙空手，羞見芳卿，故此這幾日不敢進院。今日承命呼喚，忍恥而來。非某不用心，實是世情如此。"十娘道："此言休使虔婆知道。郎君今夜且住，妾別有商議。"十娘自備酒餚，與公子歡飲。

睡至半夜，十娘對公子道："郎君果不能辦一錢耶？妾終身之事，當如何也？"公子只是流涕，不能答一語。漸漸五更天曉。十娘道："妾所臥絮褥內藏有碎銀一百五十兩，此妾私蓄，郎君可持去。三百金，妾任其半，郎君亦謀其半，庶易為力。限只四日，萬勿遲誤！"十娘起身將褥付公子，公子驚喜過望。喚童兒持褥而去。

徑到柳遇春寓中，又把夜來之情與遇春說了。將褥拆開看時，絮中都裹着零碎銀子，取出兌時果是一百五十兩。遇春大驚道："此婦真有心人也。既係真情，不可相負，吾當代為足下謀之。"公子道："倘得玉成，決不有負。"當下柳遇春留李公子在寓，自出頭各處去借貸。兩日之內，湊足一百五十兩，交付公子道："吾代為足下告債，非為足下，實憐杜十娘之情也。"

李甲拿了三百兩銀子，喜從天降，笑顏逐開，欣欣然來見十娘，剛是第九日，還不足十。十娘問道："前日分毫難借，今日如何就有一百五十兩？"公子將柳監生事情，又述了一遍。十娘以手加額道："使吾二人得遂其願者，柳君之力也！"兩個歡天喜地，又在院中過了一晚。

次日十娘早起，對李甲道："此銀一交，便當隨郎君去矣。舟車之類，合當預備。妾昨日於姊妹中借得白銀二十兩，郎君可收下為行資也。"公子正愁路費無出，但不敢開口，得銀甚喜。說猶未了，鴇兒恰來敲門叫道："嫩兒，今日是第十日了。"公子聞叫，啟門相延道：「承媽媽厚意，正欲相請。」便將銀三百兩放在桌上。鴇兒不料公子有銀，嘿然變色，似有悔意。十娘道：「兒在媽媽家中八年，所致金帛，不下數千金矣。今日從良美事，又媽媽親口所訂，三百金不欠分毫，又不曾過期。倘若媽媽失信不許，郎君持銀去，兒即刻自盡。恐那時人財兩失，悔之無及也。」鴇兒無詞以對。腹內籌畫了半晌，只得取天平兌準了銀子，說道：「事已如此，料留你不住了。只是你要去時，即今就去。平時穿戴衣飾之類，毫釐休想！」說罷，將公子和十娘推出房門，討鎖來就落了鎖。此時九月天氣。十娘才下床，尚未梳洗，隨身舊衣，就拜了媽媽兩拜。李公子也作了一揖。一夫一婦，離了虔婆大門：

　　　　鯉魚脫卻金鉤去，擺尾搖頭再不來。

　　公子教十娘且住片時：「我去喚個小轎抬你，權往柳榮卿寓所去，再作道理。」十娘道：「院中諸姊妹平昔相厚，理宜話別。況前日又承他借貸路費，不可不一謝也。」乃同公子到各姊妹處謝別。姊妹中惟謝月朗、徐素素與杜家相近，尤與十娘親厚。十娘先到謝月朗家。月朗見十娘禿鬢舊衫，驚問其故。十娘備述來因，又引李甲相見。十娘指月朗道：「前日路資，是此位姐姐所貸，郎君可致謝。」李甲連連作揖。月朗便教十娘梳洗，一面去請徐素素來家相會。十娘梳洗已畢，謝、徐二美人各出所有，翠鈿金釧，瑤簪寶珥，錦袖花裙，鸞帶繡履，把杜十娘裝扮得煥然一新，備酒作慶賀筵席。月朗讓臥房與李甲、杜媺二人過宿。次日，又大排筵席，遍請院中姊妹。凡十娘相厚者，無不畢集，都與他夫婦把盞稱喜。吹彈歌舞，各逞其長，務要盡歡，直飲至夜分。十娘向眾姊妹一一稱謝。眾姊妹道："十姊為風流領袖，今從郎君去，我等相見無日。何日長行，姊妹們尚當奉送。"月朗道："候有定期，小妹當來相報。但阿姊千里間關，同郎君遠去，囊篋蕭條，曾無約束，此乃吾等之事。當相與共謀之，勿令姊有窮途之慮也。"眾姊妹各唯唯而散。

是晚，公子和十娘仍宿謝家。至五鼓，十娘對公子道："吾等此去，何處安身？郎君亦曾計議有定着否？"公子道："老父盛怒之下，若知娶妓而歸，必然加以不堪，反致相累。輾轉尋思，尚未有萬全之策。"十娘道："父子天性，豈能終絕？既然倉卒難犯，不若與郎君於蘇、杭勝地，權作浮居①。郎君先回，求親友於尊大人面前勸解和順，然後攜妾于歸②，彼此安妥。"公子道："此言甚當。"

次日，二人起身辭了謝月朗，暫往柳監生寓中，整頓行裝。杜十娘見了柳遇春，倒身下拜，謝其周全之德："異日我夫婦必當重報。"遇春慌忙答禮道："十娘鍾情所歡，不以貧窶易心，此乃女中豪傑。僕因風吹火，諒區區何足掛齒！"三人又飲了一日酒。

次早，擇了出行吉日，倩③轎馬停當。十娘又遣童兒寄信，別謝月朗。臨行之際，只見肩輿紛紛而至，乃謝月朗與徐素素拉眾姊妹來送行。月朗道："十姊從郎君千里間關，囊中消

---

1 浮居：居所流動不定。

2 于歸：女子出嫁稱"于歸"，語出《詩經·周南·桃夭》："桃之夭夭，灼灼其華。之子于歸，宜其室家。"

3 倩：請。

索，吾等甚不能忘情。今合具薄贐①，十姊可檢收，或長途空乏，亦可少助。"說罷，命從人挈一描金文具至前，封鎖甚固，正不知甚麼東西在裏面。十娘也不開看，也不推辭，但殷勤作謝而已。須臾，輿馬齊集，僕夫催促起身。柳監生三杯別酒，和眾美人送出崇文門外，各各垂淚而別。正是：

　　　　他日重逢難預必，此時分手最堪憐。

　　再說李公子同杜十娘行至潞河，舍陸從舟。卻好有瓜州差使船②轉回之便，講定船錢，包了艙口。比及下船時，李公子囊中並無分文餘剩。你道杜十娘把二十兩銀子與公子，如何就沒了？公子在院中嫖得衣衫藍縷，銀子到手，未免在解庫③中取贖幾件穿着，又制辦了鋪蓋，剩來只勾轎馬之費。公子正當愁悶，十娘道："郎君勿憂，眾姊妹合贈，必有所濟。"及取鑰開箱。公子在傍自覺慚愧，也不敢窺覷箱中虛實。只見十娘在箱裏取出一個紅絹袋來，擲於桌上道："郎君可開看之。"公子提在手中，覺得沉重，啟而觀之，皆是白銀，計數整五十兩。十娘仍將箱子下鎖，亦不言箱中更有何物。但對公子道："承眾姊妹高情，不惟途路不乏，即他日浮寓吳、越間，亦可稍佐吾夫妻山水之費矣。"公子且驚且喜道："若不遇恩卿，我李甲流落他鄉，死無葬身之地矣。此情此德，白頭不敢忘也！"自此每談及往事，公

---

1 贐：臨別時贈送的財物。

2 差使船：為官府運送漕糧的船隻。

3 解庫：典當庫。

子必感激流涕，十娘亦曲意撫慰。一路無話。

不一日，行至瓜州，大船停泊岸口，公子別僱了民船，安放行李。約明日侵晨，剪江而渡。其時仲冬中旬，月明如水，公子和十娘坐於舟首。公子道：“自出都門，困守一艙之中，四顧有人，未得暢語。今日獨據一舟，更無避忌。且已離塞北，初近江南，宜開懷暢飲，以舒向來抑鬱之氣。恩卿以為何如？”十娘道：“妾久疏談笑，亦有此心，郎君言及，足見同志耳。”公子乃攜酒具於船首，與十娘鋪氈並坐，傳杯交盞。飲至半酣，公子執卮對十娘道：“恩卿妙音，六院^①推首。某相遇之初，每聞絕調，輒不禁神魂之飛動。心事多違，彼此鬱鬱，鸞鳴鳳奏，久矣不聞。今清江明月，深夜無人，肯為我一歌否？”十娘興亦勃發，遂開喉頓嗓，取扇按拍，嗚嗚咽咽，歌出元人施君美《拜月亭》雜劇上“狀元執盞與嬋娟”一曲，名《小桃紅》。真個：

聲飛霄漢雲皆駐，響入深泉魚出游。

卻說他舟有一少年，姓孫名富，字善賚，徽州新安人氏。家資巨萬，積祖揚州種鹽^②。年方二十，也是南雍^③中朋友。生性風流，慣向青樓買笑，紅粉追歡，若嘲風弄月，到是個輕薄的頭兒。事有偶然，其夜亦泊舟瓜州渡口，獨酌無聊，忽聽得歌聲嘹亮，鳳吟鸞吹，不足喻其美。起立船頭，佇聽半晌，方知聲出鄰

---

1 六院：明初南京妓院著名者有來賓、重譯、輕煙、淡粉、梅妍、柳翠六院，後以六院代指妓院。

2 種鹽：做鹽商。

3 南雍：設在南京的國子監。

舟。正欲相訪，音響倏已寂然，乃遣僕者潛窺蹤跡，訪於舟人。但曉得是李相公僱的船，並不知歌者來歷。孫富想道：“此歌者必非良家，怎生得他一見？”展轉尋思，通宵不寐。捱至五更，忽聞江風大作。及曉，彤雲密佈，狂雪飛舞。怎見得，有詩為證：

> 千山雲樹滅，萬徑人蹤絕。
> 扁舟蓑笠翁，獨釣寒江雪。

因這風雪阻渡，舟不得開。孫富命艄公移船，泊於李家舟之傍。孫富貂帽狐裘，推窗假作看雪。值十娘梳洗方畢，纖纖玉手揭起舟傍短簾，自潑盂中殘水。粉容微露，卻被孫富窺見了，果是國色天香，魂搖心蕩。迎眸注目，等候再見一面，杳不可得。沉思久之，乃倚窗高吟高學士①《梅花詩》二句，道：

> 雪滿山中高士臥，月明林下美人來。

李甲聽得鄰舟吟詩，舒頭出艙，看是何人。只因這一看，正中了孫富之計。孫富吟詩，正要引李公子出頭，他好乘機攀話。當下慌忙舉手，就問：“老兄尊姓何諱？”李公子敘了姓名鄉貫，少不得也問那孫富。孫富也敘過了。又敘了些太學中的閒話，漸漸親熟。孫富便道：“風雪阻舟，乃天遣與尊兄相會，實小弟之幸也。舟次無聊，欲同尊兄上岸，就酒肆中一酌，少領清

---

1 高學士：明初人高啟，字季迪，號青丘子，官翰林院編修。

誨，萬望不拒。”公子道：“萍水相逢，何當厚擾？”孫富道：“說那裏話！四海之內，皆兄弟也。”喝教艄公打跳[1]，童兒張傘，迎接公子過船，就於船頭作揖。然後讓公子先行，自己隨後，各各登跳上涯。

行不數步，就有個酒樓。二人上樓，揀一副潔淨座頭，靠窗而坐。酒保列上酒餚。孫富舉杯相勸，二人賞雪飲酒。先說些斯文中套話，漸漸引入花柳之事。二人都是過來之人，志同道合，說得入港，一發成相知了。孫富屏去左右，低低問道：“昨夜尊舟清歌者，何人也？”李甲正要賣弄在行，遂實說道：“此乃北京名姬杜十娘也。”孫富道：“既係曲中姊妹，何以歸兄？”公子遂將初遇杜十娘，如何相好，後來如何要嫁，如何借銀討他，始末根由，備細述了一遍。孫富道：“兄攜麗人而歸，固是快事，但不知尊府中能相容否？”公子道：“賤室不足慮，所慮者老父性嚴，尚費躊躇耳！”孫富將機就機，便問道：“既是尊大人未必相容，兄所攜麗人，何處安頓？亦曾通知麗人，共作計較否？”公子攢眉而答道：“此事曾與小妾議之。”孫富欣然問道：“尊寵必有妙策。”公子道：“他意欲僑居蘇杭，流連山水。使小弟先回，求親友宛轉於家君之前，俟家君回嗔作喜，然後圖歸。高明以為何如？”孫富沉吟半晌，故作愀然之色，道：“小弟乍會之間，交淺言深，誠恐見怪。”公子道：“正賴高明指教，何必謙遜？”孫富道：“尊大人位居方面[2]，必嚴帷薄之嫌，平時

---

1 打跳：船上引渡客人上岸的長木板叫跳板，打跳就是架起跳板。

2 位居方面：古代封疆大吏，獨當一面，稱為方面官。李甲父親為佈政使，理一省之民政、財政，故稱之。

既怪兄遊非禮之地，今日豈容兄娶不節之人？況且賢親貴友，誰不迎合尊大人之意者？兄枉去求他，必然相拒。就有個不識時務的進言於尊大人之前，見尊大人意思不允，他就轉口了。兄進不能和睦家庭，退無詞以回覆尊寵。即使留連山水，亦非長久之計。萬一資斧困竭，豈不進退兩難！」

公子自知手中只有五十金，此時費去大半，說到資斧困竭，進退兩難，不覺點頭道是。孫富又道：「小弟還有句心腹之談，兄肯俯聽否？」公子道：「承兄過愛，更求盡言。」孫富道：「疏不間親，還是莫說罷。」公子道：「但說何妨！」孫富道：「自古道：『婦人水性無常。』況煙花之輩，少真多假。他既係六院名姝，相識定滿天下；或者南邊原有舊約，借兄之力，挈帶而來，以為他適之地。」公子道：「這個恐未必然。」孫富道：「即不然，江南子弟，最工輕薄。兄留麗人獨居，難保無逾牆鑽穴之事。若挈之同歸，愈增尊大人之怒。為兄之計，未有善策。況父子天倫，必不可絕。若為妾而觸父，因妓而棄家，海內必以兄為浮浪不經之人。異日妻不以為夫，弟不以為兄，同袍不以為友，兄何以立於天地之間？兄今日不可不熟思也！」

公子聞言，茫然自失，移席問計：「據高明之見，何以教我？」孫富道：「僕有一計，於兄甚便。只恐兄溺枕席之愛，未必能行，使僕空費詞說耳！」公子道：「兄誠有良策，使弟再睹家園之樂，乃弟之恩人也。又何憚而不言耶？」孫富道：「兄飄零歲餘，嚴親懷怒，閨閣離心。設身以處兄之地，誠寢食不安之時也。然尊大人所以怒者，不過為迷花戀柳，揮金如土，異日必為棄家蕩產之人，不堪承繼家業耳！兄今日空手而歸，正觸其怒。兄倘能割衽席之愛，見機而作，僕願以千金相贈。兄得千金以報尊大人，只說在京授館[1]，並不曾浪費分毫，尊大人必然相信。從此家庭和睦，當無間言。須臾之間，轉禍為福。兄請三思，僕非貪麗人之色，實為兄效忠於萬一也！"李甲原是沒主意的人，本心懼怕老子，被孫富一席話，說透胸中之疑，起身作揖道："聞兄大教，頓開茅塞。但小妾千里相從，義難頓絕，容歸與商之。得妾心肯，當奉複耳。"孫富道："說話之間，宜放婉曲。彼既忠心為兄，必不忍使兄父子分離，定然玉成兄還鄉之事矣。"二人飲了一回酒，風停雪止，天色已晚。孫富教家僮算還了酒錢，與公子攜手下船。正是：

> 逢人且說三分話，未可全拋一片心。

卻說杜十娘在舟中，擺設酒果，欲與公子小酌，竟日未回，挑燈以待。公子下船，十娘起迎。見公子顏色匆匆，似有不樂之意，乃滿斟熱酒勸之。公子搖首不飲，一言不發，竟自床上睡了。十娘心中不悅，乃收拾杯盤為公子解衣就枕，問道："今日有何見聞，而懷抱鬱鬱如此？"公子歎息而已，終不啟口。問了三四次，公子已睡去了。十娘委決不下，坐於床頭而不能寐。到夜半，公子醒來，又歎一口氣。十娘道："郎君有何難言之事，頻頻歎息？"公子擁被而起，欲言不語者幾次，撲簌簌掉下淚來。十娘抱持公子於懷間，軟言撫慰道："妾與郎君情好，已及二載，千辛萬苦，歷盡艱難，得有今日。然相從數千里，未曾哀戚。今將渡江，方圖百年歡笑，如何反起悲傷？必有其故。夫婦

---

1 授館：做家庭教師。

之間，死生相共，有事盡可商量，萬勿諱也。」

公子再四被逼不過，只得含淚而言道：「僕天涯窮困，蒙恩卿不棄，委曲相從，誠乃莫大之德也。但反復思之，老父位居方面，拘於禮法，況素性方嚴，恐添嗔怒，必加黜逐。你我流蕩，將何底止？夫婦之歡難保，父子之倫又絕。日間蒙新安孫友邀飲，為我籌及此事，寸心如割！」十娘大驚道：「郎君意將如何？」公子道：「僕事內之人，當局而迷。孫友為我畫一計頗善，但恐恩卿不從耳！」十娘道：「孫友者何人？計如果善，何不可從？」公子道：「孫友名富，新安鹽商，少年風流之士也。夜間聞子清歌，因而問及。僕告以來歷，並談及難歸之故，渠①意欲以千金聘汝。我得千金，可藉口以見吾父母，而恩卿亦得所耳。但情不能捨，是以悲泣。」說罷，淚如雨下。

十娘放開兩手，冷笑一聲道：「為郎君畫此計者，此人乃大英雄也！郎君千金之資既得恢復，而妾歸他姓，又不致為行李之累，發乎情，止乎禮，誠兩便之策也。那千金在那裏？」公子收淚道：「未得恩卿之諾，金尚留彼處，未曾過手。」十娘道：「明早快快應承了他，不可挫過機會。但千金重事，須得兌足交付郎君之手，妾始過舟，勿為賈豎子所欺。」時已四鼓，十娘即起身挑燈梳洗道：「今日之妝，乃迎新送舊，非比尋常。」於是脂粉香澤，用意修飾，花鈿繡襖，極其華豔，香風拂拂，光采照人。裝束方完，天色已曉。

孫富差家僮到船頭候信。十娘微窺公子，欣欣似有喜色，乃催公子快去回話，及早兌足銀子。公子親到孫富船中，回覆依

---

1 渠：第三人稱代詞，他（她）。

允。孫富道：“兌銀易事，須得麗人妝台為信。”公子又回復了十娘，十娘即指描金文具道：“可便抬去。”孫富喜甚。即將白銀一千兩，送到公子船中。十娘親自檢看，足色足數，分毫無爽。乃手把船舷，以手招孫富。孫富一見，魂不附體。十娘啟朱唇，開皓齒道：“方才箱子可暫發來，內有李郎路引一紙，可檢還之也。”孫富視十娘已為甕中之

杜十娘怒沉百寶箱

鱉，即命家僮送那描金文具，安放船頭之上。十娘取鑰開鎖，內皆抽替[1]小箱。十娘叫公子抽第一層來看，只見翠羽明璫，瑤簪寶珥，充牣於中，約值數百金。十娘遽投之江中。李甲與孫富及兩船之人，無不驚詫。又命公子再抽一箱，乃玉簫金管；又抽一箱，盡古玉紫金玩器，約值數千金。十娘盡投之於大江中。岸上之人，觀者如堵。齊聲道：“可惜，可惜！”正不知甚麼緣故。最後又抽一箱，箱中復有一匣。開匣視之，夜明之珠約有盈把。其他祖母綠、貓兒眼，諸般異寶，目所未睹，莫能定其價之多少。眾人齊聲喝采，喧聲如雷。十娘又欲投之於江。李甲不覺大

---

1 抽替：即抽屜，抽斗。

悔，抱持十娘慟哭，那孫富也來勸解。

十娘推開公子在一邊，向孫富罵道：「我與李郎備嘗艱苦，不是容易到此。汝以姦淫之意，巧為讒說，一旦破人姻緣，斷人恩愛，乃我之仇人。我死而有知，必當訴之神明。尚妄想枕席之歡乎！」又對李甲道：「妾風塵數年，私有所積，本為終身之計。自遇郎君，山盟海誓，白首不渝。前出都之際，假託眾姊妹相贈，箱中韞藏百寶，不下萬金。將潤色郎君之裝，歸見父母，或憐妾有心，收佐中饋①，得終委託，生死無憾。誰知郎君相信不深，惑於浮議，中道見棄，負妾一片真心。今日當眾目之前，開箱出視，使郎君知區區千金，未為難事。妾櫝中有玉，恨郎眼內無珠。命之不辰②，風塵困瘁，甫得脫離，又遭棄捐。今眾人各有耳目，共作證明，妾不負郎君，郎君自負妾耳！」於是眾人聚觀者，無不流涕，都唾罵李公子負心薄倖。公子又羞又苦，且悔且泣，方欲向十娘謝罪。十娘抱持寶匣，向江心一跳。眾人急呼撈救，但見雲暗江心，波濤滾滾，杳無蹤影。可惜一個如花似玉的名姬，一旦葬於江魚之腹！

　　　　三魂渺渺歸水府，七魄悠悠入冥途。

當時旁觀之人，皆咬牙切齒，爭欲拳毆李甲和那孫富。慌得李、孫二人手足無措，急叫開船，分途遁去。李甲在舟中，看了千金，轉憶十娘，終日愧悔，鬱成狂疾，終身不痊。孫富自那日

---

1 中饋：進食於尊長叫饋。中饋指婦女在家裏料理飲食，後引申為妻子的代稱。

2 不辰：辰是時辰，不辰即生不逢時之意。

受驚，得病臥床月餘，終日見杜十娘在傍詬罵，奄奄而逝。人以為江中之報也。

　　卻說柳遇春在京坐監完滿，束裝回鄉，停舟瓜步。偶臨江淨臉，失墜銅盆於水，覓漁人打撈。及至撈起，乃是個小匣兒。遇春啟匣觀看，內皆明珠異寶，無價之珍。遇春厚賞漁人，留於床頭把玩。是夜夢見江中一女子，凌波而來，視之，乃杜十娘也。近前萬福，訴以李郎薄倖之事，又道："向承君家慷慨，以一百五十金相助。本意息肩①之後，徐圖報答，不意事無終始。然每懷盛情，悒悒未忘。早間曾以小匣託漁人奉致，聊表寸心，從此不復相見矣。"言訖，猛然驚醒，方知十娘已死，歎息累日。

　　後人評論此事，以為孫富謀奪美色，輕擲千金，固非良士；李甲不識杜十娘一片苦心，碌碌蠢才，無足道者。獨謂十娘千古女俠，豈不能覓一佳侶，共跨秦樓之鳳②？乃錯認李公子，明珠美玉，投於盲人，以致恩變為仇，萬種恩情，化為流水，深可惜也！有詩歎云：

　　　　不會風流莫妄談，單單情字費人參。
　　　　若將情字能參透，喚作風流也不慚。

---

1 息肩：卸去負擔，這裏指安頓下來。

2 共跨秦樓之鳳：比喻夫妻和美。傳說春秋時人蕭史，善吹簫，秦穆公以女弄玉嫁之。蕭史教弄玉吹簫，鳳鳥感音而來。後蕭史乘龍、弄玉乘鳳，飛升仙去。

串講

明代萬曆年間，北京國子監太學生李甲結識京城名妓杜十娘，耗盡資財。十娘一心從良，設計自贖，與李甲攜手南歸。途中偶遇鹽商孫富，垂涎十娘美色，以千金誘說李甲轉讓十娘。李甲原本畏懼家中嚴父，至此欣然同意。十娘傷心欲絕，在船頭怒斥孫富、李甲，將暗藏珠寶盡拋江中，最後身抱價值連城的百寶箱投江而死。

評析

《杜十娘怒沉百寶箱》是"三言"中的名篇。故事的題材並不新鮮，講述讀書士子與青樓妓女的交往與愛情。在"三言"中，同類題材的故事還有《玉堂春落難逢夫》、《趙春兒重旺曹家莊》。而之前的唐代傳奇，著名的尚有《霍小玉傳》、《李娃傳》，結局一悲一喜，道盡此中情事。

士人與妓女的交往，在古代中國社會屬於一種比較特殊的人際關係。其時的妓女，並不能想當然地定義為賣淫的女子。在唐宋以後的官妓制度中，妓女通常的工作是在官員們宴飲時佐酒助興，包括勸酒、行令、奏樂以及歌舞。這也使得她們成為受教育程度最高的女性群體。因此，在士人與妓女，尤其是高級藝妓的交往中，其間色慾的成分並非要點，扮演重要角色的是彼此的才情。在著名的戲曲《桃花扇》中，誰能想得到，名士侯方域的情人李香君，不過是又黑又矮，其貌不揚？經過職業訓練的妓女在言談應對、舉止風度、文采風流方面更易獲得士人的傾心，形成情感上的交流，這也就是我們為甚麼很少見到商人與妓女的愛情故事的原因之一。士人與妓女之間較易產生精神上的共鳴，也從側面反映了古代社會兩性關係的情況。合法婚姻講求的是父母之命，媒妁之言，盲婚自然不能保證情感的和諧，青樓卻是培育共同追求的溫床。士人與妓女的故事，演成繁榮的青樓文學，直至清末民初，亦流風不絕。張愛玲在談到晚清著名的狹邪小說《海上花列傳》時說："北伐後，婚姻自主，廢妾、離婚才有法律上的保障。戀愛婚姻流行了，寫妓院的小說忽然過了時，一掃而空，該不是偶然的巧合。"這就從法律基礎，解釋了士人與妓女愛情的歷史終結。

諷刺的是，士人與妓女的感情，似乎只能在行院中如魚得水，一旦跨越這個界限，談婚論嫁，就要承受輿論的指責和鄙夷。在《霍小玉傳》中，進士李益與名妓霍小玉情好歡篤，小玉深知身份微賤，只約八年歡好之期，並無永依于歸之望。李益"堂有嚴親"，歸家別娶後只得將這段感情隱而不提，致使小玉相思成疾，含恨身亡。霍小玉一句"我為女子，薄命如斯；君為丈夫，負心若此"，千古之下聽來仍盪氣迴腸。而在其他以喜劇收梢的故事中，李娃、玉堂春、趙春兒等都有一個共同的特點，就是使丈夫改邪歸正，不是重拾書本、獲取功名，就是蕩子回頭，重振家聲，豔冶淫娃也搖身而為賢妻貞婦。妓女與士人的題材在這個過程中也發生了變異，重新向正統價值觀念靠攏，變成了士人與良家婦女的故事。

在"三言"中，另有《賣油郎獨佔花魁》一篇，小說不是寫士人與妓女，而是寫小市民與妓女的故事。名妓辛瑤琴一開始自然是看不起賣油郎秦鍾的，嫌他"不是有名稱的子弟"，後來瞭解到秦鍾的真情，仍然"可惜是市井之輩"，不願嫁他。而秦鍾呢，他是省吃儉用，攢足了整整一年，嫖資才夠一親香澤。看慣了才子佳人故事，這樣誠摯地以小市民的身份去奢望一份愛情，也確讓人覺得不可思議。馮夢龍"三言"的最大特色，就是故事的題材越出了傳統詩文的世界，開始把目光投向社會各階層人群，寫他們的悲歡離合，寫他們的愛恨情仇。

從情節看，《杜十娘怒沉百寶箱》的開頭與《李娃傳》相似，而杜十娘與李娃，同樣在風塵中沉浮數年，閱人無數，均有着超常人的冷靜和清醒。滎陽公子耗盡資財後，被老鴇與李娃設計逐出，流落街頭。李娃對公子不乏真情，卻也不抱幻想，所以願意與老鴇合作，拋掉這個累贅，後來鼓勵公子讀書，取得功名之後，又願意功成身退。可見，在感情上，李娃比霍小玉超脫得多。

杜十娘早有從良之志，見李甲"忠厚志誠"，決心託付終身。她讓求告無門的李甲籌措贖身銀兩，李甲的朋友柳遇春說這是"煙花逐客之計"，猜測得不錯，但是十娘的深心，不過是要借此考驗李甲的忠誠與信念。從小說的描寫看，應該說，十娘對自己的將來成竹在胸，她在長期追歡賣笑的生涯中已經積攢下大量的財寶，對於鴇母的刁難、李甲之父李佈政的古板嚴厲等等困難，都有過細心的考慮，她唯一需要的只是一個志誠種子，一個真心愛自己的情人。顯然，李甲的忠誠不堪一擊。孫富說辭，一方面強調李甲"飄零歲餘，嚴親懷怒"，一方面暗示十娘"煙花之輩，少真多假"，提出的解決方案則是割衽席之愛，以千金換父子和睦。李甲雖有些許對十娘不忍不捨之情，卻完全被孫富打動。在與十娘的交往全過程中，李甲一直就搖擺在敬畏家中嚴父和貪戀煙花溫柔的矛盾之間，他從未認真想過如何解決這一矛盾，一切唯十娘馬首是瞻。至此，一經孫富挑撥，李甲便恍然大悟，茅塞頓開。李甲回到船艙後，顏色匆匆，懷抱鬱鬱，歎息頻頻。十娘屢次追問，李甲則"欲語不欲者幾次，撲簌簌掉下淚來"。他的內疚、心虛、矛盾，而同時又希望十娘同意"轉讓"的心理，小說把握得很準確，寫出了其中的微妙之處。

而十娘得知孫富、李甲計劃後，時才四鼓，便起身挑燈梳洗，

"脂粉香澤，用意修飾，花鈿繡襖，極其華豔，香風拂拂，光采照人"。《詩經》中有這麼一句："自伯之東，首如飛蓬。豈無膏沐，誰適為容？"意思是說情人不在身邊，修飾裝束還有甚麼意義！十娘此時隆重盛妝，表面是說"迎新送舊"，其心底的哀慟，實難用言語表達。而她"微窺公子，欣欣似有喜色"，已完全證明李甲毫無心肝。小說的重頭戲是"沉江"一段，十娘至此揭開了"描金文具"之謎，將多年積攢的珠寶首飾一件件擲入大江，也把自己連同自己的希望沉入了大江。

在通常的愛情故事中，為了強調愛情的純潔真誠，一般都不願沾染上銅臭。在這篇小說中，金錢則被放在了很重要的位置，正是斧資短缺使李甲進退維谷，千金誘惑使他背叛愛情。十娘投寶，李甲在旁"又羞又苦，且悔且泣"，他"悔"的是甚麼呢？評劇《杜十娘》中十娘唱："叫聲李郎你近前，打開描金頭層看，這是何物認的全？……這本是翡翠釵與環，價值千金無須言！"她唱一段，就扔一批寶貝入水，孫富與李甲在旁就心痛地叫聲："拉着呀！"寫的就是李甲自悔走了寶。投寶沉江這段故事很有戲劇性，氣氛十分刺激，眼見價值連城的珠寶淹沒在波濤之中，相信觀眾的心情也不會平靜。

李甲這個人，並非一無是處，他對十娘多少還是有些真心。所以我們有時忍不住要替他惋惜，也許還要責怪十娘不早早露富，說明真相。但實際上，杜十娘這個人，非常不簡單，她的感情也非常決絕，寧為玉碎，不肯瓦全，受不了絲毫的妥協。十娘不看重錢財，當李甲不名一文時，"見他手頭愈短，心頭愈熱"，她要的是不摻雜金錢的真摯愛情。既然李甲可以為了一千金將自己輕易轉讓於人，那麼當自己囊中金盡之時，李甲還是可以置恩情於不顧，將她再次轉賣。得知李甲之計後，十娘形容不變，只是冷笑一聲道："快快應承了他，不可挫過機會。”如此剛烈果斷，拿得起，放得下，沒有任何猶豫，也不抱一絲幻想，就是這個風塵女子的特色。小說很為杜十娘不平，認為她“錯認李公子，明珠美玉，投於盲人”，不錯，十娘的悲劇，就是她遇人不淑。十娘如此美麗、聰明，為甚麼千挑萬挑，竟選上這麼一位軟弱男子？這層道理我們讀者恐怕永遠都猜不透。小說寫李甲“俊俏龐兒，溫存性兒”，面對鴇母刁難也“性本溫克，詞氣愈和”，這樣一味溫柔、等待女子主動犧牲的男子漢形象，在古代小說中還真如過江之鯽。

杜十娘的遭遇，讓人感歎。蒲松齡《聊齋志異》中有一篇《霍女》故事，反寫杜十娘遭遇：霍女美麗狡黠，富豪朱大興，佻達喜漁色，遇霍女，必錦衣玉食而後厭，朱家漸落，而霍女不辭而別。後留貧士黃生家，躬操家苦，殷勤劬勞。霍女、黃生乘舟歸寧，有鉅商子驚其美豔，操舟尾隨。霍女建議黃生賣掉自己，為療貧之計，如此則妻室、田廬皆備。黃生大驚失色，犟不過霍女逼迫，只得任其自誇自賣。霍女搬金入艙，然後“遙顧作別，並無淒戀”。兜了一圈，霍女又笑逐言開地返回黃生身旁。她說：“妾生平於吝者破之，於邪者則誑之也。”《霍女》的故事，純屬空想，卻頗令讀者解氣。

《杜十娘怒沉百寶箱》是根據明代萬曆年間人宋幼清《九籥集》中的文言小說《負情儂傳》改寫的。宋幼清同時也是《珍珠衫》一文的作者，可惜我們對他知之甚少。《負情儂傳》結尾一段，乃宋自述此文的寫作經過。他從友人那裏聽來這段故事後，便執筆記錄，還沒有寫完，就做了一個奇怪的夢，夢見一位女子對自己說：“妾羞令人聞知有此事。近幸冥司見憐，令妾稍掌風波，間豫人間禍福。若郎君為妾傳奇，妾將使君病作。”第二天，果然就生病了，宋只得中斷寫作。八年後，宋從行囊中找出這個未完成的故事，並把它補足。由於擔心女子報復，又假意威脅說："傳已成矣，它日過瓜州，幸勿作惡風波相虐。倘不見諒，渡江後必當復作。"此後，宋雖然一路安然無恙，他的女奴露桃卻奇怪地墮河而死。宋幼清的這段文字，今天讀起來很讓人困惑。他記錄了圍繞寫作過程出現的兩樁神秘事件，似乎是要表明這個故事的真實性，但張皇神異卻又令人懷疑故事原出杜撰。同時，杜十娘死後為神，掌管風波，這自然是冥界對她"雖深閨之秀，其貞奚以加焉"的表彰，但為何她"羞令人聞知有此事"呢？

況太守斷死孩兒[1]

春花秋月足風流，不分紅顏易白頭。

試把人心比松柏，幾人能為歲寒留？

這四句詩，泛論春花秋月，惱亂人心，所以才子有悲秋之
辭，佳人有傷春之詠。往往詩謎寫恨，目語傳情，月下幽期，花
間密約，但圖一刻風流，不顧終身名節。這是兩下相思，各還其
債，不在話下。又有一等男貪而女不愛，女愛而男不貪，雖非兩
相情願，卻有一片精誠。如冷廟泥神，朝夕焚香拜禱，也少不得
靈動起來。其緣短的，合而終暌；倘緣長的，疏而轉密。這也是
風月場中所有之事，亦不在話下。又有一種男不慕色，女不懷
春，志比精金，心如堅石。沒來由被旁人播弄，設圈設套，一時
失了把柄，墮其術中，事後悔之無及。如宋時玉通禪師，修行了
五十年，因觸了知府柳宣教，被他設計，教妓女紅蓮假扮寡婦借
宿，百般誘引，壞了他的戒行。[2]這般會合，那些個男歡女愛，
是偶然一念之差。如今再說個誘引寡婦失節的，卻好與玉通禪師
的故事做一對兒。正是：

未離恩山休問道，尚沉慾海莫參禪。

話說宣德年間，南直隸揚州府儀真縣有一民家，姓丘名元
吉，家頗饒裕。娶妻邵氏，姿容出眾，兼有志節。夫婦甚相愛
重，相處六年，未曾生育，不料元吉得病身亡。邵氏年方二十三

1 本篇選自《警世通言》第三十五卷，原本目錄題為《況太守路斷死孩兒》。

2 玉通禪師故事，見《喻世明言》第二十九卷《月明和尚度柳翠》。

歲，哀痛之極，立志守寡，終身永無他適。不覺三年服滿。[1]父母家因其年少，去後日長，勸他改嫁。叔公丘大勝，也叫阿媽來委曲譬喻他幾番。那邵氏心如鐵石，全不轉移，設誓道："我亡夫在九泉之下，邵氏若事二姓，更二夫，不是刀下亡，便是繩上死！"眾人見他主意堅執，誰敢再去強他。自古云："呷得三斗醋，做得孤孀婦。"孤孀不是好守的。替邵氏從長計較，到不如明明改個丈夫，雖做不得上等之人，還不失為中等，不到得後來出醜。正是：

> 作事必須踏實地，為人切莫務虛名。

邵氏一口說了滿話，眾人中賢愚不等，也有嘖嘖誇獎他的，也有似疑不信睜着眼看他的。誰知邵氏立心貞潔，閨門愈加嚴謹。止有一侍婢，叫做秀姑，房中作伴，針指營生；一小廝，叫做得貴，年方十歲，看守中門。一應薪水買辦，都是得貴傳遞。童僕已冠者，皆遣出不用。庭無閒雜，內外肅然。如此數年，人人信服。那個不說邵大娘少年老成，治家有法。

光陰如箭，不覺十周年到來。邵氏思念丈夫，要做些法事追薦，叫得貴去請叔公丘大勝來商議，延七眾僧人[2]，做三晝夜功德。邵氏道："奴家是寡婦，全仗叔公過來主持道場。"大勝應允。

---

1 服：服喪。

2 七眾僧人：佛教按受戒情況和修行方式，將信徒劃分為七類，稱"七眾"。出家的五眾，即比丘、比丘尼、學戒尼、沙彌、沙彌泥；在家的兩眾，即優婆塞、優婆夷。這裏泛指各種僧人。

語分兩頭，卻說鄰近新搬來一個漢子，姓支名助，原是破落戶，平昔不守本分，不做生理，專一在街坊上趕熱管閒事過活。聞得人說邵大娘守寡貞潔，且是青年標致，天下難得。支助不信，不論早暮，常在丘家門首閒站。果然門無雜人，只有得貴小廝買辦出入。支助就與得貴相識，漸漸熟了。閒話中，問得貴："聞得你家大娘生得標致，是真也不？"得貴生於禮法之家，一味老實，遂答道："標致是真。"又問道："大娘也有時到門前看街麼？"得貴搖手道："從來不曾出中門，莫說看街，罪過罪過！"一日得貴正買辦素齋的東西，支助撞見，又問道："你家買許多素品為甚麼？"得貴道："家主十周年，做法事要用。"支助道："幾時？"得貴道："明日起，三晝夜，正好辛苦哩！"支助聽在肚裏，想道："既追薦丈夫，他必然出來拈香。我且去偷看一看，甚麼樣嘴臉？真像個孤孀也不？"

　　卻說次日，丘大勝請到七眾僧人，都是有戒行的，在堂中排設佛像，鳴鐃擊鼓，誦經禮懺[1]，甚是志誠。丘大勝勤勤拜佛。邵氏出來拈香，晝夜各只一次，拈過香，就進去了。支助趁這道場熱鬧，幾遍混進去看，再不見邵氏出來。又問得貴，方知日間只晝食[2]拈香一遍。支助到第三日，約莫晝食時分，又踅進去，閃在櫊子傍邊隱着。見那些和尚都穿着袈裟，站在佛前吹打樂器，宣和佛號。香火道人在道場上手忙腳亂的添香換燭。本家止有得貴，只好往來答應，那有工夫照管外邊。就是丘大勝同着幾個親戚，也都呆看和尚吹打，那個來稽查他。少頃，邵氏出來拈

---

1 禮懺：佛語，禮拜菩薩，懺悔罪行。

2 晝食：午飯。

香，被支助看得仔細。常言："若要俏，添重孝。"縞素妝束，加倍清雅。分明是：

　　　　廣寒仙子月中出，姑射神人雪裏來。①

　　支助一見，遍體酥麻了，回家想念不已。是夜，道場完滿，眾僧直至天明方散。邵氏依舊不出中堂了。支助無計可施，想着："得貴小廝老實，我且用心下釣子。"其時五月端五日，支助拉得貴回家吃雄黃酒。得貴道："我不會吃酒，紅了臉時，怕主母嗔罵。"支助道："不吃酒，且吃隻粽子。"得貴跟支助家去。支助教渾家剝了一盤粽子，一碟糖，一碗肉，一碗鮮魚，兩雙箸，兩個酒杯，放在桌上。支助把酒壺便篩，得貴道："我說過不吃酒，莫篩罷！"支助道："吃杯雄黃酒應應時令。我這酒淡，不妨事。"得貴被央不過，只得吃了。支助道："後生家莫吃單杯，須吃個成雙。"得貴推辭不得，又吃了一杯。支助自吃了一回，夾七夾八說了些街坊上的閒話。又斟一杯勸得貴，得貴道："醉得臉都紅了，如今真個不吃了。"支助道："臉左右紅了，多坐一時回去，打甚麼緊？只吃這一杯罷，我再不勸你了。"

　　得貴前後共吃了三杯酒。他自幼在丘家被邵氏大娘拘管得嚴，何曾嘗酒的滋味？今日三杯落肚，便覺昏醉。支助乘其酒興，低低說道："得貴哥！我有句閒話問你。"得貴道："有甚話盡說。"支助道："你主母孀居已久，想必風情亦動。倘得個

─────────────────────────────

1　廣寒仙子：月中嫦娥。姑射神人：典出《莊子·逍遙遊》："藐姑射之山，有神人居焉，肌膚若冰雪，綽約如處子。"

漢子同眠同睡，可不喜歡？從來寡婦都牽掛着男子，只是難得相會。你引我去試他一試何如？若得成事，重重謝你。"得貴道："說甚麼話！虧你不怕罪過！我主母極是正氣，閨門整肅，日間男子不許入中門，夜間同使婢持燈照顧四下，各門鎖訖，然後去睡。便要引你進去，何處藏身？地上使婢不離身畔，閒話也說不得一句，你卻恁地亂講！"支助道："既如此，你的房門可來照麼？"得貴道："怎麼不來照？"支助道："得貴哥，你今年幾歲了？"得貴道："十七歲了。"支助道："男子十六歲精通，你如今十七歲，難道不想婦人？"得貴道："便想也沒用處。"支助道："放着家裏這般標致的，早暮在眼前，好不動興！"得貴道："說也不該，他是主母，動不動非打則罵，見了他，好不怕哩！虧你還敢說取笑的話。"支助道："你既不肯引我去，我教導你一個法兒，作成你自去上手何如？"得貴搖手道："做不得，做不得，我也沒有這樣膽！"支助道："你莫管做得做不得，教你個法兒，且去試他一試。若得上手，莫忘我今日之恩。"

得貴一來乘着酒興，二來年紀也是當時了，被支助說得心癢，便問道："你且說如何去試他？"支助道："你夜睡之時，莫關了房門，由他開着。如今五月，天氣正熱，你卻赤身仰臥，把那話兒弄得硬硬的，待他來照門時，你只推做睡着了。他若看見，必然動情。一次兩次，定然打熬不過，上門就你。"得貴道："倘不來如何？"支助道："拼得這事不成，也不好嗔責你，有益無損。"得貴道："依了老哥的言語，果然成事，不敢忘報。"須臾酒醒，得貴別了，是夜依計而行。正是：

商成燈下瞞天計，撥轉閨中匪石心①。

商成燈下瞞天計，撥轉閨中匪石心

論來邵氏家法甚嚴，那得貴長成十七歲，嫌疑之際，也該就打發出去，另換個年幼的小廝答應，豈不盡善？只為得貴從小走使服的，且又粗蠢又老實。邵氏自己立心清正，不想到別的情節上去，所以因循下來。卻說是夜邵氏同婢秀姑點燈出來照門，見得貴赤身仰臥，罵："這狗奴才，門也不關，赤條條睡着，是甚麼模樣？"叫秀姑與他扯上房門。若是邵氏有主意，天明後叫得貴來，說他夜裏懶惰放肆，罵一頓，打一頓，得貴也就不敢了。他久曠之人，卻似眼見希奇物，壽增一紀，絕不做聲。得貴膽大了，到夜來，依前如此。邵氏同婢又去照門，看見又罵道："這狗才一發不成人了，被也不蓋。"叫秀姑替他把臥單扯上，莫驚醒他。此時便有些動情，奈有秀姑在傍礙眼。

到第三日，得貴出外撞見了支助。支助就問他曾用計否，得

---

1 匪石心：《詩經‧邶風‧柏舟》："我心匪石，不可轉也。我心匪席，不可捲也。"意思是我的心不像石頭那樣，可以被隨意撥轉。

貴老實，就將兩夜光景都敘了。支助道：「他叫丫頭替你蓋被，又教莫驚醒你，便有愛你之意，今夜決有好處。」其夜得貴依原開門，假睡而待。邵氏有意，遂不叫秀姑跟隨。自己持燈來照，徑到得貴床前，看見得貴赤身仰臥，那話兒如槍一般，禁不住春心盪漾，欲火如焚。自解去小衣，爬上床去。還只怕驚醒了得貴，悄悄地跨在身上，從上而壓下。得貴忽然抱住，番身轉來，與之雲雨：

> 一個久疏樂事，一個初試歡情。一個認着故物，肯輕拋？一個嘗了甜頭，難遽放。一個飢不擇食，豈嫌小廝粗醜；一個狃恩恃愛，那怕主母威嚴。分明惡草藤蘿，也共名花登架去；可惜清心冰雪，化為春水向東流。十年清白已成虛，一夕垢汙難再洗。

事畢，邵氏向得貴道：「我苦守十年，一旦失身於你，此亦前生冤債。你須謹口，莫泄於人，我自有看你之處。」得貴道：「主母分付，怎敢不依！」自此夜為始，每夜邵氏以看門為由，必與得貴取樂而後入。又恐秀姑知覺，到放個空，教得貴連秀姑奸騙了。邵氏故意欲責秀姑，卻教秀姑引進得貴以塞其口。彼此河同水密，各不相瞞。得貴感支助教導之恩，時常與邵氏討東討西，將來奉與支助。支助指望得貴引進，得貴怕主母嗔怪，不敢開口。支助幾遍討信，得貴只是延捱下去。過了三五個月，邵氏與得貴如夫婦無異。

也是數該敗露。邵氏當初做了六年親，不曾生育，如今才得三五月，不覺便胸高腹大，有了身孕。恐人知覺不便，將銀與得貴教他悄地贖貼墜胎的藥來，打下私胎，免得日後出醜。得貴一來是個老實人，不曉得墜胎是甚麼藥；二來自得支助指教，以為恩人，凡事直言無隱。今日這件私房關目，也去與他商議。那支助是個棍徒，見得貴不肯引進自家，心中正在忿恨，卻好有這個機會，便是生意上門。心生一計，哄得貴道："這藥只有我一個相識人家最效，我替你贖去。"乃往藥舖中贖了固胎散四服，與得貴帶回。邵氏將此藥做四次吃了，腹中未見動靜，叫得貴再往別處贖取好藥。得貴又來問支助："前藥如何不效？"支助道："打胎只是一次，若一次打不下，再不能打了。況這藥只此一家最高，今打不下，必是胎受堅固。若再用狼虎藥去打，恐傷大人之命。"得貴將此言對邵氏說了。邵氏信以為然。

到十月將滿，支助料是分娩之期，去尋得貴說道："我要合補藥，必用一血孩子。你主母今當臨月，生下孩子，必然不養，或男或女，可將來送我。你虧我處多，把這一件謝我，亦是不費之惠，只瞞過主母便是。"得貴應允。

過了數日，果生一男，邵氏將男溺死，用蒲包裹來，教得貴密地把去埋了。得貴答應曉得，卻不去埋，背地悄悄送與支助。支助將死孩收訖，一把扯住得貴，喝道："你主母是丘元吉之妻，家主已死多年，當家寡婦，這孩子從何而得？今番我去出首。"得貴慌忙掩住他口，說道："我把你做恩人，每事與你商議，今日何反面無情？"支助變着臉道："幹得好事！你強姦主母，罪該凌遲，難道叫句恩人就罷了？既知恩當報恩，你作成得我甚麼事？你今若要我不開口，可問主母討一百兩銀子與我，我便隱惡而揚善；若然沒有，決不干休。見有血孩作證，你自到官司去辨，連你主母做不得人。我在家等你回話，你快去快來。”

　　急得得貴眼淚汪汪，回家料瞞不過，只得把這話對邵氏說了。邵氏埋怨道：“此是何等東西，卻把做禮物送人！坑死了我也！”說罷，流淚起來。得貴道：“若是別人，我也不把與他，因他是我的恩人，所以不好推託。”邵氏道：“他是你甚麼恩人？”得貴道：“當初我赤身仰臥，都是他教我的方法來調引你。沒有他時，怎得你我今日恩愛？他說要血孩合補藥，我好不奉他？誰知他不懷好意！”邵氏道：“你做的事，忒不即溜①。當初是我一念之差，墮在這光棍術中，今已悔之無及。若不將銀買轉孩子，他必然出首，那時難以挽回。”只得取出四十兩銀子，教得貴拿去與那光棍贖取血孩，背地埋藏，以絕禍根。

　　得貴老實，將四十兩銀子雙手遞與支助，說道：“只有這些，你可將血孩還我罷！”支助得了銀子，貪心不足，思想：“此婦美貌，又且囊中有物。借此機會，倘得挺身入馬，他的家事在我掌握之中，豈不美哉！”乃向得貴道：“我說要銀子，是取笑話。你當真送來，我只得收受了。那血孩我已埋訖。你可在主母前引薦我與他相處，倘若見允，我替他持家，無人敢欺負他，可不兩全其美？不然，我仍在地下掘起孩子出首，限你五日內回話。”得貴出於無奈，只得回家，述與邵氏。邵氏大怒道：“聽那光棍放屁，不要理他！”得貴遂不敢再說。

　　卻說支助將血孩用石灰醃了，仍放蒲包之內，藏於隱處。等了五日，不見得貴回話。又捱了五日，共是十日。料得產婦也健旺了，乃往丘家門首，伺候得貴出來，問道：“所言之事濟

---

1 忒不即溜：這裏指做事不清爽，拖泥帶水。

否？"得貴搖頭道："不濟，不濟！"支助更不問第二句，望門內直闖進去。得貴不敢攔阻，到走往街口遠遠的打聽消息。邵氏見有人走進中堂，罵道："人家內外各別，你是何人，突入吾室？"支助道："小人姓支名助，是得貴哥的恩人。"邵氏心中已知，便道："你要尋得貴，在外邊去，此非你歇腳之所！"支助道："小人久慕大娘，有如飢渴。小人縱不才，料不在得貴哥之下，大娘何必峻拒？"邵氏聽見話不投機，轉身便走。支助趕上，雙手抱住，說道："你的私孩，現在我處。若不從我，我就首官。"邵氏忿怒無極，只恨擺脫不開，乃以好言哄之，道："日裏怕人知覺，到夜時，我叫得貴來接你。"支助道："親口許下，切莫失信。"放開了手，走幾步，又回頭，說道："我也不怕你失信！"一直出外去了。

氣得邵氏半晌無言，珠淚紛紛而墜。推轉房門，獨坐櫈子上，左思右想，只是自家不是。當初不肯改嫁，要做上流之人，如今出乖露醜，有何顏見諸親之面？又想道："日前曾對眾發誓：'我若事二姓，更二夫，不是刀下亡，便是繩上死。'我今拚這性命，謝我亡夫於九泉之下，卻不乾淨！"秀姑見主母啼哭，不敢上前解勸，守住中門，專等得貴回來。得貴在街上望見支助去了，方才回家，見秀姑問："大娘呢？"秀姑指道："在裏面。"得貴推開房門看主母。

卻說邵氏取床頭解手刀[1]一把，欲要自刎，擔手不起。哭了一回，把刀放在桌上。在腰間解下八尺長的汗巾，打成結兒，懸於樑上，要把頸子套進結去。心下展轉淒慘，禁不住嗚嗚咽咽的

---

1 解手刀：日常應用的小佩刀。

地下新添冤恨鬼，人間少了俏孤孀

啼哭。忽見得貴推門而進，抖然觸起他一點念頭："當初都是那狗才做圈做套，來作弄我，害了我一生名節！"說時遲，那時快，只就這點念頭起處，仇人相見，分外眼睜，提起解手刀，望得貴當頭就劈。那刀如風之快，惱怒中氣力倍加，把得貴頭腦劈做兩界，血流滿地，登時嗚呼了。邵氏着了忙，便引頸受套，兩腳蹬開櫈子，做一個鞦韆把戲：

地下新添冤恨鬼，人間少了俏孤孀。

常言："賭近盜，淫近殺。"今日只為一個"淫"字，害了兩條性命。

且說秀姑平昔慣了，但是得貴進房，怕有別事，就遠遠閃開。今番半晌不見則聲，心中疑惑。去張望時，只見上吊一個，下橫一個，嚇得秀姑軟做一團。按定了膽，把房門款上。急跑到叔公丘大勝家中報信。丘大勝大驚，轉報邵氏父母，同到丘家。關上大門，將秀姑盤問致死緣由。元來秀姑不認得支助，連血孩詐去銀子四十兩的事，都是瞞着秀姑的。以此秀姑只將邵氏得貴平昔姦情敘了一遍。"今日不知何故兩個都死了？"三番四復問他，只如此說。邵公邵母聽說姦情的話，滿面羞慚，自回去了，不管其事。丘大勝只得帶秀姑到縣裏出首。知縣驗了二屍，一名得貴，刀劈死的；一名邵氏，縊死的。審問了秀姑口辭，知縣道："邵氏與得貴姦情是的；主僕之分已廢，必是得貴言語觸犯，邵氏不忿，一時失手，誤傷人命，情慌自縊，更無別情。"責令丘大勝殯殮。秀姑知情，問杖官賣。

再說支助自那日調戲不遂回家，還想赴夜來之約。聽說弄死了兩條人命，嚇了一大跳，好幾時不敢出門。一日早起，偶然檢着了石灰醃的血孩，連蒲包拿去拋在江裏。遇着一個相識叫做包九，在儀真閘上當夫頭，問道："支大哥，你拋的是什麼東西？"支助道："醃幾塊牛肉，包好了，要帶出去吃的，不期臭了。九哥，你兩日沒甚事？到我家吃三杯。"包九道："今日忙些個，蘇州府況鍾老爺馳驛復任，即刻船到，在此趕夫哩！"支助道："既如此，改日再會。"支助自去了。

卻說況鍾原是吏員出身，禮部尚書胡濙[1]薦為蘇州府太守，在任一年，百姓呼為"況青天"。因丁憂回籍，聖旨奪情起用，

---

1 胡濙：係胡濙之誤。

特賜馳驛赴任。①船至儀真閘口，況爺在艙中看書，忽聞小兒啼聲出自江中，想必溺死之兒。差人看來，回報：“沒有。”如此兩度。況爺又聞啼聲，問眾人皆云不聞。況爺口稱怪事，推窗親看，只見一個小小蒲包，浮於水面。況爺叫水手撈起，打開看了，回覆：“是一個小孩子。”況爺問：“活的死的？”水手道：“石灰醃過的，像死得久了。”況爺想道：“死的如何會啼？況且死孩子，拋掉就罷了，何必灰醃，必有緣故！”叫水手，把這死孩連蒲包放在船頭上：“如有人曉得來歷，密密報我，我有重賞。”水手奉鈞旨，拿出船頭。恰好夫頭包九看見小蒲包，認得是支助拋下的，“他說是臭牛肉，如何卻是個死孩？”遂進艙稟況爺：“小人不曉得這小孩子的來歷，卻認得拋那小孩子在江裏這個人，叫做支助。”況爺道：“有了人，就有來歷了。”一面差人密拿支助，一面請儀真知縣到察院中同問這節公事。

　　況爺帶了這死孩，坐了察院。等得知縣來時，支助也拿到了。況爺上坐，知縣坐於左手之傍。況爺因這儀真不是自己屬縣，不敢自專，讓本縣推問。那知縣見況公是奉過敕書②的，又且為人古怪，怎敢僭越。推遜了多時，況爺只得開言，叫：“支助，你這石灰醃的小孩子，是那裏來的？”支助正要抵賴，卻被包九在傍指實了，只得轉口道：“小的見這髒東西在路旁不便，將來拋向江裏，其實不知來歷。”況爺問包九：“你看見他在路

---

1 丁憂：遭遇父母喪事。丁，遭逢。奪情：古代官員若在任期內遇父母之喪，應離任回鄉守三年之禮。服未滿而起用任職，則稱為奪情。馳驛：官員因急事奉詔入京或外出，由沿途驛站供給夫馬糧食，兼程前進，稱為馳驛。
2 奉過敕書：奉有皇帝的手令。

傍檢的麼？”包九道：“他拋下江裏，小的方才看見。問他甚麼東西，他說是臭牛肉。”況爺大怒道：“既假說臭牛肉，必有瞞人之意！”喝教手下選大毛板，先打二十再問。況爺的板子利害，二十板抵四十板還有餘，打得皮開肉綻，鮮血迸流。支助只是不招。況爺喝教夾起來。況爺的夾棍也利害，第一遍，支助還熬過；第二遍，就熬不得了，招道：“這死孩是邵寡婦的。寡婦與家僮得貴有姦，養下這私胎來。得貴央小的替他埋藏，被狗子爬了出來。故此小的將來拋在江裏。”況爺見他言詞不一。又問：“你肯替他埋藏，必然與他家通情。”支助道：“小的並不通情，只是平日與得貴相熟。”況爺道：“他埋藏只要朽爛，如何把石灰醃着？”支助支吾不來，只得磕頭道：“青天爺爺，這石灰其實是小的醃的。小的知邵寡婦家殷實，欲留這死孩去需索他幾兩銀子。不期邵氏與得貴都死了，小的不遂其願，故此拋在江裏。”況爺道：“那婦人與小廝果然死了麼？”知縣在傍邊起身打一躬，答應道：“死了，是知縣親驗過的。”況爺道：“如何便會死？”知縣道：“那小廝是刀劈死的，婦人是自縊的。知縣也曾細詳，他兩個姦情已久，主僕之分久廢。必是小廝言語觸犯，那婦人一時不忿，提刀劈去，誤傷其命，情慌自縊，別無他說。”況爺肚裏躊躇：“他兩個既然姦密，就是語言小傷，怎下此毒手！早間死孩兒啼哭，必有緣故！”遂問道：“那邵氏家還有別人麼？”知縣道：“還有個使女，叫做秀姑，官賣去了。”況爺道：“官賣，一定就在本地。煩貴縣差人提來一審，便知端的。”知縣忙差快手[1]去了。

---

1 快手：捕快，專管緝捕的差役。

不多時，秀姑拿到，所言與知縣相同。況爺躊躇了半晌，走下公座，指着支助，問秀姑道：“你可認得這個人？”秀姑仔細看了一看，說道：“小婦人不識他姓名，曾認得他嘴臉。”況爺道：“是了，他和得貴相熟，必然曾同得貴到你家去。你可實說；若半句含糊，便上拶①。”秀姑道：“平日間實不曾見他上門，只是結末來，他突入中堂，調戲主母，被主母趕去。隨後得貴方來，主母正在房中啼哭。得貴進房，不多時兩個就都死了。”況爺喝罵支助：“光棍！你不曾與得貴通情，如何敢突入中堂？這兩條人命，都因你起！”叫手下：“再與我夾起來！”支助被夾昏了，不由自家做主，從前至尾，如何教導得貴哄誘主母；如何哄他血孩到手，詐他銀子；如何挾制得貴要他引入同姦；如何闖入內室，抱住求姦，被他如何哄脫了，備細說了一遍：“後來死的情由，其實不知。”況爺道：“這是真情了。”放了夾，叫書吏取了口詞明白。知縣在傍，自知才力不及，惶恐無地。況爺提筆，竟判審單：

審得支助，奸棍也。始窺寡婦之色，輒起邪心；既乘弱僕之愚，巧行誘語。開門裸臥，盡出其謀；固胎取孩，悉墮其術。求奸未能，轉而求利；求利未厭，仍欲求奸。在邵氏一念之差，盜鈴尚思掩耳；乃支助幾番之詐，探篋加以逾牆。以恨助之心恨貴，恩變為仇；於殺貴之後自殺，死有餘愧。主僕既死勿論，秀婢已杖何言。惟是惡魁，尚逃法

1 拶：亦稱拶夾、拶指，用繩子把幾根小木棒串起來套在罪犯手指上，用力束緊。

網。包九無心而遇，醃孩有故而啼，天若使之，罪
難容矣！宜坐致死之律，兼追所詐之贓。

況爺唸了審單，連支助亦甘心服罪。況爺將此事申文上司，
無不誇獎大才；萬民傳頌，以為包龍圖復出，不是過也。這一家
小說，又題做《況太守斷死孩兒》。有詩為證：

俏邵娘見慾心亂，蠢得貴福過災生。
支赤棍奸謀似鬼，況青天折獄如神。

串講

大明宣德年間，儀真縣邵氏青年守寡，門戶嚴謹。新來的鄰居支
助，貪其美色，引誘邵氏男僕得貴騙
姦主母。一年後，邵氏產下男嬰，為
維護名譽將其溺死。支助以此死孩兒
為要脅，求財求姦。邵氏羞憤之餘，
怒殺得貴後自縊身亡。後由路過此地
的清官況鍾審出實情，將支助繩之以
法。

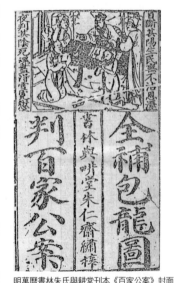

評析

小說的題目《況太守斷死孩
兒》，表明這是一則「公案」故事。
「公案」是宋元話本的分類之一，指

明萬曆書林朱氏與耕堂刊本《百家公案》封面

取材於各種民事糾紛或刑事案件的小說。古代的公案小說與現代的偵探小說略有不同，現代偵探小說的主角是偵探，故事的重心是如何破案，偵探剝絲抽繭，穿透案件表面的種種迷霧，最後找出真相，這是一個偵探與犯罪份子智力角逐的過程，富有懸疑。而古代的公案小說，破案往往不是重點，例如本則小說，犯罪的過程已經交待得一清二楚，對讀者來說沒有任何懸疑，小說描寫的重點是案件本身所反映的社會生活情態。

《況太守斷死孩兒》所描寫的，就是一個寡婦的遭遇。在一夫多妻制的社會中，需要強調男女大防，強調女子從一而終，這樣才能保持以男性為中心的社會和家庭的穩定。雖然儒家禮教並沒有明文限制寡婦再嫁，但是寡婦再嫁始終是一件不名譽的事情，而且俗語亦有"寡婦門前是非多"一說，《禮記》甚至還說"寡婦之子，非有見焉，不與為友"，意思是說若非寡婦的兒子才能卓異，與之交往有好德之實，則難以脫好色之嫌疑。在這樣的社會輿論中，青春喪偶的邵氏，立心貞潔，兼家資饒裕，亦具備守節的物質條件。不過，好強的她顯然是低估了這條守節之路的艱險。

邵氏閨門嚴謹，完滿地度過了丈夫十年祭期。按照明太祖朱元璋的詔令，"民間寡婦，三十以前亡夫守制，五十以後不改節者，旌表門閭，除免本家差役"，只要再接再厲，熬到花甲之年，不僅可以獲得巨大的名譽，也可為家族爭得實際的經濟利益。然而，不幸的遭遇即將來臨。

新來的鄰居支助，一個破落戶浪蕩子，覬覦邵氏的青年標致，無從下手，後來設法結交邵氏男僕得貴，教他引誘主母。方法很簡單，就是讓得貴在夜間赤身裸睡，故意讓查房的邵氏撞見。得貴固是蠢笨，卻也正當少年，血氣方剛，被支助撥弄得心癢，依計而行。而我

貞節牌坊

們看邵氏，竟然真的把持不定，失身男僕。同樣是"姦情"，《蔣興
哥重會珍珠衫》中的人物，無論是興哥還是陳商，都是俊俏後生，風
流標致，又都知情達意，讀者看着也養眼。至於得貴，小說寫"分明
惡草藤蘿，也共名花登架去"，從他為人處事的粗蠢笨拙、毫無頭腦
來看，倒是寫實，絲毫沒有唐突了他。而且，男女之肉慾，在這裏寫
得很直接，也比較赤裸。這樣寫，有幾分真實性呢？或者說有幾分行
為學上的依據呢？在男女社交不自由的古代社會，所謂"不見可慾，
使心不亂"，眉眼招災、聲音起禍，眼是情媒、心為慾種，發生的幾
率自然要高得多，儒家禮教之大防，其中一條就是"男女授受不
親"，也即是不能手對手傳遞物件。明白這一點，就能夠明白支助之
計策何以奏效了。

　　邵氏與得貴相交一年，有了身孕，由於支助陰謀，孩子生下來
了，為了遮醜，只得將孩子溺斃。保密工作本來算是比較成功，老實

愚笨的得貴卻將孩子屍體交與支助，留下了被勒索的證據。"求奸未能，轉而求利；求利未厭，仍欲求奸"，況太守的這句結案呈辭，準確地概括了支助的心理。事情至此越發不可收拾，我們試着設身處地替邵氏思想，她已經無路可退了。邵氏原為極"正氣"之人，一旦失身於得貴已是千古之恨，萬難與支助苟且。無賴子支助的步步緊逼與要脅，必有更為恐怖的後果。名節已敗，難以挽回，再無面目示人，到最後一念之忿刺殺得貴，原有的一絲戀生畏死之心也徹底崩潰，"以恨助之心恨貴，恩變為仇；於殺貴之後自殺，死有餘愧"，終以三條人命收場。

　　對於邵氏的悲慘遭遇，我們可以看得出來，雖然小說以此故事告誡讀者"賭近盜、淫近殺"，作者的態度還是比較通達的，在開篇的一段議論中，即將此事歸入"偶然一念之差"一類之中，對邵氏沒有過多的責備，只認支助是罪魁禍首。而在邵氏喪夫之初立志守節時，作者又評論說："孤孀不是好守的。替邵氏從長計較，到不如明明改個丈夫，雖做不得上等之人，還不失為中等，不到得後來出醜。"邵氏遭遇的教訓，作者概括為這樣一句話："作事必須踏實地，為人切莫務虛名。"這種議論，說不得迂腐，極是平實，類似於儒家所說的"中庸"，中是不偏不倚，無過無不及，庸是平常，要切合實際，易於實行。前引朱元璋的詔令，是特別針對民間寡婦守節行為的一種獎勵，可見普通身份的寡婦守或是不守，政府並不介入，民間輿論尚屬寬容，這即是"禮不下庶人"的意思。與"三言"編撰者馮夢龍同時的凌濛初，在《二刻拍案驚奇》卷十一《滿少卿饑附飽颺，焦文姬生仇死報》中也寫道："假如男人死了，女人再嫁，便道是失了節，玷了名，污了身子，是個行不得的事，萬口訾議。及至男人家喪了妻子，卻又憑他續弦再娶，置妾買婢，做出若干的勾當，把死的丟在腦後，不提起了，並沒人道他薄倖負心，做一場說話。就是生前房室之中，女人少有外情，便是老大的醜事，人世羞言。及至男人家撇了妻子，貪淫好色，宿娼養妓，無所不為，總有議論不是的，不為十分大害，所以女子愈加可憐，男人愈加放肆。這些也是伏不得女娘們心裏的所在。"凌濛初看到了生活中的不平等，對女性遭際寄予了深刻的同情和理解。

寡婦守節的故事，正史中有連篇累牘的《烈女傳》，小說戲劇也時有反映，除了讚賞表彰，一些作品也有意識地探討當事人的心理，觸及到一些比較深刻尖銳的問題。例如清人沈起鳳的文言短篇小說集《諧鐸》中有則故事"節母死時箴"，講某氏自十七歲時喪夫，守節撫孤，享八十高齡，臨終時召孫曾輩媳婦，只說守寡之難，勿勉強而行之，"倘不幸青年居寡，自量可守則守之，否則上告尊長，竟行改醮，亦是大方便事"，自述年輕時"晨風夜雨，冷壁孤燈，頗難禁受"，一次有表甥來訪，不覺心動，欲往奔之，移燈出戶，長歎而回，如是者數次。雖終能自制，其間禮與慾的交戰，靈與肉的煎熬，結局真在毫髮之間。邵氏的故事，最扣人心弦的，即在她意識到支助這一巨大威脅來臨之時。支助的陰險之箭已經射出，邵氏所能採取的行動，不過是絕望地等待厄運的最終降臨。至於邵氏孀居心理，小說令人遺憾地不着一字。我們看支助先以言語試探得貴的那段話："你主母孀居已久，想必風情亦動。倘得個漢子同眠同睡，可不喜歡？從來寡婦都牽掛着男子，只是難得相會。你引我去試他一試何如？"雖然寫盡小人肝腸，但所提及的孀婦心理，倒不失為絕佳的小說題材。

《況太守斷死孩兒》改編自明人李春芳編撰的《海剛峰居官公案集》第七十一回"判謀陷寡婦"，原作寫支助得到四十兩銀子後，就交還了死孩兒，不過他又想主持丘邵氏家事，闖入邵氏家中逼奸，邵氏當場就自刎了。比較兩篇作品，可知"三言"的改動使案情更為錯綜複雜，增加了斷案的難度。

最後要說說本篇小說中邵氏一案的主審官員況鍾，"三言"中另一個著名的公案故事《十五貫戲言成巧禍》後來被改編成戲曲《十五貫》，也改由他主審，可見他在民眾心中的威望。況鍾是明初著名的清官，《明史·況鍾傳》記載了這樣一個案例：況鍾任蘇州府之初，假裝懵懂，惟吏所欲，胥吏自以為太守昏昧易欺。況鍾摸清情況、掌握證據之後，就把那些作弊的胥吏拖出來，"立捶殺數人"，一府大震，自此奉法。自古有句諺語："任你官清似水，難逃吏滑如油。"唐以後以科舉選官，加以實行任官地域迴避制度，地方官一是全無辦案經驗，二是不熟悉本地風土人情，胥吏卻靠辦案為生，又是本地人，因此把持衙門，舞文弄法，勢所難免。況鍾本來就是吏員出身，深知其中關係利害，肅清吏治為的是創造一個公正的執法環境。

不過，小說寫況鍾斷邵氏一案，未見得高明。先是船中聞孩子啼哭一事，已屬張皇鬼神；捉來支助之後，"喝教手下選大毛板，先打二十再問"，打完又夾，支助被況爺使刑夾昏了，最後"不由自家做主"，如竹筒倒豆子，交待了事情的來龍去脈。口供是古代案件中最主要的證據，法官結案，必須要有罪犯認罪的口供，還要親筆畫押。如此一來，雖然歷代法律對刑訊逼供均有所限制，拷訊仍然是獲得被告口供的一個重要手段，"箠楚之下，何求不得？"冤假錯案因此時有發生。況鍾的辦案方式是粗暴簡單的，此案幾乎沒有任何有力的人證物證，況鍾最後也只是憑直覺相信支助的供述乃是"真情"，好在讀者心知肚明，憎恨支助陰險無賴的同時，也就不太追究況爺審案的手段了。不過，小說替況鍾代寫的那篇"審單"，着實漂亮，於邵氏、支助在此案中種種行為的心理分析，極為精練準確。

況鍾任蘇州府事十二年，重學校，禮文儒，鋤豪強，植良善，人民奉若神明。小說寫到他丁憂奪情，也是實事，是郡民不肯放他離任。到了任滿升職時，又有兩萬人上書奔走，要求他留任。其為人愛戴如此。況鍾為官剛正廉潔，孜孜愛民。《明史》還記載了這樣一件事，當時宮中遣使外出採辦織造及購買花木禽鳥，一路上驕橫跋扈，凌虐小民，獨畏況鍾，在蘇府"斂跡不敢肆"，而上級官員或他省高官，路過蘇州時，"咸心憚之"。我們看這則小說寫儀真知縣對他的敬畏，亦可知此言不虛。古代小說中的清官，除了大名鼎鼎的包公包振，還有海剛峰海瑞，這些清官都有一個共同特點，就是不畏豪強。原因很簡單，古代中國遠非法制完善的社會，打官司往往變成權力的較量，案件當事人關係網的較量。清末轟動一時的楊乃武與小白菜一案就是這樣，楊乃武之所以最後勝出，不純粹是公理在握，靠的是朝廷中更有權勢的人站出來為他翻案。在這樣的司法環境中，無權無勢的小民，只能寄望於那些正直勇敢的清官，敢於虎口拔牙，敢於撞逆龍鱗。

杜子春三入長安①

想多情少宜求道，想少情多易入迷。

總是七情難斷滅，愛河波浪更堪悲。

話說隋文帝開皇年間，長安城中有個子弟姓杜，雙名子春，渾家韋氏。家住城南，世代在揚州做鹽商營運。真有萬萬貫家資，千千頃田地。那杜子春倚藉着父祖資業，那曉得稼穡艱難，且又生性豪俠，要學那石太尉[2]的奢華，孟嘗君的氣概。宅後造起一座園亭，重價構取名花異卉，巧石奇峰，妝成景致。曲房深院中，置買歌兒舞女，豔妾妖姬，居於其內。每日開宴園中，廣召賓客。你想那揚州乃是花錦地面，這些浮浪子弟，輕薄少年，卻又盡多，有了杜子春恁樣撒漫財主，再有那個不來！雖無食客三千，也有幫閒幾百。相交了這般無藉，肯容你在家受用不成？少不得引誘到外邊遊蕩。杜子春心性又是活的，有何不可？但見：

輕車怒馬，春陌遊行，走狗擎鷹，秋田較獵。青樓買笑，纏頭那惜千緒；博局呼盧，一擲常輸十萬。畫船簫管，恣意逍遙；選勝探奇，任情散誕。風月場中都總管，煙花寨內大主盟。

杜子春將銀子認做沒根的，如土塊一般揮霍。那韋氏又是掐得水出的女兒家，也只曉得穿好吃好，不管閒帳。看看家中金銀

---

1 本篇選自《醒世恒言》第三十七卷。
2 石太尉：西晉時人石崇，當時的大富豪。

搬完，屯鹽賣完，手中乾燥，央人四處借債。揚州城中那個不曉得杜子春是個大財主，才說得聲，東也掇來，西也送至，又落得幾時脾胃。到得沒處借時，便去賣田園，貨屋宅。那些債主，見他產業搖動，都來取索。那時江中蘆洲也去了，海邊鹽場也脫了，只有花園住宅不捨得與人，到把衣飾器皿變賣。他是用過大錢的，這些少銀兩，猶如吃碗泡茶，頃刻就完了。

你想，杜子春自幼在金銀堆裏滾大起來，使滑的手，若一刻沒得銀用，便過不去。難道用完了這項，卻就罷休不成，少不得又把花園住宅出脫。大凡東西多的時節，便覺用之不盡，若到少來，偏覺得易完。賣了房屋，身子還未搬出，銀兩早又使得乾淨。那班朋友，見他財產已完，又向旺處去了，誰個再來趨奉？就是奴僕，見家主弄到恁般地位，贖身的贖身，逃走的逃走，去得半個不留。姬妾女婢，標致的準了債去，粗蠢的賣來用度，也自各散去訖。單單剩得夫妻二人相向，幾間接腳屋①裏居住，漸漸衣服凋敝，米糧欠缺。莫說平日受恩的不來看覷他，就是杜子春自己也無顏見人，躲在家中。正是：

　　　　床頭黃金盡，壯士無顏色。

杜子春在揚州做了許多時豪傑，一朝狼狽，再無面目存坐得住，悄悄的歸去長安祖居，投托親戚。元來杜陵、韋曲二姓②，乃是長安巨族，宗支十分蕃盛，也有為官作宦的，也有商賈經營

---

1 接腳屋：偏房，常常是僕人所居。
2 杜陵、韋曲：陝西長安縣西南，漢唐勝地，杜、韋兩大姓住在這裏。

的，排家都是至親至戚，因此子春起這念頭。也不指望他資助，若肯借貸，便好度日。豈知親眷們都道子春潑天家計，盡皆弄完，是個敗子，借貸與他，斷無還日。為此只推着沒有，並無一個應承。便十二分至戚，情不可卻，也有周濟些的，怎當得子春這個大手段，就是熱鍋頭上灑着一點水，濟得甚事！好幾日沒飯得飽吃，東奔西趁，沒個頭腦。

偶然打向西門經過，時值十二月天氣，大雪初晴，寒威凜烈。一陣西風，正從門圈子裏颭來，身上又無綿衣，肚中又餓，颭起一身雞皮粟子，把不住的寒顫。歎口氣道："我杜子春豈不枉然！平日攀這許多好親好眷，今日見我淪落，便不禮我，怎麼受我恩的也做這般模樣？要結那親眷何用？要施那仁義何用？我杜子春也是一條好漢，難道就沒再好的日子？"正在那裏自言自語，偶有一老者從旁經過。見他歎氣，便立住腳問道："郎君為何這般長歎？"杜子春看那老者，生得：

> 童顏鶴髮，碧眼龐眉。聲似銅鐘，鬚如銀線。
> 戴一頂青絹唐巾，披一領茶褐道袍。腰繫絲縧，腳
> 穿麻履。若非得道仙翁，定是修行長者。

杜子春這一肚子氣惱，正莫發脫處，遇着這老者來問，就從頭備訴一遍。那老者道："俗語有云：'世情看冷暖，人面逐高低。'你當初有錢，是個財主，人自然趨奉你；今日無錢，是個窮鬼，便不禮你。又何怪哉！雖然如此，天不生無祿之人，地不長無根之草，難道你這般漢子，世間就沒個慷慨仗義的人周濟你的？只是你目下須得銀子幾何，才勾用度？"子春道："只三百

兩足矣。"老者笑道："量你好大手段，這三百兩幹得甚事？再說多些。"子春道："三千兩。"老者搖手道："還要增些。"子春道："若得三萬兩，我依舊到揚州去做財主了，只是難討這般好施主。"老者道："我老人家雖不甚富，卻也一生專行好事，便助你三萬兩。"袖裏取出三百個錢，遞與子春："聊備一飯之費。明日午時，可到西市波斯館①裏會我，郎君勿誤！"那老者說罷，徑一直去了。

子春心中暗喜道："我終日求人，一個個不肯周濟，只道一定餓死。誰知遇着這老者，發個善心，一送便送我三萬兩，豈不是天上吊下來的造化！如今且將他贈的錢，買些酒飯吃了，早些安睡。明日午時，到波斯館裏，領他銀子去。"走向一個酒店中，把三百錢都先遞與主人家，放開懷抱，吃個醉飽，回至家中去睡。卻又想道："我杜子春聰明一世，懵懂片時。我家許多好親好眷，尚不禮我，這老者素無半面之識，怎麼就肯送我銀子？況且三萬兩，不是當耍的，便作石頭也老重一塊。量這老者有多大家私，便把三萬兩送我？若不是見我嗟歎，特來寬慰我的，必是作耍我的；怎麼信得他？明日一定是不該去。"卻又想道："我細看那老者，倒像個至誠的。我又不曾與他那求乞，他沒有銀子送我便罷了，說那謊話怎的？難道是捨真財調假謊，先送我三百個錢，買這個謊說？明日一定是該去。去也是，不去也是？"想了一會，笑道："是了，是了！那裏是三萬兩銀子，敢只把三萬個錢送我，總是三萬之數，也不見得。俗諺道得好：'飢時一口，勝似飽時一斗。'便是三萬個錢，也值得三十多

---

1 西市：唐代長安有東西兩市，為商業區。波斯館：波斯人的會館和商行。

兩，勾我好幾日用度，豈可不去？」

子春被這三萬銀子在肚裏打攪，整整一夜不曾得睡，巴到天色將明，不想精神困倦，到一覺睡去，及至醒來，早已日將中了，忙忙的起來梳洗。他若是個有見識的，昨日所贈之錢，還留下幾文，到這早買些點心吃了去也好。只因他是使溜的手兒，撒漫的性兒，沒錢便煩惱，及至錢入手時，這三百文又不在他心上了。況聽見有三萬銀子相送，已喜出望外，那裏算計至此。他的肚皮，兩日到餓服了，卻也不在心上。梳裹完了，臨出門又笑道：「我在家也是閒，那波斯館又不多遠，做我幾步氣力不着，便走走去何妨。若見那老者，不要說起那銀子的事，只說昨夜承賜銅錢，今日特來相謝。大家心照，豈不美哉！」

元來波斯館，都是四夷進貢的人在此販賣寶貨，無非明珠美玉，文犀瑤石，動是上千上百的價錢，叫做金銀窠裏。子春一心想着要那老者的銀子，又怕他說謊，這兩隻腳雖則有氣沒力的，一步步蕩到波斯館來；一雙眼卻緊緊望那老者在也不在。到得館前，正待進門，恰好那老者從裏面出來，劈頭撞見。那老者嗔道：「郎君為甚的爽約？我在辰時到此，漸漸的日影矬西，還不見來，好守得不耐煩；你豈不曉得秦末張子房曾遇黃石公於圯橋之上，約後五日五更時分，到此傳授兵書。只因子房來遲，又約下五日。直待走了三次，半夜裏便去等候，方之傳得三略之法，輔佐漢高祖平定天下，封為留侯。[1]我便不如黃石公，看你怎做得張子房？敢是你疑心我沒銀子把你麼？我何苦討你的疑心。你且回去，我如今沒銀子了。」只這一句話，嚇得子春面如土色，

---

1 此段故事見《史記·留侯世家》。

懊悔不及，恰像折翅的老鸛，兩隻手不覺直掉了下去，想道：
"三萬銀子到手快了，怎麼恁樣沒福，到熟睡了去，弄至這時
候！如今他卻不肯了。" 又想道："他若也像黃石公肯再約日
子，情願隔夜打個鋪兒睡在此伺候。" 又想道："這老官兒既有
心送我銀子，早晚總是一般的，又吊甚麼古今，論甚麼故事？"
又想道："還是他沒有銀子，故把這話來遮掩？"

正在胡猜亂想，那老者恰像在他腹中走過一遭的，便曉得
了，乃道："我本待再約個日子，也等你走幾遭兒，則是你疑我
道一定沒有銀子，故意弄這腔調。罷！罷！罷！有心做個好事，
何苦又要你走，可隨我到館裏來。" 子春見說原與他銀子，又像
一個跳虎撥着關捩子，①直豎起來，急松松跟着老者，逕到西廊
下第一間房內。開了壁廚，取出銀子，一剗都是五十兩一個元寶
大錠，整整的六百個，便是三萬兩，擺在子春面前，精光耀目。
說道："你可將去，再做生理，只不要負了我相贈的一片意
思。" 你道杜子春好不莽撞，也不問他姓甚名誰，家居那裏，剛
剛拱手，說得一聲："多謝，多謝！" 便顧三十來個腳夫，竟把
銀子挑回家去。

杜子春到明日絕早，就去買了一匹駿馬，一付鞍韀，又做了
幾件時新衣服，便去誇耀眾親眷，說道："據着你們待我，我已
餓死多時了。誰想天無絕人之路，卻又有做方便的送我好幾萬銀
子。我如今依舊往揚州去做鹽商，特來相別。有一首《感懷詩》
在此，請政②。" 詩云：

---

1 跳虎：似為玩具虎。關捩子：一種機括。

2 請政：請指正。政，同正。

九叩高門十不應，耐他淩辱耐他憎。

如今騎鶴揚州去，莫問腰纏有幾星。

　　那些親眷們一向訕笑杜子春這個敗子，豈知還有發跡之日，這些時見了那首感懷詩，老大的好沒顏色。卻又想道：“長安城中那有這等一捨便捨三萬兩的大財主？難道我們都不曉得？一定沒有這事。”也有說他祖上埋下的銀子，想被他掘着了。也有說道，莫非窮極無計，交結了響馬強盜頭兒，這銀子不是打劫客商的，便是偷竊庫藏的。都在半信半不信之間。這也不在話下。

　　且說子春，那銀子裝上幾車，出了東都門，徑上揚州而去。路上不則一日，早來到揚州家裏。渾家韋氏迎着道：“看你氣色這般光彩，行李又這般沉重，多分有些錢鈔，但不知那一個親眷借貸你的？”子春笑道：“銀倒有數萬，卻一分也不是親眷的。”備細將西門下歎氣，波斯館裏贈銀的情節，說了一遍。韋氏便道：“世間難得這等好人，可曾問他甚麼名姓？等我來生也好報答他的恩德。”子春卻呆了一晌，說道：“其時我只看見銀子，連那老者也不看見，竟不曾問得。我如今謹記你的言語，倘或後來再贈我的銀子時節，我必先問他名姓便了。”

　　那子春平時的一起賓客，聞得他自長安還後帶得好幾萬銀子來，依舊做了財主，無不趨奉，似蠅攢蟻附一般，因而攛掇他重妝氣象，再整風流。只他是使過上百萬銀子的，這三萬兩能勾幾時揮霍，不及兩年，早已罄盡無餘了。漸漸的賣了馬騎驢，賣了驢步走，熬枯受淡，度過日子。豈知坐吃山空，立吃地陷，終是沒有來路。日久歲長，怎生捱得！悔道：“千錯萬錯，我當初出長安別親眷之日，送甚麼《感懷詩》，分明與他告絕了，如今還有甚嘴臉好去干求他？便是干求，料他也決不禮我。弄得我有家難奔，有國難投，教我怎處！」韋氏道：「倘或前日贈銀子的老兒尚在，再贈你些，也不見得。」子春冷笑道：「你好癡心妄想！知那老兒生死若何？貧富若何？怎麼還望他贈銀子！只是我那親眷都是肺腑骨肉，到底割不斷的。常言：『傍生不如傍熟。』我如今沒奈何，只得還至長安去，求那親眷。」正是：

要求生活計，難惜臉皮羞。

杜子春重到長安，好不卑詞屈體，去求那眾親眷。豈知親眷們如約會的一般，都說道：「你還去求那頂尖的大財主，我們有甚力量扶持得你起？」只這冷言冷落，帶譏帶訕的，教人怎麼當得！險些把子春一氣一個死。忽一日打從西門經過，劈面遇着老者，子春不勝感愧，早把一個臉都掙得通紅了。那老者問道：「看你氣色，像個該得一注橫財的。只是身上衣服，怎麼這般襤褸？莫非又消乏了？」子春謝道：「多蒙老翁送我三萬銀子，我只說是用不盡的。不知略撒漫一撒漫，便沒有了。想是我流年不利，故此沒福消受，以至如此。」老者道：「你家好親好眷遍滿長安，難道更沒周濟你的？」子春聽見說親眷周濟這句話，兩個眉頭就攢做一堆，答道：「親眷雖多，一個個都是一錢不捨的慳吝鬼，怎比得老翁這般慷慨！」老者道：「如今本當再贈你些才是，只是你三萬銀子不勾用得兩年，若活了一百歲，教我那裏去討那百多萬贈你？休怪休怪！」把手一拱，望西去了。正是：

須將有日思無日，休想今人似昔人。

那老者去後，子春歎道："我受了親眷們許多訕笑，怎麼那老者最哀憐我的，也發起說話來。敢是他硬做好漢，送了我三萬銀子，如今也弄得手頭乾了。只是除了他，教我再望着那一個搭救。"正在那裏自言自語，豈知老者去不多遠，卻又轉來，說道："人家敗子也盡有，從不見你這個敗子的頭兒，三萬銀子，恰像三個銅錢，翼翼眼就弄完了。論起你恁樣會敗，本不該周濟你了，只是除了我，再有誰周濟你的？你依舊飢寒而死，卻不枉了前一番功果。常言道：'殺人須見血，救人須救徹。'還只是廢我幾兩銀子不着，救你這條窮命。"袖裏又取出三百個銅錢，遞與子春道："你可將去買些酒飯吃，明日午時仍到波斯館西廊下相會。既道是三萬銀子不勾用度，今次須送你十萬兩。只是要早來些，莫似前番又要我等你！"且莫說那老者發這樣慈悲心，送過了三萬，還要送他十萬，倒也虧杜子春好一副厚面皮，明日又去領受他的。

　　當下子春見老者不但又肯周濟，且又比先反增了七萬，喜出望外，雙手接了三百銅錢，深深作了個揖起來，舉舉手，大踏步就走。一直徑到一個酒店中，依然把三百個錢做一垛兒先遞與酒家。走上酒樓，揀副座頭坐下。酒保把酒餚擺將過來。子春一則從昨日至今還沒飯在肚裏，二則又有十萬銀子到手，歡喜過望，放下愁懷，恣意飲啖。那酒家只道他身邊還有銅錢，嘎飯案酒，流水搬來。子春又認做是三百錢內之物，並不推辭，盡情吃個醉飽，將剩下東西，都賞了酒保。那酒保們見他手段來得大落，私下議道："這人身上便襤褸，倒好個撒漫主顧！"子春下樓，向外便走。酒家道："算明了酒錢去。"子春只道三百錢還吃不了，乃道："餘下的賞你罷，不要算了。"酒家道："這人好混帳，吃透了許多東西，到說這樣冠冕話！”子春道：“卻不干我事，你自送我吃的。”徹身又走。酒家上前一把扯住道：“說得好自在！難道再多些，也是送你吃的！”兩下爭嚷起來。

　　旁邊走過幾個鄰里相勸，問：“吃透多少？”酒家把帳一算，說：“還該二百。”子春呵呵大笑道：“我只道多吃了幾萬，恁般着忙！原來止得二百文，乃是小事，何足為道。”酒家道：“正是小事，快些數了撒開。”子春道：“卻恨今日帶得錢少，我明日送來還你。”酒家道：“認得你是那個，卻賒與你？”杜子春道：“長安城中，誰不曉得我城南杜子春是個大財主？莫說這二百文，再多些，決不少你的。若不相託，寫個票兒在此，明日來取。”眾人見他自稱為大財主，都忍不住笑，把他上下打料。內中有個聞得他來歷的，在背後笑道：“原來是這個敗子，只怕財主如今輪不着你了。”子春早又聽見，便道：“老丈休得見笑。今日我便是這個嘴臉，明午有個相識，送我十萬銀子，怕道不依舊做財主麼？”眾人聞得這話，一發都笑倒了，齊道：“這人莫不是風了，天下那有送十萬銀子的相識？在那裏？”酒家道：“我也不管你有十萬廿萬，只還了我二百錢走路。”子春道：“要，便明日多賞了你兩把，今日卻一文沒有。”酒家道：“你是甚麼鳥人？吃了東西，不肯還錢！”當胸揪住，卻待要打。子春正摔脫不開，只聽有人叫道：“莫打，有話講理。”分開眾人，挺身進來。子春睜睛觀看，正好是西門老者，忙叫道：“老翁來得恰好！與我評一評理。”老者問道：“你們為何揪住這位郎君廝鬧？”酒家道：“他吃透了二百錢酒，卻要白賴，故此取索。”子春道：“承老翁所賜三百文，先交付與他，然後飲酒，他自要多把東西與人吃，干我甚事？今情願明日多還他些，執意不肯，反要打我。老翁，你且說誰個的理直？"老者向酒家道："既是先交錢後飲酒，如何多把與他吃？這是你自己不是。"又對子春道："你在窮困之鄉，也不該吃這許多。如今通不許多說，我存得二百錢在此，與你兩下和了罷。"袖裏摸出錢來，遞與酒家。酒家連稱多謝。子春道："又蒙老翁周全，無可為報。若不相棄，就此小飲三杯，奉酬何如？"老者微微笑道："不消得，改日擾你罷。"向眾人道聲請了，原復轉身而去。子春也自歸家。

這一夜，子春心下想道："我在貧窘之中，並無一個哀憐我的，多虧這老兒送我三萬銀子，如今又許我十萬。就是今日，若不遇他來周全，豈不受這酒家的囉唣。明日到波斯館裏，莫說有銀子，就做沒有，也不可不去。況他前次既不說謊，難道如今卻又弄謊不成？"巴不到明日，一徑的投波斯館來。只見那老者已先在彼，依舊引入西廊下房內，搬出二千個元寶錠，便是十萬兩，交付子春收訖，叮囑道："這銀子難道不許你使用，但不可一造的用盡了，又來尋我。"子春謝道："我杜子春若再敗時，老翁也不必看覷我了。"即便顧了車馬，將銀子裝上，向老者叫聲聒噪，押着而去。

元來偷雞貓兒，到底不改性的，剛剛挑得銀子到家，又早買了鞍馬，做了衣服，去辭別那眾親眷，說道："多承指示，教我去求那大財主。果然財主手段，略不留難，又送我十萬銀子。我如今有了本錢，便住在城中，也有坐位了。只是我杜子春天生敗子，豈不玷辱列位高親？不如仍往揚州，與鹽商合夥，到也穩便。"這個說話，明明是帶着刺兒的。那親眷們卻也受了子春一場嘔氣，敢怒而不敢言。

且說子春整備車馬，將那十萬銀子，載的載，馱的馱，徑往揚州。韋氏看見許多車馬，早知道又弄得些銀子回來了，便問道：「這行李莫非又是西門老兒資助你的？」子春道：「不是那老兒，難道還有別個？」韋氏道：「可曾問得名姓麼？」子春睜着眼道：「哎呀！他在波斯館裏搬出十萬銀子時節，明明記得你的分付，正待問他，卻被他婆兒氣，再四叮囑我，好做生理，切不可浪費了，我不免回答他幾句。其時一地的元寶錠，又要顧車顧馬，看他裝載，又要照顧地下，忙忙的收拾不迭，怎討得閒工夫，又去問他名姓。雖然如此，我也甚是懊悔。萬一我杜子春舊性發作，依先用完了，怎麼又好求他？卻不是天生定該餓死的。」韋氏笑道：「你今有了十萬銀子，還怕窮哩！」

　　元來子春初得銀子時節，甚有做人家的意思，及到揚州，豪心頓發，早把窮愁光景盡皆忘了。莫說舊時那班幫興不幫敗的朋友，又來攛哄，只那韋氏出自大家，不把銀子放在眼裏的，也只圖好看，聽其所為。真個銀子越多，用度越廣，不上三年，將這十萬兩蕩得乾乾淨淨，倒比前次越窮了些。韋氏埋怨道：「我教你問那老兒名姓，你偏不肯問，今日如何？」子春道：「你埋怨也沒用。那老兒送了三萬，又送十萬，便問得名姓，也不好再求他了。只是那老兒不好求，親眷又不好求，難道杜子春便是這等坐守死了！我想長安城南祖居，盡值上萬多銀子，眾親眷們都是圖謀的。我既窮了，左右沒有面孔在長安住，還要這宅子怎麼？常言道：『有千年產，沒千年主。』不如將來變賣，且作用度，省得靠着米囤卻餓死了。」這叫做杜子春三入長安，豈不是天生的一條的癡漢！有詩為證：

莫恃黃金積滿階，等閒費盡幾時來？

十年為俠成何濟，萬里投人誰見哀！

卻表子春到得長安，再不去求眾親眷，連那老兒也怕去見
他，只住在城南宅子裏，請了幾個有名的經紀，將祖遺的廳房土
庫幾所，下連基地，時值價銀一萬兩，二面議定，親筆填了文
契，托他絕賣。只道這價錢是甕中捉鱉，手到拿來。豈知親眷們
量他窮極，故意要死他的貨，偏不肯買。那經紀都來回了。子春
歎道：“我杜子春直恁的命低，似這寸金田地，偏有賣主，沒有
受主。敢則經紀們不濟，還是自家出去尋個頭腦。”

剛剛到得大街上，早望見那老者在前面來了，連忙的躲在眾
人叢裏，思量避他。豈知那老者卻從背後一把曳住袖子，叫道：
“郎君，好負心也！”只這一聲，羞得杜子春再無容身之地。老
者道：“你全不記在西門歎氣之日乎？老夫雖則涼薄，也曾兩次
助你好幾萬銀子，且莫說你怎麼樣報我，難道喏也唱不得一個？
見了我到躲了去。我何不把這銀子料在水裏，也呼地的響一
聲！”子春謝罪道：“我杜子春，單只不會做人家，心肝是有
的，寧不知感老翁大恩！只是兩次銀子，都一造的蕩廢，望見老
翁，不勝慚愧，就恨不得立時死了。以此躲避，豈敢負心！”那
老者便道：“既是這等，則你回心轉意，肯做人家，我還肯助
你。”子春道：“我這一次，若再敗了，就對天設下個誓來。”
老者笑道：“誓到不必設，你只把做人家勾當，說與我聽着。”
子春道：“我祖上遺下海邊上鹽場若干所，城裏城外沖要去處，
店房若干間，長江上下蘆洲若干里，良田若干頃，極是有利息
的。我當初要銀子用，都爛賤的典賣與人了。我若有了銀子，盡

數取贖回來，不消兩年，便可致富。然後興建義莊，開闢義塚，親故們贏老的養膳他，幼弱的撫育他，孤孀的存恤他，流離顛沛的拯救他，屍骸暴露的收埋他，我於名教復圓矣。」老者道：「你既有此心，我依舊助你。」便向袖裏一摸，卻又摸出三百個錢，遞與子春，約道：「明日午時到波斯館裏來會我，再早些便好。」子春因前次受了酒家之氣，今番也不去吃酒，別了老者，一徑回去。

　　一頭走，一頭思想道：「我杜子春天生莽漢，幸遇那老者兩次贈我銀子，我不曾問得他名姓，被妻子埋怨一個不了。如今這次，須不可不問。」只待天色黎明，便投波斯館去。在門上坐了一會，方才那老者走來。此時尚是辰牌時分。老者喜道：「今日來得恰好。我想你說的做人家勾當，若銀子少時，怎濟得事？須把三十萬兩助你。算來三十萬，要六千個元寶錠，便數也數得一日，故此要你早些來。」便引子春入到西廊下房內，只一搬，搬出六千個元寶錠來。交付明白，叮囑道：「老夫一生家計，盡在此了。你若再敗時節，也不必重來見我。」子春拜謝道：「敢問老翁高姓大名？尊府那裏？」老者道：「你待問我怎的？莫非你思量報我麼？」子春道：「承老翁前後共送了四十三萬，這等大恩，還有甚報得？只狗馬之心，一毫難盡。若老翁要宅子住，小子賣契尚在袖裏，便敢相奉。」老者笑道：「我若要你這宅子，我只守了自家的銀子卻不好。」子春道：「我杜子春貧乏了，平時親識沒有一個看顧我的，獨有老翁三次周濟。想我杜子春若無可用之處，怎肯便捨這許多銀子？倘或要用我杜子春，敢不水裏水裏去，火裏火裏去。」老者點着頭道：「用便有用你去處，只是尚早。且待你家道成立，三年之後，來到華山雲臺峰上，老君祠前雙檜樹下，見我便了。"有詩為證：

四十三萬等閒輕，末路猶然諱姓名。
他日雲臺雖有約，不知何事用狂生？

卻說子春把那三十萬銀子，扛回家去，果然這一次頓改初
心，也不去整備鞍馬，也不去製備衣服，也不去辭別親眷，悄悄
的顧了車馬，收拾停當，徑往揚州。元來有了銀子，就是天上打
一個霹靂，滿京城無有不知的。那親眷們都說道："他有了三十
萬銀子，一般財主體面；況又沾親，豈可不去餞別！"也有說
道："他沒了銀子時節，我們不曾禮他，怎麼有了銀子便去餞
別？這個叫做前倨後恭，反被他小覷了我們。"到底願送者多，
不願送者少，少的拗不過多的，一齊備了酒，出東都門外，與杜
子春餞別。只見酒到三巡，子春起來謝道："多勞列位高親遠
送，小子信口謅得個曲兒，回敬一杯，休得見笑。"你道是甚麼
曲兒？元來都是敘述窮苦無處求人的意思，只教那親眷們聽着，
坐又坐不住，去又去不得，倒是不來送行也罷了，何苦自討這場
沒趣。曲云：

我生來是富家，從幼的喜奢華，財物撒漫賤如
沙。覷着囊資漸寡，看看手內光光乍，看看身上絲
絲掛。歡娛博得歎和嗟，枉教人作話靶。待求人難
上難，說求人最感傷。朱門走遍自傍徨，沒半個錢
兒到掌。若沒有城西老者寬洪量，三番相贈多情
況，這微軀已喪路途傍，請列位高親主張。

子春唱罷，拍手大笑，向眾親眷說聲請了，洋洋而去。心裏想道：「我當初沒銀子時節，去訪那親眷們，莫說請酒，就是一杯茶也沒有。今日見我有了銀子，便都設酒出門外送我。元來銀子這般不可少的，我怎麼將來容易蕩費了！」一路上好生感歎。到得揚州，韋氏只道他止賣得些房價在身，不勾撒漫，故此服飾輿馬，比前十分收斂。豈知子春在那老者眼前，立下個做人家的誓願，又被眾親眷們這席酒識破了世態，改轉了念頭，早把那扶敗不扶敗的一起朋友盡皆謝絕，影也不許他上門。方才陸續的將典賣過鹽場客店，蘆洲稻田，逐一照了原價，取贖回來。果然本錢大，利錢也大。不上兩年，依舊潑天巨富。又在兩淮南北直到瓜州地面，造起幾所義莊，莊內各有義田、義學、義塚。不論孤寡老弱，但是要養育的，就給衣食供膳他；要講讀的，就請師傅教訓他；要殯殮的，就備棺槨埋葬他。莫說千里內外感被恩德，便是普天下那一個不讚道：「杜子春這等敗了，還掙起人家。才做得家成，又幹了多少好事，豈不是天生的豪傑！」

元來子春牢記那老者期約在心，剛到三年，便把家事一齊付與妻子韋氏，說道：「我杜子春三入長安，若沒那老者相助，不知這副窮骨頭死在那裏！他約我家道成立，三年之外，可到華山雲臺峰上老君祠前雙檜樹下，與他相見，卻有用着我的去處。如今已是三年時候，須索到華山去走一遭。」韋氏答道：「你受他這等大恩，就如重生父母一般，莫說要用着你，便是要用我時，也說不得了。況你貧窮之日，留我一個在此，尚能支持；如今現有天大家私，又不怕少了我吃的，又不怕少了我穿的，你只管放心，自去便了。」當日整治一杯別酒，親出城西餞送子春上路。

竹葉杯中辭少婦，蓮花峰上訪真人。

　　子春別了韋氏，也不帶從人，獨自一個上了牲口，逕往華山路上前去。元來天下名山，無如五嶽。你道那五嶽？中嶽嵩山、東嶽泰山、北嶽恒山、南嶽霍山[1]、西嶽華山。這五嶽都是神仙窟宅。五嶽之中，惟華山最高。四面看來，都是方的，如刀斧削成一片，故此俗人稱為"削成山"。到了華山頂上，別有一條小路，最為艱險，須要攀藤捫葛而行。約莫五十餘里，才是雲臺峰。子春抬頭一望，早見兩株檜樹，青翠如蓋，中間顯出一座血紅的山門，門上豎着扁額，乃是"太上老君之祠"六個老大的金字。此時乃七月十五，中元令節，天氣尚熱，況又許多山路，走得子春渾身是汗，連忙拭淨斂容，向前頂禮仙像。只見那老者走將出來，比前大是不同，打扮得似神仙一般。但見他：

　　　戴一頂玲瓏碧玉星冠，被一領織錦絳綃羽衣，黃絲綬腰間婉轉，紅雲履足下蹣跚。頷下銀鬚灑灑，鬢邊華髮斑斑。兩袖香風飄瑞靄，一雙光眼露朝星。

　　那老者遙問道："郎君果能不負前約，遠來相訪乎！"子春上前，納頭拜了兩拜，躬身答道："我這身子，都是老翁再生的。既蒙相約，豈敢不來！但不知老翁有何用我杜子春之處？"老者道："若不用你，要你沖炎冒暑來此怎的！"便引着子春進

---

1 霍山：本指湖南衡山。後因漢武帝移祠嶽於安徽的天柱山，於是稱天柱山為霍山。

入老君祠後。這所在，乃是那老者煉藥去處。子春舉目看時，只見中間一所大堂，堂中一座藥灶，玉女九人環灶而立，青龍白虎分守左右。堂下一個大甕，有七尺多高，甕口有五尺多闊，滿甕貯着清水。西壁下鋪着一張豹皮。老者教子春靠壁向東盤膝坐下，卻去提着一壺酒，一盤食來。你道盤中是甚東西？乃是三個白石子。子春暗暗想道：「這硬石子怎生好吃？」元來煮熟的，就如芋頭一般，味尤甘美。子春走了許多山路，正在飢渴之際，便把酒食都吃盡了。其時紅日沉西，天色傍晚。那老者分付道：「郎君不遠千里，冒暑而來，所約用你去處，單在於此。須要安神定氣，坐到天明。但有所見，皆非實境，任他怎生樣兇險，怎生樣苦毒，都只忍着，不可開言。」分付已畢，自向藥灶前去，卻又回頭叮囑道：「郎君切不可忘了我的分付，便是一聲也則不得的。牢記，牢記！」子春應允。

剛把身子坐定，鼻息調得幾口，早看見一個將軍，長有一丈五六，頭戴鳳翅金盔，身穿黃金鎧甲，帶領着四五千人馬，鳴鑼擊鼓，吶喊搖旗，擁上堂來，喝問：「西壁下坐的是誰？怎麼不迴避我？快通名姓。」子春全不答應。激得將軍大怒，喝教人攢箭射來，也有用刀夾背斫的，也有用槍當心戳

十年一覺揚州夢，贏得人間敗子名

的，好不利害！子春謹記老者分付，只是忍着，並不做聲。那將軍沒奈何他，引着兵馬也自去了。金甲將軍才去，又見一條大蟒蛇，長可十餘丈，將尾纏住子春，以口相向，焰焰的吐出兩個舌尖，抵入鼻子孔中。又見一群狼虎，從頭上撲下，咆哮之聲，振動山谷。那獠牙就如刀鋸一般鋒利，遍體咬傷，流血滿地。又見許多兇神惡鬼，都是銅頭鐵角，猙獰可畏，跳躍而前。子春任他百般簸弄，也只是忍着。猛地裏又起一陣怪風，颳得天昏地黑，大雨如注，堂下水湧起來，直浸到胸前。轟天的霹靂，當頭打下，電火四掣，鬚髮都燒。子春一心記着老者分付，只不做聲。漸漸的雷收雨息，水也退去。

子春暗暗喜道：“如今天色已霽，想再沒有甚麼驚嚇我了。”豈知前次那金甲大將軍，依舊帶領人馬，擁上堂來，指着子春喝道：“你這雲臺山妖民，到底不肯通名姓，難道我就奈何不得你？”便令軍士，疾去揚州，擒他妻子韋氏到來。說聲未畢，韋氏已到，按在地上，先打三百殺威棒，打得個皮開肉綻，鮮血迸流。韋氏哀叫道：“賤妾雖無容德，奉事君子有年，豈無伉儷之情？乞賜一言，救我性命。”子春暗想老者分付，說是“隨他所見，皆非實境”，安知不是假的？況我受老者大恩，便真是妻子，如何顧得。並不開言，激得將軍大怒，遂將韋氏千刀萬剮。韋氏一頭哭，一頭罵，只說：“枉做了半世夫妻，忍心至此！我在九泉之下，誓必報冤。”子春只做不聽得一般。將軍怒道：“這賊妖術已成，留他何用？便可一併殺了。”只見一個軍士，手提大刀，走上前來，向子春頸上一揮，早已身首分為兩處。你看杜子春，剛才掙得成家，卻又死於非命，豈不痛惜！可憐：

遊魂渺渺歸何處？遺業忙忙付甚人？

那子春頸上被斫了一刀，已知身死，早有夜叉在旁，領了他魂魄，竟投十地閻君殿下，都道："子春是個雲臺峰上妖民，合該押赴酆都地獄，遍受百般苦楚，身軀糜爛。"元來被業①風一吹，依還如舊。卻又領子春魂魄，托生在宋州原任單父縣丞叫做王勸家，做個女兒。從小多災多病，針灸湯藥，無時間斷。漸漸長成，容色甚美，只是說不出一句說話來，是個啞的。同鄉有個進士，叫做盧珪，因慕他美貌，要求為妻。王家推辭，啞的不好相許。盧珪道："人家娶媳婦，只要有容有德，豈在說話？便是啞，不強似長舌的。"卻便下了財禮，迎取過門，夫妻甚是相得。早生下兒子，已經兩歲，生得眉清目秀，紅的是唇，白的是齒，真個可愛。

忽一日盧珪抱着撫弄，卻問王氏道："你看這兒子，生得好麼？"王氏笑而不答。盧珪怒道："我與你結髮三載，未嘗肯出一聲。這是明明鄙賤着我，還說甚恩情那裏，總要兒子何用？"倒提着兩隻腳，向石塊上只一撲，可憐掌上明珠，撲做一團肉醬。子春卻忘記了王家啞女兒，就是他的前身，看見兒子被丈夫活活撲死了，不勝愛惜，剛叫得一個"噫"字，豈知藥灶裏迸出一道火光，連這一所大堂險些燒了。

其時天色已將明，那老者忙忙向前提着子春的頭髮，將他浸在水甕裏，良久方才火息。老者跌腳歎道："人有七情，乃是喜怒憂懼愛惡慾。我看你六情都盡，惟有愛情未除。若再忍得一

<hr />

① 業：梵語。造作為業，即過去和現在的行為，業也是決定因果輪迴之因。

刻，我的丹藥已成，和你都升仙了。今我丹藥還好修煉，只是你的凡胎，卻幾時脫得？可惜老大世界，要尋一個仙才，難得如此！”子春懊悔無地，走到堂上，看那藥灶時，只見中間貫着手臂大一根鐵柱，不知仙藥都飛在那裏去了。老者脫了衣服，跳入灶中，把刀在鐵柱上刮得些藥末下來，教子春吃了，遂打發下山。子春伏地謝罪，說道：“我杜子春不才，有負老師囑付。如今情願跟着老師出家，只望哀憐弟子，收留在山上罷。”老者搖手道：“我這所在，如何留得你？可速回去，不必多言。”子春道：“既然老師不允，容弟子改過自新，三年之後，再來效用。”老者道：“你若修得心盡時，就在家裏也好成道；若修心不盡，便來隨我，亦有何益。勉之，勉之！”

子春領命，拜別下山。不則一日，已至揚州。韋氏接着，問道：“那老者要你去，有何用處？”子春道：“不要說起，是我不才，負了這老翁一片美情。”韋氏問其緣故，子春道：“他是個得道之人，教我看守丹灶，囑付不許開言。豈知我一時見識不定，失口叫了一個‘噫’字，把他數十年辛勤修命的丹藥，都弄走了。他道我再忍得一刻，他的丹藥成就，連我也做了神仙。這不是壞了他的事，連我的事也壞了？以此歸來，重加修省。”韋氏道：“你為甚卻道這‘噫’字？”子春將所見之事，細細說出，夫妻不勝嗟歎。自此之後，子春把天大家私丟在腦後，日夕焚香打坐，滌慮凝神，一心思想神仙路上。但遇孤孀貧苦之人，便動千動百的捨與他，雖不比當初敗廢，卻也漸漸的十不存一。

倏忽之間，又是三年。一日對韋氏說道：“如今待要再往雲臺求見那老者，超脫塵凡。所餘家私，盡着勾你用度，譬如我已死，不必更想念了。”那韋氏也是有根器的，聽見子春要去，絕無半點留念，只說道："那老者為何肯捨這許多銀子送你，明明是看你有神仙之分，故來點化，怎麼還不省得？"明早要與子春餞行，豈知子春這晚題下一詩，留別韋氏，已潛自往雲臺去了。詩云：

> 驟興驟敗人皆笑，旋死旋生我自驚。
> 從今撒手離塵網，長嘯一聲歸白雲。

你道子春為何不與韋氏面別，只因三年齋戒，一片誠心，要從揚州步行到彼，恐怕韋氏差撥伴當跟隨，整備車馬送他，故此悄地出了門去。兩隻腳上都走起繭子來，方才到得華州地面。上了華山，徑奔老君祠下，但見兩株檜樹，比前越加蔥翠。堂中絕無人影，連那藥灶也沒些蹤跡。子春歎道："一定我杜子春不該做神仙，師父不來點化我了。雖然如此，我發了這等一個願心，難道不見師父就去了不成？今日死也死在這裏，斷然不回去了。"便住在祠內，草衣木食，整整過了三年。守那老者不見，只得跪在仙像前叩頭，祈告云：

> 竊惟弟子杜子春，下土愚民，塵凡濁骨。奔逐貨利之場，迷戀聲色之內。蒙本師慨發慈悲，指皈大道，奈弟子未斷愛情，難成正果。遣歸修省，三載如初。再叩丹臺，一誠不二。洗心滌慮，六根清淨無為；養性修真，萬緣去除都盡。伏願道緣早啟，仙馭速臨。拔凡骨於塵埃，開迷蹤於覺路。云云。

子春正在神前禱祝，忽然祠後走出一個人來，叫道："郎君，你好至誠也！"子春聽見有人說話，抬起頭來看時，卻正是那老者。又驚又喜，向前叩頭道："師父，想殺我也！弟子到此盼望三年，怎的再不能一面？"老者笑道："我與你朝夕不離，怎說三年不見？"子春道："師父既在此間，弟子緣何從不看見？"老者道："你且看座上神像，比我如何？"子春連忙走近老君神像之前定睛細看，果然與老者全無分別。乃知向來所遇，即是太上老君，便伏地請罪，謝道："弟子肉眼怎生認得？只望我師哀憐弟子，早傳大道。"老君笑道："我因怕汝處世日久，塵根不斷，故假攝七種情緣，歷歷試汝。今汝心下已皆清淨，又何言哉！我想漢時淮南王劉安，專好神仙，直感得八公下界，與他修合丹藥。煉成之日，合宅同升，連那雞兒狗子，餂了鼎中藥末，也得相隨而去，至今雞鳴天上，犬吠雲間。既是你已做神仙，豈有妻子偏不得道？我有神丹三丸，特相授汝，可留其一，持歸與韋氏服之。教他免墮紅塵，早登紫府。"子春再拜，受了神丹，卻又稟道："我弟子貧窮時節，投奔長安親眷，都道我是敗子，並無一個慈悲我的。如今弟子要同妻韋氏，再往長安，將城南祖居捨為太上仙祠，祠中鑄造丈六金身，供奉香火。待眾親眷聚集，曉喻一番，也好打破他們這重魔障。不知我師可容許我弟子否？"老君讚道："善哉，善哉！汝既有此心，待金像鑄成之日，吾當顯示神通，挈汝升天，未為晚也。"正是：

十年一覺揚州夢，贏得人間敗子名。

話分兩頭，卻說韋氏自子春去後，卻也一心修道，屏去繁華，將所遺家私盡行佈施，只在一個女道士觀中，投齋①度日。滿揚州人見他夫妻雲遊的雲遊，乞丐的乞丐，做出這般行徑，都莫知其故。忽一日，子春回來，遇着韋氏。兩個俱是得道之人，自然不言而喻。便把老君所授神丹，付與韋氏服了。只做抄化模樣，徑赴長安去投見那眾親眷，呈上一個疏簿②，說把城南祖居，捨作太上老君神廟，特募黃金十萬兩，鑄造丈六天身，供奉殿上。要勸那眾親眷，共結善緣。

其時親眷都笑道："他兩次得了橫財，盡皆廢敗，這不必說了。後次又得一大注，做了人家，如何三年之後，白白的送與人去？只他丈夫也罷了，怎麼韋氏平時既不諫阻，又把分撥與他用度的，亦皆散捨？豈不夫妻兩個都是薄福之人，消受不起，致有今日。眼見得這座祖宅，還值萬數銀子，怎麼又要捨作道院，別來募化黃金，興鑄仙像。這等癡人，便是募得些些，左右也被人騙去。我們禮他則甚！"盡都閉了大門，推辭不管閒事。子春夫妻含笑而歸。那親眷們都量定杜子春夫妻，斷然鑄不起金像的，故此不肯上疏。豈知半月之後，子春卻又上門遞進一個請帖兒，寫着道：

　　子春不自量力，謹捨黃金六千斤，鑄造老君仙像。仰仗眾緣，法相完成。擬於明日奉像升座。特備小齋，啟請大德，同觀勝事，幸勿他辭！

---

1 投齋：趕齋，哪裏佈齋飯就往哪裏去。

2 疏簿：化緣簿子。

那親眷們看見，無不驚訝，歎道："怎麼就出得這許多金子？又怎麼鑄造得這等神速？"連忙差人前去打聽，只見眾親眷門上和滿都城士庶人家，都是同日有一個杜子春親送請帖，也不知杜子春有多少身子。都道這事有些蹺蹊。到次日，沒一個不來。到得城南，只見人山人海，填街塞巷，合城男女，都來隨喜。早望見門樓已都改造過了，造得十分雄壯，上頭寫着栲栳大金字，是"太上行宮"四個字。進了門樓，只見殿宇廊廡，一剗的金碧輝煌，耀睛奪目，儼如天宮一般。再到殿上看時，真個黃金鑄就的丈六天身，莊嚴無比。眾親眷看了，無不搖首咋舌道："真個他弄起恁樣大事業！但不知這些金子是何處來的？"又見神座前，擺下一大盤蔬菜，一卮子酒，暗暗想道："這定是他辦的齋了，縱便精潔，無過有一兩器，不消一個人便一口吃完了。

千金散盡貧何惜，一念皈依死不移
慷慨丈夫終得道，白雲冉冉上天梯

怎麼下個請帖，要遍齋許多人眾？"你道好不古怪，只見子春夫婦，但遇着一個到金像前瞻禮的，便捧過齋來請他吃些，沒個不吃，沒個不讚道甘美。

　　那親眷們正在驚歎之際，忽見金像頂上，透出一道神光，化做三朵白雲。中間的坐了老君，左邊坐了杜子春，右邊坐了韋氏，從殿上出來，升到空裏，約莫離地十餘丈高。只見子春舉手與眾人作別，說道：“橫眼凡民，只知愛惜錢財，焉知大道。但恐三災橫至，四大崩摧，①積下家私，拋於何處？可不省哉！可不惜哉！”曉喻方畢，只聽得一片笙簫仙樂，響振虛空，旌節導前，幡蓋擁後，冉冉升天而去。滿城士庶，無不望空合掌頂禮。有詩為證：

> 千金散盡貧何惜，一念皈依死不移。
> 慷慨丈夫終得道，白雲冉冉上天梯。

串講

　　隋代開皇年間，揚州鹽商之後杜子春，撒漫使錢，家業蕩盡，只得返回祖籍長安。親故嫌棄，杜子春落魄途窮，遇一老者慷慨相助，兩次鉅資都被他揮霍殆盡。三入長安之後，杜子春痛改前非，重振家業，並如約前往華山雲臺峰會見老者。老者讓杜子春看守藥爐，告誡他屏息噤聲。杜子春目睹種種幻像，信守承諾，直到看見愛子身亡，不覺失聲。藥爐盡毀，道士歎息功敗垂成，仙才難得。杜子春歸家後，一心向道，廣行慈善，後與妻子同日升仙。老者原來是太上老君。

評析

　　杜子春的故事，最早見於唐人牛僧孺的傳奇小說集《續玄怪

---

1 三災：佛語，大三災指水、火、風，小三災指刀兵、饑饉、疫癘。四大：佛家以地、
　水、火、風為四大。

錄》，題名為《杜子春傳》，從浪子敗家蕩產，道士伸手援助，到感恩看守藥爐，最後功虧一簣，基本的故事情節與本篇一致。只不過，在話本小說中，篇幅抻長了數倍，細節敷衍非常豐富細緻，而且結局比較圓滿，杜子春雖然沒有煉成丹藥，但因廣行善事，廣結善緣，最終也成了仙得了道。

其實這則故事，來源於印度。在記錄唐玄奘西行取經的《大唐西域記》中，有一則烈士池傳說。某隱者以金錢結交烈士，烈士思報，在隱者築壇作法時擔任看護，結果未能履行其屏息不言的承諾，隱者作法失敗。烈士自言："夜分後，昏然若夢。見昔主事主躬來慰諭，忍不交言。怒而見害，託生南天婆羅門家住胎，備嘗艱苦。每思恩德，未嘗出聲。及娶，生子，喪父母，亦不語。年六十五，妻忽怒，手劍提其子，'若不言，殺爾子'。我自念已隔一生，年及衰朽，唯止此子，應，遽止妻，不覺發此聲耳。"隱者說："此魔所為。"烈士後來慚忿而死。

看得出來，《杜子春三入長安》繼承了烈士池的基本故事情節和主旨，不過更具有道教色彩，藥灶煉丹，太上老君，白日飛升等等描寫，明顯的變成了一則中國故事。其中的種種幻象，無論解釋成"魔"，還是七情六慾，佛、道兩家倒沒有甚麼大分別，總之是教人擯去人間聲色慾望，才能修成正果。老者的那段話："人有七情，乃是喜怒憂懼愛惡慾。我看你六情都盡，惟有愛情未除。"實是故事的點題，作者主觀是要說明世俗的愛慾是修道的最大障礙，不過小說的客觀描寫卻讓我們感知到愛慾在人生中的真實力量。宗教將極樂之地設在來世的天堂，尋求人生解脫需要擺脫現世的幸福與享樂，而現世的幸福與享樂難以割捨，這樣的矛盾是人生永難開解的，這就是小說中最能引發讀者思考的部分，也是杜子春故事不斷被小說戲劇作家們改寫成新作品的原因。除了我們這裏已經提到的兩部作品，受此故事啟發而產生的還有薛漁思的《河東記‧蕭洞玄》、裴鉶的《傳奇‧韋自東》，以及清人胡介祉的傳奇《廣陵仙》、岳端的傳奇《揚州夢》等。

　　印度傳說中烈士遭受的考驗，在杜子春身上描寫得更加細緻，也更酷烈。毒蛇猛獸、電閃雷鳴、風雨火輪，還有妻子韋氏被當面千刀萬剮，以及引頸受戮後在地獄遭受百般苦楚，身軀糜爛。杜子春盡聽老者吩咐，因"隨他所見，皆非實境"而安之若素。情動於衷而形於言，到了兒子被殺，杜子春的托生之軀王氏終於忍不住發出聲音。在這裏，"愛"被定義為親子之愛，超過了夫妻之情。印度故事中，烈士投胎再生後，並沒有轉為女兒身。而中國故事中，寫杜子春再世後身為人母，這突出了母子天然的血緣親愛，這種考驗恐怕是任何母親都難以承受的，所以變得異常真實。當然，在印度故事中，也沒有夫妻之情和親子之情輕重高下的對比，這實際上是儒家倫理觀念的反映。儒家講五倫五常，指的是君臣、父子、兄弟、夫妻、朋友五種人與人之間的關係，而"妻子如衣服，朋友如手足"，朋友變成兄弟，夫妻關係實際上在人倫等級中被降到了最末一級。為甚麼杜子春能夠面對妻子遭遇折磨而無動於衷呢？小說寫他自思："受老者大恩，便真是妻子，如何顧得？"可見夫妻之情，雖為人倫之始，在七情六慾中，實不過一個肉體之"慾"字，與老者仗義疏財的再造之恩相比，根本算不上甚麼高尚的情感。

　　這篇小說實際上可以分成前後兩截，後半截講的是如何修心誠意，得道成仙，是富有宣教性質的道教故事；前半截則是浪字敗家的故事，寫得很有生活氣息，這是《杜子春傳》沒有展開描寫的部分，從中我們也可以看出話本小說的優長之處在於描寫現實的人情世態，即所謂的"極摹人情世態之歧，備寫悲歡離合之致"。

杜子春為鹽商之後，家資雄厚，"自幼在金銀堆裏滾大起來"，加上為人慷慨豪爽，一群食客幫閒如蟻附膻，仰仗他討生活，引誘他往聲色場中煙花寨內"撒漫"使錢。偌大家資，潑天富貴，就這樣坐吃山空，最後弄到衣食都難以為繼。杜子春三入祖籍長安，不過是因為那裏"排家都是至親至戚"，指望稍加借貸，便好度日。魯迅先生曾說："有誰從小康人家而墜入困頓的麼？我以為在這途路中，大概可以看見世人的真面目。"所謂"世情看冷暖，人面逐高低"，杜子春遭到親戚冷遇，可想而知。

不過，因為一個神秘老者的出現，杜子春的境遇有了轉機。這位奇怪的老人，開口便問杜子春"須得銀子幾何，才勾用度"，甚至還主動提高借出銀子的數量。這種"天上吊下來的造化"，杜子春喜出望外，高興得來不及探究老人解囊相助的動機，甚至兩次都忘記詢問老人的姓名。這些描寫，讓我們明白杜子春實際上是一個天真爛漫之人，他以慷慨好義之心待人，也就理所當然地認為別人也會同樣回以慷慨好義。

杜子春的天真爛漫，還表現在他兩次獲得老人贈銀之後，買了駿馬，做了時尚衣服，"重妝氣象，再整風流"，徑往親戚家炫耀，還撰出一首"感懷"歪詩，譏刺眾人。公平地說，我們本不該一味責怪親戚們沒有雪中送炭，像杜子春那樣的"大手段"，誰都招架不住。小說對親戚的描寫，也比較有分寸，既寫親戚袖手旁觀和前倨後恭，人情涼薄，也寫杜子春的幼稚和意氣用事。杜子春其人，在《續玄怪錄》中，僅有一句描寫："少落拓，不事家產，然以志氣閒曠，縱酒閒遊，資產蕩盡。"白話小說就根據這幾句話，撰出了多少有意思的故事，把杜子春的性格風神寫得活靈活現。例如杜子春第二次獲贈銀子後，在酒店與小二發生爭執，這段描寫其實與故事情節的發展並沒有甚麼直接的聯繫，但是加深了杜子春形象，所謂"松溜的手，撒漫的性兒"，好了傷疤就忘了痛，他第二次蕩盡家產也就不難理解了。

杜子春之所以最後能夠浪子回頭，其實也與他的性格有關。"我杜子春也是一條漢子"，豪爽是他敗家的根源，也是他最終勇於改正行藏的根源。老人的三番相助，激起了他強烈的羞恥感。正是這種恥感，能夠讓杜子春重振家業，而"驟興驟敗"、"旋死旋生"的生活經歷，也使他看透錢財乃身外之物，"一心思想神仙路上"。於是廣行善事，辦義田、義學、義塚，幫助那些窮困的人們。

在印度故事中，隱者與烈士之間是一種施恩與報恩的關係。而在話本小說中，老人與杜子春之間，除了存在這種施報關係，還另有一層點化凡胎的意義。所謂佛度有緣人，是太上老君化身為人間的老人，他揀選了杜子春這個肉身凡胎，然後作為可造之仙才有意加以栽培、訓導。在中國的道教中，成仙得道一般有兩種途徑，一是物質的途徑，例如服用靈丹妙藥，二是精神的途徑，例如洗心滌慮，廣行善事。杜子春屬於後一種途徑，最後成仙得道，與他興辦慈善事業極有關係。

老人的形象也比較有意思，他出入於長安西市的波斯館，這種寫法照搬了以唐代生活為背景的《杜子春傳》，因為其時唐代的國際間貿易比較興盛，在中國經商生活的波斯人較多。不僅波斯人，當時唐朝的國子監和太學，接納有三萬多名外國留學生，胡裝、胡食、胡舞為街頭時尚，李白詩歌："落花踏盡遊何處，笑入胡姬酒市中。"連酒吧也由漂亮的外國小姐經營，盛況空前。太上老君當然不可能是外國人，但小說這樣寫，無疑引發我們的多種聯想。而且，老人與杜子春這一組形象，也像小說自己提到的那樣，模仿的是黃石公與張良圯橋脫履的故事。張良在下邳遇到一位神秘老人，故意把鞋子掉到橋下，張良敬老，為老人穿鞋，後來老人與他相約圯上，張良遲到兩次，被老人訓斥，最後是夜未半即候於橋上，獲授《太公兵法》。老人自稱黃石，還說："讀此則為王者師矣。"張良終成大漢開國名將。這則故事家喻戶曉，被話本小說的作者順手牽羊用在這裏，這種寫法，可以稱之為戲擬。戲擬是對嚴肅作品的滑稽模仿，戲擬的目的或是出於譏諷，或是出於欣賞與玩味。看得出來，小說戲擬此段故事的目的在於後者，讀者熟悉的故事在這裏變得有點滑稽，因為主題不夠相稱，一個是傳授利害極大的兵書，一個不過是交付銀子；而且細節也有變異，一個是要求嚴格守約並且誠心敬老，一個則儘管爽約也付之一笑，草率了事。若言二者相通，要點則在"孺子可教"，張良通過了黃石公的考驗，而杜子春則是不太費力地就被太上老君作為候補神仙賞識，主動培養。

"三言"中的道教故事，還另有《福祿壽三星度世》、《旌陽宮鐵樹鎮妖》、《李道人獨步雲門》等篇。在世界幾大宗教中，獨有道教最富人世氣息，馮夢龍就說過："那三教中，儒教忒平常，佛教忒清苦，只有道教學成長生不死，變化無端，最為灑落。"

《警世通言》卷三十九　　　　《警世通言》卷四十
《福祿壽三星度世》插圖　　　《旌陽宮鐵樹鎮妖》插圖